SINUCA DE BICO

SINUCA DE BICO

JOSH BAZELL

Tradução
Ana Carolina Bento Ribeiro

Título original
BEAT THE REAPER

Copyright © 2009 by Josh Bazell

Todos os direitos reservados, incluindo o de
reprodução no todo ou parte sob qualquer forma.

Os personagens e acontecimentos neste livro são fictícios.
Qualquer semelhança com pessoas reais, vivas ou não,
é mera coincidência e não intencionada pelo autor.

Direitos para a língua portuguesa reservados
com exclusividade para o Brasil à
EDITORA ROCCO LTDA.
Av. Presidente Wilson, 231 – 8º andar
20030-021 – Rio de Janeiro, RJ
Tel.: (21) 3525-2000 – Fax: (21) 3525-2001
rocco@rocco.com.br
www.rocco.com.br

Printed in Brazil/Impresso no Brasil

preparação de originais
VILMA HOMERO

CIP-Brasil. Catalogação na fonte.
Sindicato Nacional dos Editores de Livros, RJ.

B348m Bazell, Josh
    Sinuca de bico / Josh Bazell; tradução de Ana Carolina Bento
  Ribeiro. – Rio de Janeiro: Rocco, 2010.

    Tradução de: Beat the reaper
  ISBN 978-85-325-2517-8

    1. Crime organizado – Ficção. 2. Ficção americana. I. Ribeiro,
  Ana Carolina Bento. II. Título.

10-0106   CDD: 813
                 CDU: 821.111(73)-3

Em memória de
Stanley Tanz, médico
1911-1996

Se Nietzsche está certo, se envergonhar
um homem é matá-lo, então
qualquer tentativa sincera de autobiografia
será um ato de autodestruição.

– CAMUS

1

Estou a caminho do trabalho, paro para ver um pombo brigar com um rato na neve, e algum babaca tenta me assaltar! Naturalmente, há uma arma. Ele vem por trás de mim e a mete na base do meu crânio. É fria, e na verdade a sensação é até boa, como algum tipo de acupressão.

– Calma, doutor – diz ele.

O que pelo menos explica. Mesmo às cinco da manhã, não sou o tipo de cara que você assalta. Pareço um estivador do tamanho das esculturas gigantes da ilha de Páscoa. Mas o babaca consegue ver as calças azuis do uniforme do hospital debaixo do meu sobretudo e os tamancos de plástico verde com buraquinhos, então acha que carrego drogas e dinheiro. E que talvez eu tenha feito algum tipo de juramento para não meter a porrada no babaca por tentar me assaltar.

Eu mal tenho drogas e dinheiro para aguentar o dia. E o único juramento que fiz, pelo que me lembro, foi de não bater *primeiro*. Acho que já passamos desse ponto.

– Tudo bem – disse eu, levantando as mãos.

O rato e o pombo fogem. Veadinhos.

Viro, o que faz a arma se afastar do meu crânio e deixa minhas mãos levantadas acima dos braços do babaca. Agarro seu cotovelo e o empurro violentamente para cima, fazendo os ligamentos estalarem como rolhas de champanhe.

Vamos parar um pouco para analisar a flor conhecida como cotovelo. Os dois ossos do antebraço, a ulna e o rádio, se movem de forma independente, e também giram. Dá para perceber isso virando a palma da mão para cima, posição em que a ulna e o rádio ficam paralelos; com a palma para baixo, eles formam um X.* Eles requerem um complicado sistema de firmação no cotovelo, com os ligamentos envolvendo as pontas dos vários ossos em faixas que enrolam e desenrolam, como a fita que envolve o punho de uma raquete de tênis. É uma pena romper esses ligamentos.

Mas o babaca e eu temos um problema pior agora. Em outras palavras, enquanto minha mão direita está ferrando seu cotovelo, a esquerda, que de alguma forma posicionou-se perto da minha orelha direita, se dirige decisivamente para sua garganta.

Se bater ali, esmagará os frágeis anéis de cartilagem que mantêm a traqueia aberta contra o vácuo que permite respirar. Na próxima vez em que ele tentar, sua traqueia se fechará como um ânus, deixando-o cara a cara com a morte por talvez seis minutos. Mesmo se eu arruinar minha caneta de brinde do Propulsatil tentando abri-la.

Então, imploro a Deus e desvio a trajetória da minha mão para cima. Passando do ponto de atingir-lhe o queixo ou até a boca – o que teria sido nojento – para mirar seu nariz. Que deforma que nem argila molhada. Argila molhada com uns galhinhos. O babaca desaba na calçada, inconsciente.

Checo se estou mesmo calmo – estou, estou apenas aborrecido – antes de cair de joelhos perto dele. Neste tipo de trabalho, como provavelmente em qualquer outro, planejamento e tranquilidade valem bem mais do que velocidade.

---

* E você pode comparar com a parte inferior da perna, onde a mesma configuração pode ser vista. Os dois ossos dessa parte, a tíbia e a fíbula, estão firmes no lugar. O osso externo, a fíbula, sequer suporta o peso do corpo. Na verdade, você pode tirar a maior parte dela – para usar como enxerto ou seja lá o que for –, e se não ferrar o tornozelo ou o joelho, não afetará a capacidade de o paciente andar.

Não que esta situação em particular requeira muito planejamento e tranquilidade. Coloco o babaca de lado para que ele não morra sufocado e ponho o braço que não está quebrado sob sua cabeça para que sua cara não encoste na calçada gelada. Então, verifico se ele realmente ainda está respirando. Ele está, na verdade, com uma borbulhante *joie de vivre*. A circulação nos pulsos e nos tornozelos também está razoavelmente forte.

Então, como é normal nessas situações, imagino-me perguntando ao Maioral – o Professor Marmoset – se devo ir embora agora. E, como é normal nessas situações, imagino o Professor Marmoset dizendo *Não* e *O que você faria se ele fosse seu irmão?*.

Suspiro. Eu não tenho irmão. Mas sei aonde ele quer chegar.

Coloco meu joelho sobre o cotovelo ferrado do cara e puxo os ossos, separando-os o máximo que os tendões parecem aguentar; depois deixo-os voltar, devagar, à posição de menor resistência. Isso faz com que o babaca, mesmo inconsciente, gema de dor, mas foda-se: fariam a mesma coisa na emergência do hospital, só que ele estaria acordado.

Revisto o cara à procura de um celular. Não tenho sorte, é claro, e não estou disposto a usar o meu. Se eu realmente tivesse um irmão, ele gostaria de me ver discutindo com policiais?

Em vez disso, pego o babaca e o coloco sobre o ombro. Ele é leve e fedido, como uma toalha molhada de urina. E, antes de levantar, pego sua arma.

A arma é uma grande merda. Duas peças de chapa metálica – não tinha nem coronha – e um cilindro levemente deslocado. Parece algo que começou como uma pistola de largada de corrida. Por um segundo, me sinto melhor por saber que há 350 milhões de armas de fogo nos Estados Unidos. Então, vejo as pontas de metal brilhantes das balas e me lembro do quanto é fácil matar alguém.

Tenho que jogá-la fora. Entortar o cano e atirá-la numa vala. Em vez disso, coloco-a discretamente no bolso de trás da calça do uniforme. Velhos hábitos são muito difíceis de abandonar.

No elevador, subindo até a ala clínica, há uma representante de vendas de remédios, loura e baixinha, usando um vestido de festa preto, com uma mala de rodinhas. Ela tem peitos pequenos e o arco de sua coluna levanta sua bunda, o que lhe dá a forma de um feijãozinho sexy e magrelo. Pelo excesso de exposição ao sol,* dá pra ver que tem 26 anos, e seu nariz é do tipo que parece haver sofrido plástica, mas não. Pelas sardas, tenho certeza de que não. Seus dentes são as coisas mais limpas do hospital.

– Oi – diz ela, com sotaque de Oklahoma. – Eu te conheço?

– Ainda não – respondo. Pensando: *Porque você é nova neste emprego ou não teria esses horários de merda.*

– Você é plantonista? – pergunta.

– Não, sou interno em medicina interna.

Um interno é aquele que está no primeiro ano de residência médica, terminou a faculdade há um ano, então normalmente é cerca de seis anos mais novo que eu. Para mim, plantonista é alguém que dá plantão em um hospício, se é que ainda existem hospícios.

– Uau! – exclama a representante de vendas. – Você é bonitinho para um médico.

Se para ela "bonitinho" significa alguém de aparência bruta e idiota, o que pela minha experiência é o padrão de beleza para a

---

* Médicos sempre sabem a sua idade. Usamos isso para saber se você está mentindo para nós. Há várias fórmulas para isso – comparar as rugas do pescoço com as veias das mãos e por aí vai –, mas elas não são realmente necessárias. Se você conhecesse trinta pessoas em um dia e perguntasse quantos anos elas têm, também ficaria bom nisso.

maioria das mulheres, ela está certa. A camisa do meu uniforme está tão apertada que dá para ver as tatuagens em meus ombros. Cobras no esquerdo, estrela de davi no direito.*
— Você é de Oklahoma? — pergunto a ela.
— Ah, bem, sou sim.
— E você tem 22 anos?
— Quem dera. Vinte e quatro.
— Parece menos.
— É, mas, ai, meu Deus, é uma história chata.
— Até agora, tudo bem. Qual é o seu nome?
— St*aaaaaaaaaa*cey — ela responde, chegando mais perto, com os braços para trás.

Devo dizer aqui que a falta de sono crônica é tão parecida com a embriaguez que muitas vezes os hospitais parecem gigantescas e intermináveis festas de Natal de empresas. Tirando o fato de que numa festa de Natal o imbecil perto de você não está prestes a fatiar seu pâncreas com uma faca de lâmina aquecida.

Também devo dizer que representantes de vendas de indústrias farmacêuticas — há um para cada sete médicos nos Estados Unidos — são pagos para serem sedutores. Ou para realmente transarem com você — nunca tive muita certeza a respeito disso.
— Para que empresa você trabalha? — pergunto.
— Para a Martin-Whiting Aldomed — diz ela.
— Tem Moxfane?

Moxfane é a droga que dão para os pilotos militares que precisam decolar de Michigan, bombardear o Iraque e voltar a Michigan sem parar. Você pode engoli-la ou usá-la como combustível para o motor.

---

* A tatuagem no meu ombro esquerdo — uma composição com asas e duas cobras — na verdade é um símbolo do deus Hermes, logo, do comércio. O símbolo de Asclépio, deus da medicina, é uma composição com uma cobra, sem asas. Quem sabia disso?

– Ah, bem, tenho sim. Mas o que você vai me dar em troca?

– O que você quer? – retruco.

Ela está pertinho, abaixo de mim.

– O que eu *quero*? Se começar a pensar nisso, começo a chorar. Não me diga que você quer ver isso.

– O golpe vai funcionar.

Ela me dá um tapa de brincadeira e abaixa para abrir a mala. Se ela está usando lingerie, não foi fabricada com nenhuma tecnologia que eu conheça.

– De qualquer jeito – diz ela –, são só coisas como uma carreira. Ou não dividir o apartamento com três pessoas. Ou não ter pais que acham que eu deveria ter ficado em Oklahoma. Não acho que você possa me ajudar com isso.

Ela levanta com uma amostra grátis de Moxfane e um par de Dermagels, as luvas de borracha de dezoito dólares da Martin-Whiting Aldomed.

– Enquanto isso, tenho que te mostrar nossas luvas novas – fala.

– Já as testei – digo.

– Já tentou beijar alguém através delas?

– Não.

– Nem eu. E tenho morrido de vontade de fazer isso.

Ela aperta o botão de "parar" do elevador com o quadril.

– Ops – diz. Morde a barra da embalagem de uma das luvas para rasgá-la e eu rio. Sabe aquela sensação de não saber se está sendo enganado ou na presença de um ser humano de verdade?

Adoro essa sensação.

– Esse departamento é um pesadelo de merda – comenta Akfal, o outro interno em serviço, quando finalmente apareço para rendê-lo. "Esse departamento é um pesadelo de merda", para internos, equivale a "Oi" para cidadãos comuns.

Akfal é um J-Card do Egito. J-Cards são formandos de faculdades de medicina estrangeiras que podem ter os vistos cancelados se não deixarem seus diretores de residência felizes. Outra boa definição para eles seria "escravos". Ele me dá um boletim dos pacientes atuais – ele também tem um, apesar de o dele estar marcado e bem amassado – e me fala sobre ele. Blá-blá-blá, quarto 809, Ala Sul. Blá-blá-blá infecção pós-colostomia. Blá-blá-blá mulher de 37 anos quimioterablablablá marcada. Blá-blá-blá. Impossível acompanhar, mesmo se quisesse.

Em vez disso, estou encostado no balcão, o que me lembra que ainda estou carregando uma arma no bolso do uniforme.* Tenho que escondê-la em algum lugar, mas a sala dos armários está a quatro andares de distância. Talvez deva escondê-la atrás de uns livros na sala das enfermeiras. Ou debaixo da cama no quarto de repouso. Na verdade, não importa, desde que eu consiga me concentrar o suficiente para lembrar mais tarde onde a coloquei.

Enfim, Akfal para de falar.

– Entendeu? – ele pergunta.

– Ahã – respondo. – Vá para casa e durma.

– Obrigado – diz Akfal.

Akfal não vai para casa nem vai dormir. Vai passar pelo menos as próximas quatro horas preenchendo papéis de seguros para nosso diretor de residência, dr. Nordenskirk. "Vá para casa e durma" é o equivalente dos internos para "Tchau".

---

* Uniformes médicos podem ser vestidos dos dois lados e têm bolsos laterais, caso você tenha que aplicar anestesia ou coisa do gênero mas esteja cansado demais para vestir as calças corretamente.

Verificar os pacientes às 5:30 da manhã geralmente significa pelo menos um punhado de gente dizendo que se sentiria bem só de vocês, idiotas, pararem de acordá-los de quatro em quatro horas para perguntar como estão se sentindo. Outros guardarão esta observação para si e, por sua vez, reclamarão que alguém continua roubando seus mp3 players ou remédios ou sei lá mais o quê. De qualquer forma, você dá uma examinada rápida no paciente, procurando com especial atenção doenças "iatrogênicas" (causadas pelo médico) ou "nosocomiais" (causadas pelo hospital), que juntas são a oitava maior causa de morte nos Estados Unidos. Depois, você foge.

A outra coisa que às vezes acontece quando você verifica os pacientes de manhã cedo é nenhum deles reclamar. O que nunca é um bom sinal.

O quinto ou sexto quarto em que entro é o de Duke Mosby, que pode ser facilmente considerado o paciente que menos detesto no momento. Ele é um velho negro de noventa anos, hospitalizado por complicações da diabetes que agora incluem gangrena dos dois pés. Foi um dos dez americanos negros que serviram nas Forças Especiais durante a Segunda Guerra Mundial e, em 1944, escapou de Colditz, o presídio de segurança máxima para prisioneiros de guerra. Duas semanas atrás, escapou deste mesmo Manhattan Catholic Hospital. De cuecas. No congelante mês de janeiro. Daí a gangrena. A diabetes ferra a sua circulação mesmo se você usar, digamos, sapatos. Felizmente, era o turno de Akfal naquela hora.

– O que está rolando, doutor? – pergunta ele.
– Nada demais, senhor – respondo.
– Não me chame de senhor. Eu trabalho para me sustentar – diz ele. Ele sempre diz isso. É uma espécie de piada do exército e quer dizer que ele não era um oficial comandante ou algo do gênero. – Só me traga novidades, doutor.

Ele não quer novidades sobre sua saúde, que raramente parece interessá-lo, então invento alguma merda sobre o governo. Ele nunca vai saber que é mentira.

Quando começo a enfaixar seus pés fedidos, digo:
– E também vi um rato brigando com um pombo hoje de manhã, quando estava vindo para o trabalho.
– É? Quem ganhou?
– O rato – respondo. – De longe.
– Realmente parece que um rato poderia ganhar de um pombo.
– O estranho é que o pombo continuou tentando mesmo assim. Suas penas estavam todas eriçadas e ele estava coberto de sangue. Toda vez que atacava, o rato o mordia mais uma vez e ele caía de costas. Dá-lhe, mamíferos. Mas foi bem nojento. – Coloquei o estetoscópio em seu peito.

A voz de Mosby retumba em minhas orelhas:
– O rato deve ter feito algo muito ruim àquele pombo para ele insistir assim.
– Com certeza – digo. Aperto seu abdome em círculos, tentando despertar dor. Mosby parece nem reparar. – Viu alguma enfermeira hoje? – pergunto.
– Claro. Elas entram e saem o tempo todo.
– Alguma daquelas de minissaia e chapéu?
– Várias vezes.
– Aham! Se vir uma mulher vestida desse jeito, não é uma enfermeira, e sim uma stripper. – Aperto as glândulas no pescoço de Mosby.

– Tenho uma piada para você, doutor – ele começa.
– É? Qual é?
– Um médico diz para um cara: "Tenho duas más notícias para você. A primeira: você está com câncer." O cara diz: "Ai, meu Deus! Qual é a segunda?" O médico diz: "Você está com Alzheimer." O cara diz: "Bom, pelo menos não estou com câncer!"
Eu rio. Como sempre faço quando ele me conta essa piada.

Na cama que ficava perto da porta do quarto de Mosby – a cama que Mosby ocupava até a chefe da enfermaria decidir que seria menos provável que ele fugisse se estivesse a um metro e meio da porta –, há um cara que não conheço, branco e gordo, com uma barbicha loura e o cabelo meio comprido. Quarenta e cinco anos. Deitado de lado com a luz acesa, acordado. Quando cheguei o computador mais cedo, sua "Maior Reclamação" – a parte que cita diretamente o paciente, fazendo com que ele pareça um idiota – dizia apenas: "Dor na bunda."

– Você está com dor na bunda? – pergunto.
– Sim – ele está batendo os dentes –, e agora estou com dor no ombro também.
– Vamos começar com a bunda. Quando começou?
– Já tive isso. Está no boletim.

Provavelmente está. No boletim de *papel*, de qualquer forma. Mas como o boletim em papel é o que o paciente pode pedir e que um juiz pode requerer, não há grande incentivo para que seja legível. A palavra bunda parece ondinhas desenhadas por uma criança.

Como no boletim *informatizado* que não é mostrado e contém qualquer informação que alguém realmente quisesse me dar

–, a única coisa escrita além de "*MR: Dor na bunda*" era "*Bolas? Ciático?*", nem sei se bolas significava "testículos" ou outra coisa.

– Eu sei – retruco. – Mas às vezes ajuda se você contar de novo.

Ele não cai nessa, mas o que pode fazer?

– Minha bunda começou a doer – começa, ressentido –, cada vez mais, há duas semanas mais ou menos. Finalmente fui parar na emergência.

– Você foi parar na emergência porque sua bunda estava doendo? Devia estar doendo pra caramba.

– Porra, estou morrendo de dor.

– Até agora? – Olho para o soro com analgésico do cara. Com aquela quantidade de Dilaudid, ele deveria conseguir arrancar a pele da própria mão com um descascador de cenoura.

– Até agora. E não, não sou nenhum drogado. E agora meu ombro também dói.

– Onde?

Ele aponta um local mais ou menos na metade da clavícula direita. Não o que eu chamaria de ombro, mas deixa pra lá. Não há nada visível.

– Está doendo? – Pressiono levemente o ponto. O cara grita.

– *Quem está aí!?* – pergunta Duke Mosby, da outra cama.

Puxo a cortina para Mosby me ver.

– Só eu, senhor.

– Não me chame de senhor... – diz ele. Deixo a cortina voltar ao lugar.

Olho para os sinais vitais do Cara da Bunda. Temperatura: 37; pressão, 12/8; taxa respiratória, 18; pulso, 60. Tudo completamente normal. E tudo igual no boletim de Mosby e nos boletins de qualquer outro paciente que eu tenha visto naquela ala hoje de manhã. Coloco a mão na testa do Cara da Bunda como se fosse sua mãe. Está ardendo.

Merda.

– Estou pedindo algumas tomografias suas – informo a ele. – Viu alguma enfermeira por aqui?

– Não desde a noite passada – ele responde.

– Merda – digo em voz alta.

A cinco portas de distância há uma mulher claramente morta, com um olhar de horror no rosto enquanto seu boletim de sinais vitais registra: "Temperatura: 37; pressão, 12/8; taxa respiratória, 18; pulso, 60." Mesmo que seu sangue esteja tão concentrado no fundo de seu corpo que pareça que ela estava deitada numa poça de cinco centímetros de tinta azul.

Para me acalmar, vou começar a brigar com as duas enfermeiras supervisoras. Uma é a jamaicana obesa que está escrevendo alguns boletins. A outra é uma velha irlandesa navegando pela internet. Conheço as duas e gosto delas – da jamaicana porque às vezes ela traz comida, e da irlandesa porque ela tem uma barba cheia que raspa, deixando um cavanhaque. Se há um modo melhor de ligar o "*Foda-se*" para o mundo, eu não conheço.

– Não é problema nosso – diz a irlandesa, depois que acabaram as coisas de que eu deveria reclamar. – E não há nada a fazer a respeito. Tivemos aquele bando de imbecis lituanos no turno da noite. Provavelmente estão vendendo o celular da mulher a essa hora.

– Então, demita-os – falo.

Isso faz as duas rirem.

– Há falta de enfermeiras por aqui – diz a jamaicana –, caso você não tenha percebido.

Eu percebera. Aparentemente, já havíamos usado todas as enfermeiras do Caribe, das Filipinas e do Sudeste Asiático, e agora estávamos rumo à Europa oriental. Quando a seita do culto à supremacia branca que a irmã de Nietzsche fundou no Paraguai emergir da floresta, pelo menos seus membros conseguirão arrumar trabalho.

– Bom, não vou preencher o atestado – digo.

– Sterling. Que tal a porra do paquistanês, hein? – indaga a irlandesa. Seu rosto está pertíssimo da tela do computador.

– Akfal, o egípcio – corrijo. – Não. Não vou deixar isso para eles. Vou deixar para seus babacas lituanos. Agora.

A jamaicana balança a cabeça tristemente.

– Não vai trazer a mulher de volta – fala. – Peça para fazerem o atestado, eles vão chamar um médico.*

– Não estou nem aí.

– Párnela? – pergunta a jamaicana.

– Nem eu – responde a irlandesa. – Idiota! – acrescenta, baixinho.

Pela forma como a jamaicana reage, dá para perceber que ela sabe que a irlandesa está falando de mim, não dela.

– Mande-os fazer isso – digo, indo embora. Já estou me sentindo melhor.

Mas mesmo depois disso tenho que dar uma paradinha. O Moxfane que tomei meia hora atrás, junto com o Dexedrine, um estimulante que achei num envelope no bolso do meu jaleco e engoli caso o Moxfane demorasse demais para bater, está dificultando minha concentração. A onda está meio demais.

---

* "Agora" não quer dizer exatamente naquele momento. "Chamar um médico" é o que se faz quando você quer fingir que não sabe que alguém já morreu.

Eu amo Dexedrine. Com a forma de um escudo e uma linha vertical no meio, fica parecendo uma vulva.* O Dexedrine às vezes pode tornar as coisas muito irregulares para focar, ou até mesmo olhar. Junto com o Moxfane, tudo pode começar a parecer manchas.

Então, vou até a sala dos residentes para descansar e talvez tomar alguns benzodiazepínicos que escondi no estrado da cama. Mas, no segundo em que abro a porta, sei que há alguém ali na escuridão. A sala fede, com cheiro de mau hálito e suor.

– Akfal? – pergunto, mesmo sabendo que não pode ser Akfal. O cheiro de Akfal é o mesmo que levarei para a cova. Este é pior. Pior que o dos pés de Duke Mosby.

– Não, cara – diz uma voz fraca, vinda do canto onde está o beliche.

– Então, quem diabos é você? – resmungo.

– O cirurgião fantasma† – responde a voz.

– Por que você está na sala de descanso?

– Eu... eu precisava de um lugar para dormir, cara.

O que ele queria dizer era: "Onde ninguém fosse me procurar."

Ótimo. O cara não só está fedendo na sala, como também está usando a única cama disponível, já que a de cima está coberta por todas as edições da revista *Oui*, de 1978 a 1986, e sei por experiência própria que é um saco tirá-las dali.

---

* Na verdade, o termo médico para pelos pubianos, "brasão", significa "escudo". Apesar do fato de que, entre a maioria dos seres humanos, só os pelos pubianos das mulheres formam um escudo. Os dos homens têm naturalmente o formato de um diamante, apontado para cima, em direção ao umbigo, e para baixo, em direção às virilhas. É por isso que as mulheres que raspam os pelos pubianos em forma de diamante fazem subconscientemente o parceiro brochar.

† Não é raro que um cirurgião seja substituído por outro sem o conhecimento do paciente, mas isso não é interessante o suficiente para nos aprofundarmos.

Considero a possibilidade de simplesmente deixá-lo lá. De qualquer forma, o cheiro da sala parece torná-la inutilizável num futuro próximo. Mas sinto aquela ansiedade provocada pelo Moxfane e sempre se deve pensar duas vezes antes de bater em retirada.

– Vou te dar cinco minutos para cair fora – digo. – Depois disso, vou jogar uma garrafa de urina na sua cabeça.

Acendo as luzes ao entrar.

Estou me sentindo levemente mais atento agora, mas ainda não o suficiente para falar com pacientes, então fico checando testes de laboratório no computador. Akfal já passou a maior parte deles para os boletins. Mas há um relatório da patologia de um paciente do dr. Nordenskirk que realmente tem seguro, então Akfal nem tocou nele. O dr. Nordenskirk não deixa ninguém que não seja branco ou asiático interagir com pacientes com seguro.

Então, dou uma olhada no boletim virtual. É um monte de más notícias para um homem chamado Nicholas LoBrutto. O alarme para nomes italianos dispara na minha cabeça, mas tenho certeza de que nunca ouvi falar nesse cara. E, de qualquer forma, mafiosos – como a maioria das pessoas que têm outras opções – não vêm para o Manhattan Catholic Hospital. É por isso que posso trabalhar aqui.

A frase-chave no relatório da patologia é "positivo para células em anel de sinete". Essas células parecem um anel com um diamante (ou um carimbo, se você ainda selar suas cartas com lacre), porque seu núcleo, que deveria estar no centro, foi empurrado para a parede por todas as proteínas que a célula não consegue parar de fabricar porque é cancerosa. Mais especificamente, aquelas estavam causando câncer de estômago ou um câncer que fora de estômago, mas agora está em processo de metástase, invadindo o cérebro ou os pulmões.

Todos os cânceres de estômago são uma merda, mas aquele tipo de carcinoma era o pior. Enquanto a maioria deles apenas cava um buraco na parede do seu estômago, que pode ser cortado pela metade e deixar você continuar vivendo de forma aceitável, apenas sem poder fazer cocô sólido, o carcinoma com células em anel de sinete infiltra-se pela superfície do órgão enrijecendo-o e produzindo uma condição em que ele tem que ser retirado por inteiro. Mesmo assim, quando é diagnosticado, geralmente já é tarde demais.

A tomografia computadorizada do abdome de Nicholas LoBrutto não revela se seu câncer se espalhou ou não. (Apesar de que, só para dar uma mãozinha, ele agora tem uma chance em 1.200 de ter algum outro tipo de câncer só por causa da radiação da tomografia. Mas ele precisaria viver bastante para isso.) Só uma cirurgia pode confirmar.

Enquanto isso, às seis e meia da manhã, vou lhe contar tudo. *Sr. LoBrutto? Há uma ligação para o senhor na linha um. Ele não disse nada, mas parecia a Morte.* Até para mim é cedo demais para querer beber.

LoBrutto está internado na Anadale, a pequena ala de luxo do hospital. A Anadale tenta parecer um hotel. Na recepção, o piso imita madeira e um idiota de smoking toca piano.

No entanto, se fosse mesmo um hotel, você receberia um tratamento de saúde melhor.* A ala Anadale realmente tem en-

---

* Acha que dinheiro não pode lhe dar um tratamento de saúde pior? Esqueça os infindáveis estudos mostrando que os Estados Unidos gastam duas vezes mais por pessoa do que qualquer outro país, com resultados que não os colocam nem entre os 36 melhores do mundo. É só ver o caso de Michael Jackson.

fermeiras gostosas dos anos 1960. Não estou dizendo que são gostosas agora, mas eram nos anos 1960, quando haviam acabado de entrar no Manhattan Catholic. Agora elas costumam ser amargas e idiotas.

Uma delas grita para perguntar onde diabos estou indo quando passo pelo balcão, mas a ignoro e sigo meu caminho até a "suíte" de LoBrutto. Quando abro a porta, tenho que admitir que é bem legal para um quarto de hospital. Há uma porta sanfonada, agora quase toda aberta, que divide o ambiente em "sala de estar" – onde sua família pode vir jantar com você numa mesa octogonal coberta de vinil, material que parece facilitar a limpeza do vômito – e o "quarto", com uma cama de hospital de verdade. O lugar todo tem janelões que vão do chão ao teto, com uma vista que, no momento, dá para o rio Hudson sob os primeiros raios de luz do leste.

É deslumbrante. São as primeiras janelas em que dou uma olhada desde que cheguei ao trabalho. Mas elas colocam LoBrutto na contraluz e assim ele me reconhece antes que eu o reconheça.

– Puta merda! – ele diz, tentando se arrastar para longe de mim, erguendo-se na cama, mas impedido por todos os tubos intravenosos e fios de monitoração de sinais vitais. – É o Bearclaw, o garra de urso! Mandaram você aqui para me matar!

2

Houve um verão, quando eu estava na faculdade, em que fui a El Salvador para ajudar os índios a se registrarem para votar. Um garoto de uma das aldeias que eu visitava tivera o braço arrancado por um jacaré enquanto pescava com linha de mão. E teria morrido na minha frente se não fosse por um dos outros voluntários americanos, que era médico. Foi aí que decidi cursar medicina.

Isso nunca aconteceu de fato, graças a Deus, e na verdade mal frequentei a faculdade. Mas é o tipo de coisa que dizem para você falar quando se candidata à medicina: que ou como você teve uma doença durante a infância ou a adolescência e foi tão brilhantemente curado que agora pode trabalhar 120 horas por semana e ser feliz com isso.

O que eles dizem para você *não* falar é que você quer ser médico porque seu avô era médico e você sempre o admirou. Não sei ao certo o porquê disso. Posso pensar em motivos piores. Além do mais, meu próprio avô era médico e eu realmente o admirava. Até onde sei, ele e minha avó viveram um dos maiores romances do século XX e também foram as últimas pessoas verdadeiramente decentes sobre a Terra. Possuíam uma dignidade sem graça que nunca consegui chegar perto de atingir e uma infinita preocupação com os desfavorecidos, coisa em que mal suporto pensar. Eles também tinham boa postura e o que parecia ser uma sincera apreciação por palavras cruzadas, televisão pública e a leitura de livros grossos e edificantes. Eles até se vestiam formalmente. E mesmo sendo cidadãos de um tipo extinto, mostravam compaixão por aqueles que não eram. Por exemplo, quando minha mãe, drogada, me deu à luz, em um mosteiro na Índia em 1977, e depois quis seguir para Roma com o namorado (meu pai), meus avós tomaram um avião e me trouxeram para Nova Jersey, onde me criaram.

Mesmo assim, seria desonesto colocar a origem de meu desejo de ser médico no amor e respeito por meus avós, já que não acredito ter sequer levado em consideração a possibilidade de cursar medicina até oito anos depois de eles terem sido assassinados.

Eles foram mortos no dia 10 de outubro de 1991. Eu tinha 14 anos, faltavam quatro meses para meu aniversário de 15. Depois de passar na casa de um amigo, voltei por volta de seis e meia da noite, o que, em outubro, naquela região, é tarde o suficiente para se acender as luzes. Elas não estavam acesas.

Na época, meu avô fazia mais trabalho médico voluntário, e minha avó era voluntária na biblioteca pública local, então ambos deveriam estar em casa àquela hora. Além disso, o painel de vidro na porta da frente – o tipo de vidro que chamam de "craquelê" – fora quebrado, como se alguém o tivesse arrebentado para alcançar a parte de dentro e destrancar a porta.

Se algum dia isso acontecer com você, vá embora e chame a polícia. Alguém ainda poderia estar na casa. Entrei, porque estava com medo de que alguém machucasse meus avós se eu não entrasse. Você provavelmente também entrará.

Eles estavam entre a sala de estar e a de jantar. Mais especificamente: minha avó, que levara um tiro no peito, estava de barriga para cima na sala de estar, e meu avô, que havia caído para a frente depois de tomar um tiro no abdome, estava na sala de jantar. Meu avô tinha a mão no braço de minha avó.

Eles estavam mortos havia um tempo. O sangue no carpete molhou meus sapatos e depois, quando deitei sobre ele, meu rosto. Chamei a polícia antes de colocar a cabeça entre a dos meus avós.

Tudo isso permanece na minha memória, em cores vivas, o que é interessante, pois eu agora sei que não vemos cores de fato em situações de pouca luz. Nossa cabeça as imagina e pinta as cenas.

Sei que coloquei os dedos em seus cabelos grisalhos e juntei-me a eles. Quando os paramédicos finalmente chegaram, a única coisa que podiam fazer era me tirar dali para que os policiais pudessem fotografar a cena do crime e o rabecão removesse os corpos.

A ironia especial na história dos meus avós é que eles haviam sobrevivido a uma tentativa de assassinato muito mais elaborada cinquenta anos antes. Reza a lenda que eles se conheceram na floresta de Bialowieza, na Polônia, no inverno de 1943, quando tinham 15 anos e eram pouco mais velhos do que eu quando os encontrei mortos. Eles e um monte de outros adolescentes, novos selvagens, estavam escondidos na neve, tentando matar grupos antissemitas locais para que os polacos os deixassem em paz. Nunca me disseram o que aquilo realmente envolvera, mas deve ter sido bem violento, pois, em 1943, Hermann Göring tinha uma casa ao sul de Bialowieza, onde ele e seus convidados vestiam-se como senadores romanos, e devia estar a par da situação. Também há a questão de um pelotão do Sexto Exército de Hitler que desapareceu em Bialowieza, naquele inverno, a caminho de Stalingrado. Onde, para ser realista, teria sumido de qualquer maneira.

O que finalmente fez meus avós serem presos foi uma armadilha. Um homem de Cracóvia, chamado Wladyslaw Budek, jurara que o irmão de minha avó, que trabalhava naquela cidade como espião para o Bispo de Berlim,* havia sido pego e mandado para o gueto de Podgorze, o que representava estar a um passo dos campos de concentração. Budek dizia que podia livrar o irmão de minha avó por 18 mil zlotys ou qual fosse o dinheiro que usassem na época. Como meus avós não tinham dinheiro e eram suspeitos de qualquer forma, foram eles mesmos a Cracóvia para conferir. Budek chamou a polícia e vendeu-os para Auschwitz.

Era típico dos meus avós descreverem ter sido enviados para Auschwitz como um golpe de sorte, já que não apenas era melhor do que tomar um tiro de algum polonês em alguma floresta por aí, como também era melhor do que ser mandado para um campo de extermínio.† Em Auschwitz, eles conseguiram contatar um ao outro duas vezes através de bilhetes clandestinos – o que, diziam, tornara fácil sobreviver até a libertação.

O funeral deles foi perto da casa do meu tio Barry. Ele era irmão de minha mãe, tinha pirado e se tornado judeu ortodoxo. Meus avós certamente consideravam-se judeus – por exemplo, haviam visitado e apoiado Israel e ficavam tristes com a rápida

---

* Era Konrad Preysing, conhecido como "O Bom Alemão". Preysing fez 13 apresentações de provas do Holocausto para o papa Pio XII, que anunciara em 1941 que os políticos nazistas não entravam em conflito com os ensinamentos católicos. Quando Pio XII for beatificado, espero que citem isso como um milagre.
† Auschwitz tinha um campo de extermínio – Birkenau –, mas também possuía Monowitz, que era um campo de trabalho forçado. Isso fez a taxa de sobrevivência em Auschwitz ser de uma em 500, e é por isso que você ouviu falar de lá. As taxas de sobrevivência nos campos de extermínio eram de uma em 75 mil.

demonização mundial daquele país –, mas, para eles, ser judeu significava que tinham certas responsabilidades morais e intelectuais, e não que a religião fosse nada mais que uma enganação sanguinária. Minha mãe esgotara todas as formas tradicionais de rebeldia antes que Barry pudesse ao menos começar; então, vestir-se como o cidadão de uma aldeia judeu-polonesa dos anos 1840 era provavelmente seu único recurso.

Minha mãe viera para o funeral e me perguntara se eu precisava que ela ficasse nos Estados Unidos e se eu queria me mudar para Roma. Meu pai fez o favor de não fingir: ele simplesmente mandou uma carta mal escrita, levemente emocionada, sobre sua relação com os próprios avós e como, no decorrer da vida, você nunca se sente realmente mais velho.*

Barry me adotou para me manter longe dos assistentes sociais, mas foi fácil convencê-lo a me deixar ficar na casa dos meus avós. Aos 14 anos eu já era fisicamente enorme e tinha os trejeitos de um velho médico judeu-polonês. Gostava de jogar bridge. Além do mais, Barry e sua mulher não estavam loucos para expor seus próprios quatro filhos a alguém que fora abandonado ao nascer e um dia chegou em casa e encontrou seus pais de criação violentamente assassinados. E se eu me tornasse perigoso?

O que de fato aconteceu. Bela jogada, Barry e esposa!

Explorei o perigo e dei-lhe toques de requinte. Como qualquer outra criança americana, tomei Batman e Charles Bronson, em

---

* Meus pais já tinham se divorciado havia muito tempo. Minha mãe tornara-se corretora de imóveis, e meu pai, que era italiano – devo dizer, siciliano –, havia se mudado para Riverside, na Flórida. A última coisa que ouvi foi que ele administrava a franquia de um restaurante de luxo, cujo nome não direi. Agora, ambos têm nomes diferentes e não tenho contato com nenhum dos dois.

Desejo de matar, como modelos. Não tinha seus recursos, nem no sentido financeiro. Eu nem trocara o carpete. Senti que não tinha escolha, a não ser assumir o caso eu mesmo. Na verdade, ainda sinto isso.

Por exemplo, sei por experiência própria que, se você entrar num bosque e atirar num bando de cafetões pedófilos escondidos – homens que destruíram a vida de literalmente *centenas* de crianças –, a polícia vai enlouquecer tentando te achar. Vão checar os esgotos, caso você tenha lavado as mãos depois de passá-las nos cabelos. Vão se matar por marcas de pneus.

Mas se as duas pessoas que você mais ama são brutalmente assassinadas por algum filho da puta que assalta um punhado de casas e leva o videocassete, tudo vai ser uma porra de um mistério.

Eles tinham inimigos?
Algum inimigo que precisasse de um videocassete?
Provavelmente era um viciado em crack.

Um viciado em crack com transporte, luvas e sorte pra cacete para não ser visto por ninguém.

Vamos perguntar por aí.
Manteremos você informado.

E ficará óbvio para você como a justiça será feita: por você ou por ninguém.

Que tipo de escolha é essa?

Todas as artes marciais compartilham um diferencial interessante. (Passei do *tac kwon do* ao caratê *sho ryu* e depois ao *kempo* – um *dojô* com cheiro de chulé muito parecido com o outro – enquanto seguia a tradicional regra japonesa de passar mais tempo treinando do que dormindo.) Você deve agir como um animal.

Não falo no sentido abstrato: você deve basear suas estratégias nas de criaturas reais específicas. Por exemplo, use a posição da ave para ataques precisos, rápidos e a distância, ou a do tigre para golpes agressivos e próximos. A ideia subjacente é de que o último animal que você gostaria de imitar em uma situação violenta é o ser humano.

Aliás, isso é verdade. A maioria dos humanos é instintivamente de lutadores horríveis. Eles hesitam, dão golpes ruins, fogem. A maioria de nós é tão ruim lutando que isso tornou-se, na verdade, uma vantagem evolutiva, já que antes da produção em massa de armas as pessoas tinham que pensar para realmente se ferirem umas às outras. Então, o inteligente tinha chances na luta. Um homem de Neandertal chutaria sua bunda e a comeria, mas tente achar um para fazer o teste.

Por outro lado, pense no tubarão. Na maioria das espécies, os tubarõezinhos começam a matar uns aos outros ainda dentro de sua mãe. O resultado é que seus cérebros permanecem iguais há sessenta milhões de anos, enquanto os nossos continuaram se desenvolvendo e se tornando mais complexos até 150 mil anos atrás, quando nos tornamos capazes de falar e viramos humanos. Aí nossa evolução tornou-se tecnológica em vez de biológica.

Há duas formas de enxergar isso. Uma é considerar os tubarões evolutivamente muitíssimo superiores aos humanos, já que só um louco poderia pensar que duraremos sessenta milhões de anos. A outra é nos considerar superiores aos tubarões, pois é quase certo que eles serão extintos antes de nós, e seu desaparecimento, assim como o nosso, será devido a nós, humanos. Hoje em dia é bem mais provável um homem comer um tubarão do que o contrário.

No entanto, aos 47 do segundo tempo, os tubarões vencem. Porque enquanto nós, humanos, temos nossa mente e a capacidade de transmitir seu conteúdo através das gerações, os tubarões têm seus velhos dentões e meios para usá-los, e não parecem ficar agoniados com sua situação. Enquanto os humanos com certeza ficam.

Humanos *odeiam* ser mentalmente fortes e fisicamente fracos. O fato de carregarmos o planeta nas costas não nos traz qualquer tipo de alegria. Em vez disso, admiramos atletas e os fisicamente violentos, enquanto odiamos intelectuais. Um monte de nerds constrói um foguete que vai até a *Lua*, e quem eles mandam para lá? Um louro chamado *Armstrong* – que significa braço forte – que nem consegue dizer a frase certa quando pousa.

Se pensar bem, é uma estranha maldição. Fomos construídos para o pensamento e a civilização, mais do que qualquer outra criatura que encontramos. E tudo o que realmente queremos é ser assassinos.

Enquanto isso, perto do Dia de Ação de Graças de 1991, comecei a comer a oficial Mary-Beth Brennan, do Departamento de Polícia de West Orange, Nova Jersey. Em sua viatura Crown Victoria, já que ela era casada e policiais não gostam de deixar seus "possantes" enquanto estão de serviço. O dela era infestado não só de baratas, mas também de ratos, porque os babacas dos outros turnos jogavam ossos de galinha frita entre os bancos de couro. O troço era um criadouro de roedores.

Não quero dizer que não gostava do sexo. Eu nunca havia transado antes, e aquele era um bom alívio para a situação. E não tinha motivos para achar que o sexo podia ser melhor, já que era algo bem diferente de qualquer coisa que já tivesse visto num filme ou lido num livro.

Mas eu percebi que devia haver naquilo algo além de bater com a cabeça no rádio, enquanto alguém que parecia incrivelmente macia e velha (ela era mais nova do que sou agora e todos os seios são macios, mas quem sabia disso?) contorcia-se sob você com a calça do uniforme abaixada até os joelhos, e você ficava o tempo todo pensando o quanto poderia pegar mais pesado com ela para conseguir alguma informação real e útil dos detetives graduados que deviam saber *alguma coisa* sobre quem matou seus avós. Além do mais, era inverno, então tudo fora dela estava gelado.

O que a oficial Brennan finalmente descobriu para mim foi o seguinte: os detetives não achavam que tivessem sido nazistas, neo ou de qualquer outro tipo, já que eles tendem a ter ortodoxos como alvo. Também não fora bem um assalto, já que muito pouco fora levado e os ladrões evitam velhos, achando que eles ficam em casa o tempo todo e, de qualquer forma, não costumam guardar dinheiro ali. As poucas coisas roubadas, como o videocassete, provavelmente foram uma espécie de consumo impulsivo ou uma tentativa calculada de enganar as investigações.

– Quem foi então? – perguntei a Mary-Beth Brennan.
– Ele não disse.
– Você está mentindo – falei.
– Só não quero que você se machuque.
– Foda-se.

Ela me contou. Os assassinos provavelmente eram o centro de todo o caso. Velhos podem não ser boas vítimas para assaltos, mas são alvos fantásticos para homicídios. Eles se movimentam devagar, há uma maior chance de ficarem deitados por dias até serem descobertos e, como eu disse, geralmente ficam em casa. Qualquer um determinado a cometer um assassinato, sem se importar com quem seja a vítima, gostaria de alguém como meus avós. E este tipo de pessoa se enquadra em uma de duas categorias: *serial killers* ou alguém que estivesse sendo testado para entrar para a máfia.

Em West Orange, Nova Jersey, no começo de 1992, você seria um imbecil em apostar em *serial killers*. Então, provavelmente, era alguém tentando provar que podia matar e dar à máfia um bônus como taxa de iniciação. Ou, mais possível ainda, poderiam ser duas pessoas, já que havia uma vítima para cada uma e meus avós haviam sido mortos por balas de armas diferentes.

De acordo com um dos detetives que a oficial Brennan sondou para mim, isso significava que havia uma boa chance de, no fim das contas, aqueles caras serem pegos. O pacto de silêncio das máfias corre nos dois sentidos – os mais velhos chantageiam os mais novos e os mais novos delatam os mais velhos. Então, afinal, a polícia saberia sobre dois babacas em particular que haviam sido "aceitos" ao mesmo tempo e teria seus suspeitos.

Mas podia levar décadas, e podiam ou não ainda existir provas ou interesse até lá. E essa hipótese presumia que os caras realmente haviam sido "aceitos" e não rejeitados, nem que pudessem simplesmente ter decidido voltar a seus empregos em supermercados ou coisa do gênero.

Tudo era fraco. Era frágil. Talvez tivesse sido um *serial killer*, afinal. Ou alguns drogados.

Mas os cães não largam a raposa por ser asquerosa. A hipótese da máfia era tudo o que eu tinha para continuar, então fui atrás dela.

E nada mais aparecia. Um dia peguei pesado demais com Mary-Beth, e ela chorou sobre meu peito, dizendo que tinha medo de que eu não a amasse de verdade.

Quando você cresce no norte de Nova Jersey, ouve várias besteiras sobre a máfia e quem teria os pais envolvidos nela. Mas você também ouve falar de uma escola militar em Suffern e sempre que conhece alguém de lá é algum merdão convencido, com um carro esporte dos anos 1980 e um cordão de ouro que parece que vai quebrar o espelhinho em que cheira cocaína. E onde uma porrada de membros das cinco famílias mais ricas de Nova Jersey estudou.

Não vou citar o nome. Basta dizer que tem o mesmo sobrenome que uma das academias militares mais famosas da Inglaterra, apesar de ter sido fundada 150 anos depois da Guerra de Independência. Eu esperaria uma escola católica, mas não fazia muita diferença. Eu já fazia flexões.

Fui transferido nas férias de verão. A escola era cara, mas eu ainda tinha dinheiro do testamento e do seguro de vida. E, como disse, não tinha muitas outras necessidades.

Como escola militar, era uma enganação. Toque de chamada às 7:30 e às 14:30, quarenta minutos por dia de aula de desfile, desfile uma vez por mês. Havia um grupo de idiotas que levava tudo aquilo a sério e entrava nos times esportivos e tudo o mais, mas todos os outros fumavam maconha nos banheiros e fugiam para o Pizza Hut na beira da estrada para pegar as meninas da escola para garotas, que ficava do outro lado das quadras de tênis e do bosque. Os banheiros do Pizza Hut eram mistos. Você tinha que esperar na fila.

Escolhi fazer amizade com Adam Locano porque ele era muito popular, não por suas conexões com a máfia. Eu nem tinha certeza de que elas existiam até mais tarde, quando perguntei como ele arrumou o apelido, que era "Skinflick" – o que dava a entender que era algo associado a filmes e pele.

Eu ouvira dizer que era porque ele fizera um filme pornô com a babá quando tinha 12 anos.

– Quem dera – disse. – Era uma puta de Atlantic City. Cara, nem lembro, eu estava tão bêbado! Aí algum babaca do clube do meu pai roubou a fita e fez cópias para todo mundo. Foi uma merda.

Os sinos tocaram e soube ali que havia colocado os pés na máfia. Mas antes disso eu não podia ter certeza, porque Locano era diferente de outros garotos mafiosos.

Assim como eu, ele tinha 15 anos. Mas, diferente de mim, ele era gorducho, com peitos cheinhos que formavam dobras diagonais, e era a cara do cão Droopy, de *Tom e Jerry*, com um papo e bolsas sob os olhos. Também diferentemente de mim, ele era *legal*. Fazia de sua aparência um motivo de orgulho, conseguindo parecer – mesmo no uniforme de imbecil que tínhamos que usar nos desfiles – que havia passado a noite inteira bebendo. Em Las Vegas. Em 1960.

Outra parte de seu charme (e outra parte que eu só podia imaginar) era que ele parecia dizer o que pensava com absoluta liberdade. Falaria casualmente sobre bater punheta ou cagar, ou sobre como estava apaixonado por sua prima em primeiro grau, Denise. Quando ficava com raiva ou frustrado, dizia na hora – inclusive, e inevitavelmente, quando ficava chateado com o fato de eu ser muito melhor do que ele nos esportes e nas lutas.

Eu fazia o possível para evitar aquele tipo de situação, mas, sendo garotos e particularmente garotos de uma suposta escola militar, situações apareciam. E eu sempre ficava impressionado com a elegância com que Skinflick lidava com elas. Ele gritaria de raiva, depois riria e você saberia que ele estava sendo sincero nas duas reações. Acima de tudo, apesar da maneira como agia e de dizer que só havia lido um livro inteiro na vida, ele era o garoto mais inteligente que eu já conhecera.

Também era seguro o suficiente para ser amigável com todo o tipo de gente – nerds, funcionários da cantina, todo mundo –, e isso tornava possível aproximar-se dele.

Não que eu não tenha precisado me esforçar para isso. Cortei os hábitos da velha Europa e passei a me vestir como um playboy descolado, com óculos escuros e colar de coral. Comecei a falar mais devagar, mais baixo e o menos possível. Qualquer estudante solitário devia receber um incentivo bastante sério para se adequar. Isso o torna descolado rapidamente.

Também comecei a traficar drogas. Tinha um contato através de um nerd conhecido da minha antiga escola, de antes que meus avós fossem mortos e todos os meus amigos parassem de falar comigo por não saber o que dizer. O irmão mais velho do nerd estava fazendo um belo negócio com as drogas e me passou saquinhos de 300 gramas de maconha e de 30 gramas de cocaína por um bom preço. Acho que os dois acharam que eu estava me automedicando.

Acabei tendo que vender por um preço mais baixo do que o custo – o que mostra que comprar amigos não é a melhor ideia do mundo –, mas funcionou. Foi através da maconha que Skinflick e eu nos conhecemos. Um dia, ele me passou um bilhete na aula dizendo: "Cara, pode me passar um trocado?"

Certamente sou o babaca original criado por Deus – um macaco nas ruínas maias, cagando no que não consigo entender, pior que um Neandertal. Mas de todas as coisas vergonhosas que fiz, a que me é mais fácil de entender é ter caído de amores por Adam Locano e sua família quando tinha 15 anos.

Anos depois, a polícia federal tentou me ferrar com isso: como um merdinha total poderia ter passado de alguém que descobriu que seus avós foram mortos por babacas da máfia para alguém que vivia com babacas da máfia, trabalhando, adulando e precisando deles. Mas os motivos eram óbvios.

Há policiais que caem de joelhos por setenta mil dólares e meio quilo de cocaína. Os Locano me levaram para sua *família*. Sua família de verdade, não uma porcaria de filme sobre mafiosos. Eles me levaram para *esquiar*, porra. Eles me levaram para *Paris*, e depois eu e Skinflick fomos para Amsterdã de trem. Eles não eram pessoas essencialmente gentis, mas nutriam simpatia pelos outros e eram particularmente gentis comigo. Além de Skinflick e seus pais, havia dois irmãos mais novos. E ninguém naquela família parecia assustado ou constantemente alerta para assassinatos em massa. Todos pareciam olhar para a frente, para um mundo de vida, em vez de olhar para trás, para uma armadilha mortal que não podiam explicar. E pareciam querer me levar junto. Eu não estava nem perto de ser forte o bastante para rejeitar aquilo.

David Locano, o pai de Skinflick, era advogado em um escritório de quatro sócios perto de Wall Street. Mais tarde, soube que ele era o único sócio que trabalhava para a máfia, apesar de ser também o único que mantinha o escritório financeiramente saudável. Ele vestia ternos caros, mas desleixados, e tinha um cabelo preto que descia por trás da cabeça. Nunca conseguiu esconder inteiramente o quanto era esperto e competente, mas, perto da família, parecia principalmente confuso e espantado.

Sempre que ele precisava saber de alguma coisa – sobre computadores ou se devia começar a jogar squash, fazer dieta etc. –, perguntava a *nós*.

A mãe de Skinflick, Barbara, era magra e engraçada. Frequentemente, fazia aperitivos e se importava de verdade com esportes profissionais, ou fazia um esforço razoável fingindo. *"Ah, por favor"*, gostava de dizer. Como se dissesse: *"Ah, por favor, Pietro – agora você o está chamando de Skinflick?"* (Aliás, Pietro é meu verdadeiro nome. Pietro Brnwa, que se pronuncia "Brouna".)

E lá estava Skinflick. Sair com ele não era exatamente como sofrer uma lavagem cerebral. Na lavagem, geralmente tentam fazer você aceitar como desejável uma realidade que na verdade é uma merda. Sair com Skinflick era *divertido*. Mas tinha o mesmo efeito.

Diga-me, por exemplo: quanto vale um luau na praia? E se você tiver 16 anos na época? Você sente o calor da fogueira de um lado do rosto e o vento do outro, a areia fria nos tornozelos, entrando pelas pernas de sua calça jeans, e a boca da menina que você está beijando e mal consegue ver que é quente, molhada e tem gosto de tequila. Você sente que está se comunicando com ela telepaticamente, e aí não tem mais arrependimentos nem frustrações na vida, porque sabe que o futuro vai ser maravilhoso. Que já sofreu perdas, é claro, mas parece certo esperar que, enquanto o tempo passa, você ganhe tanto quanto, como compensação.

Do que você deveria desistir por isso? E como conjugar isso com suas obrigações com os mortos? Não é complicado: você dá uma olhada e vai embora. Balança a cabeça e volta a ser o nerd solitário e gigantesco, cujos avós estão mortos. E ficará feliz por não ter vendido sua alma.

Eu nao fiz isso. Fiquei com os Locano até bem depois de conseguir o que queria deles, até que minha vida se tornasse uma paródia da minha missão original. Podia dizer que ter sido criado por meus avós me dera poucas defesas contra pessoas para quem mentiras e manipulação eram um estilo de vida e uma forma de diversão. Mas também podia dizer que ficar com os Locano me fez explodir de felicidade e eu não queria que aquilo acabasse. E a verdade é que fiz muitas coisas piores desde então.

3

O homem na cama da ala Anadale era um cara que eu conhecia como Eddy Squillante, também conhecido como Eddy Consol.

– Que merda é essa? – reclamei, puxando-o pelo avental. Chequei duas vezes seu boletim. – Aqui diz que seu nome é LoBrutto.

Ele pareceu confuso.

– É LoBrutto.

– Pensei que fosse Squillante.

– Squillante é só um apelido.

– *Squillante?* Que tipo de apelido seria *Squillante?*

– Vem de Jimmy Squillante.

– Aquele mafioso de merda da indústria do lixo?

– O homem que *revigorou* a indústria do lixo. E olha a boca. Ele era um camarada meu.

– Peraí – disse eu. – Você se chama Squillante porque Jimmy Squillante era um *camarada* seu?

– É. Apesar de seu nome real ser Vincent.

– *Que porra você está dizendo?* Conheci uma garota chamada Barbara e nem por isso peço para as pessoas me chamarem de Babi.

– Provavelmente você é esperto.

– E "Eddy Consol"?

– É outro apelido. Vem de "Consolidado". – Ele riu. – Você acha que o nome de verdade de alguém é "Consolidado"?

Não dei bola para ele.

– Não, eu entendi, obrigado.

Ele esfregou o peito.

— Meu Deus, Bearclaw...
— Não me chame assim.
— Tudo bem... — Ele desiste. — Peraí. Se você não sabia que eu era Squillante, como me achou?
— Eu não te achei.
— Quê?
— Você é paciente de um hospital. Eu sou médico.
— Você está vestido de médico.
— Não. Eu *sou* médico.
Nós nos fitamos. Então, ele disse:
— Cai fora daqui!
Peguei-me desprezando suas palavras.
— Não é nada demais.
— Merda! Mazel Tov, garoto! — Ele balança a cabeça. — Seus judeus de merda. Eles não deixam os caras espertos se tornarem advogados?
— Eu nunca fui esperto.
— Desculpe.
— Não estou pedindo para você se desculpar.
— Foi um equívoco. Não quis ofender.
Havia esquecido que os caras da máfia falavam assim — como se houvesse um único e democrático encontro a que todos deviam comparecer.
— Não se preocupe — disse. — Metade dos caras que matei para David Locano era esperta.
Ele engoliu em seco, o que não é fácil quando você está recebendo todos os líquidos de que necessita pelo braço.
— Você vai *me* matar, Bearclaw?
— Ainda não sei — respondi.
Seus olhos fitaram o tubo de soro.
— Se for, não vai ser colocando ar no seu tubo de soro — falei.
Se injetar uma pequena quantidade de ar num tubo intravenoso realmente matasse, metade dos pacientes do Manhattan

Catholic já estaria morta. Na vida real, a dose de ar que seria letal para 50% das pessoas é de dois centímetros cúbicos para cada quilo de peso corporal. Para LoBrutto, ou como quer que ele se chame, isso daria cerca de dez seringas.*

– Talvez eu devesse meter uma rolha em sua goela. Madeiras leves são invisíveis nos raios X e nenhum patologista do Manhattan Catholic vai se dar ao trabalho de dissecar a laringe de Squillante. Mas onde vou encontrar uma rolha?

– Pare de pensar nisso! – diz ele.

– Relaxa – falo. – Nesse exato momento nem tenho certeza se vou te matar.

Um minuto depois, percebo que disse a verdade, porque descobri como fazer, se tiver que matá-lo.

Vou simplesmente enchê-lo de potássio. Se fizer isso devagar o bastante, seu coração vai parar sem afetar seu eletrocardiograma. E depois que ele morrer, tantas células vão estourar que todo seu corpo ficará inundado de potássio.

– Jesus – diz ele –, pelo que sei, tenho câncer mesmo...

– Você realmente tem câncer – retruco.

– O que você quer dizer?

– Acabei de ler os resultados de sua biópsia.

– Jesus! Câncer? É ruim?

– Não, é fantástico. É por isso que todo mundo quer ter.

Com lágrimas nos olhos, Squillante balança a cabeça.

– Um espertinho de merda. Desde garoto. – Ele agarra meu crachá. – Do que chamam você hoje em dia?

---

* A verdadeira quantidade que abateria qualquer pessoa é altamente variável, porque 30% das pessoas têm um buraco na parede entre os lados direito e esquerdo do coração, capaz de mandar diretamente para o cérebro uma bolha que normalmente iria para os pulmões (e de lá para a atmosfera). Mas é muito mais difícil esvaziar a maioria dos equipamentos de distribuição de fluidos por via intravenosa do que uma seringa, então ninguém faz isso.

Quando ele lê, cai para trás.
– Peter Brown? Como na música dos Beatles?
– É – digo, impressionado.*
– Mudaram seu nome de Pietro Brnwa para *Peter Brown*? Eles acham que somos tão burros assim?
– É, aparentemente, burros pra cacete.
Soa um anúncio do alto-falante no teto: *"Código Azul. Toda a equipe médica disponível dirija-se ao 815 sul."* A frase é repetida algumas vezes.
Squillante percebe o que está havendo.
– Não vou falar merda, Bearclaw – diz. – Prometo.
– Se falar, volto aqui e te mato no ato. *Capicci*, babaca?
Ele assente.
Pego o fio do telefone e arranco da parede quando saio.

Sigo o código. Ou pelo menos o corredor do lado de fora do quarto onde o ouvi. O mundo inteiro adora um código, porque você começa a agir como se estivesse na televisão. Mesmo se você não gritar "Afastar!" com os desfibriladores nas mãos, pode começar a apertar o respirador ou injetar as drogas que as enfermeiras pegaram no carrinho de materiais de emergência e te deram. Além disso, vêm pessoas de todo o hospital – não apenas do departamento médico, para quem isso é obrigatório –, então é uma ótima oportunidade para socializar. E se quem acionou o código fez isso porque o paciente está realmente em risco de

---

* *The Ballad of John and Yoko*: "Peter Brown called to say/You can make it O.K./You can get married in Gibraltar near Spain." Peter Brown foi o *roadie* que trabalhou por mais tempo com os Beatles.

morrer, você pode até salvar a vida de alguém e justificar sua péssima escolha de carreira.

No entanto, lembro que, assim que cheguei lá, não era isso que estava acontecendo. Era uma daquelas vezes em que o paciente já morreu há horas e alguma enfermeira está tentando salvar sua pele lituana.

– Quem está livre? – pergunto.

Uma enfermeira chamada Lainie se vira com um cronômetro e uma lista de quem devia estar ali.

– Ah, oi, dr. Brown – diz ela, com uma piscadinha. – Já tirei você dessa.

– Obrigado – agradeço. Lainie é uma gata, mas é casada. Com certeza, com um cara que parece ter 12 anos e usa uma camiseta de basquete comprida o suficiente para ser um vestido de festa. Mas o sujeito aqui não cai nessa.

O que o sujeito aqui faz é voltar ao quarto de Squillante. Para matá-lo ou descobrir o que fazer com ele em vez disso. Parece não haver uma escolha óbvia. Se o deixar vivo e ele disser a David Locano onde estou, estarei morto ou fugindo. Por outro lado, supostamente trabalho num hospital para compensar o fato de matar pessoas. Ou algo nessa linha.

– Senhor? – É uma vozinha atrás de mim. Eu me viro.

Meus alunos de medicina. Dois miseráveis destinos humanos com jalecos brancos curtos. Um é um homem e o outro é uma mulher, e ambos têm nome. É tudo o que consigo lembrar deles.

– Bom-dia, senhor.

– Não me chame de senhor. Trabalho para me sustentar – respondo. – Vão checar os exames laboratoriais.

Isso os deixa confusos, mas um deles diz:

– Já fizemos isso.

– Então, fiquem aqui.

– Mas...

— Desculpem, garotos. Ensinarei algo a vocês mais tarde.*
Vejo vocês nas revisões de atendimento, às 7:30.

É claro que três metros adiante meu bipe toca, e é Akfal, que está na UTI.

— Você tem um minutinho? — ele pergunta quando telefono de volta.

Em vez de "Não", digo "É sério?", o que é uma pergunta estúpida, já que Akfal não me biparia se não fosse. Ele não é desse tipo.

— Preciso da sua ajuda numa toracostomia.

Merda.

— Já vou — digo a ele.

Viro-me para meus alunos de medicina.

— Mudança de planos, garotos — falo. — O tio Akfal tem um procedimento para a gente.

Enquanto nos dirigimos à escada de incêndio, um dos alunos balança a cabeça nervosamente, lembrando do código.

— Não é nossa paciente, doutor?

— Agora ela é paciente de Deus.

A toracostomia consiste simplesmente em enfiar um tubo pontudo no peito de alguém. Faz-se isso quando a quantidade de sangue — ou pus, ou ar, ou o que quer que seja — no tórax começa a comprimir um dos pulmões, ou os dois, tornando a respiração

---

* Essa interação básica — Bom-dia, senhor/Desculpe, garotos. Ensinarei algo a vocês mais tarde — é a principal atividade dos dois últimos anos da faculdade de medicina. Nos dois primeiros anos, a principal atividade é uma apresentação em PowerPoint de um PhD amargo qualquer, que não recebeu salário e foi lento demais para conseguir não ser aporrinhado pelo reitor naquela manhã.

difícil. Você tem que evitar os órgãos principais – pulmões, baço, fígado – e a parte de baixo das costelas, porque é ali que correm as veias, artérias e nervos. (Dá para ver isso nas costelas de boi, mesmo depois de cozinhá-las. Depois você pode vomitar.) De qualquer forma, colocar um tubo intratorácico é simples, desde que o paciente fique parado.

O que nunca acontece. É aí que eu entro. Embora não fique feliz em admitir, a função médica que desempenho quase perfeitamente é manter as pessoas quietas. Meus alunos de medicina estão prestes a testemunhar um toque de genialidade.

Então, fico surpreso quando chegamos à UTI para encontrar o paciente virado de lado, com os olhos abertos e a língua de fora. Na verdade, acho que ele morreu enquanto Akfal estava falando comigo, mas, quando sinto sua carótida, vejo que ela está pulsando normalmente, apesar de não haver nenhum indício de que ele sinta que o estou tocando.

– Ele estava assim antes? – pergunto.

Akfal está montando a mesa de instrumentos, usando todos os materiais da Martin-Whiting Aldomed.

– Aparentemente, ele está sempre assim. Um imenso AVC* seis anos atrás.

– Então, para que você precisa da gente?

– O boletim diz que ele é capaz de fazer movimentos violentos repentinos.

Toco o globo ocular do cara. Não há reação.

– Alguém está te sacaneando. O cara é um boneco.

– Provavelmente. – Ele abre um pacote de luvas esterilizadas sobre a toalha de papel azul que colocou ali. Então puxa uma de cada vez, tocando apenas as partes internas.

---

* "AVC" significa "acidente vascular cerebral", ou derrame. Uma artéria cerebral pode ser comprimida (geralmente por um coágulo, que geralmente veio do coração) ou simplesmente explodir. Conheça a Morte: é a segunda maior causa de mortes nos Estados Unidos.

– Pronto – diz.

Subo a cama e cada aluno segura uma perna. Desamarro o avental do cara e o deixo cair até sua cintura. O cara está pelancudo com a gordura acumulada depois do coma.

Akfal limpa com iodo uma área abaixo da parte esquerda da caixa torácica e então pega o tubo. Coloco um braço sobre os braços e o alto do peito do cara.

Akfal enfia o tubo. O paciente grita e chuta os dois alunos para longe de suas pernas com tanta força que eles batem na parede. Um deles também esbarra num dos monitores.

Mas o tubo está lá dentro. Dentro *de onde* é a questão, já que o fluido que jorra – sobre o peito e o rosto de Akfal, antes que ele consiga pegar um urinol para desviá-lo – parece sangue escuro e pegajoso. Que depois de alguns segundos começa a sair normalmente.

O paciente suspira e relaxa de novo em meus braços.

– Garotos, vocês estão bem? – pergunto.

– Sim, senhor – respondem os dois, tremendo.

– Akfal?

– Ótimo. Cuidado, tem sangue no chão.

Mais tarde, quando os alunos e eu saímos da UTI, somos parados pelo que parece uma versão mais jovem, e com menos cara de zumbi, do paciente.

– Como está meu pai? – ele pergunta.

– Ótimo – digo.

Nas escadas de incêndio, voltando para cima, indago:

– Qual é a lição, garotos?

– NR – dizem, em uníssono.

– Certíssimo.

É o pedido para Não Ressuscitar. O pedido de *pelo-amor-de-Deus-me-deixe-morrer*.

Algo que, se os médicos explicassem mais aos pacientes, e os pacientes assinassem, poderia salvar o sistema de saúde norte-americano, que hoje gasta 60% de seus recursos com pessoas que nunca mais vão sair do hospital.

Acha que isso é o trabalho da Morte com sua foice? Manchete: nessa hora, o trabalho da Morte já está feito. "Morte cerebral" não significa que o cérebro está morto, apesar de estar. Significa que o cérebro já se foi a um ponto em que o *corpo* efetivamente morreu. O coração pulsante do paciente é só um bônus.

Falando em não fazer o trabalho da Morte, resolvo voltar ao quarto de Squillante, agora decidido a fazer todo o possível para assustá-lo e mantê-lo em silêncio antes de pensar em matá-lo.

Bastante decidido, aliás. Mando os garotos irem em frente para as revisões – ocorrência tão abominável que, sob as circunstâncias, me sinto culpado por não livrá-los daquilo – só por precaução.

No entanto, como era de prever, quando chego, Squillante está falando num celular:

– Vou desligar num minutinho – diz ele para mim, cobrindo o receptor. – O que acha que sou? Uma porra de um dinossauro que não sabe usar um celular?

Então ele me faz um gesto obsceno e volta a falar no telefone:

– Jimmy – diz. – Te ligo de volta. O Bearclaw está aqui agora mesmo.

4

Nos filmes, assassinos profissionais sempre usam pistolas .22 com silenciador, que largam na cena do crime. Entendi o lance de deixar a arma na cena do crime, já que Michael larga a sua em *O poderoso chefão*, um filme dos anos 1970 sobre os anos 1950, que os mafiosos de hoje tomam como modelo para suas vidas.* No entanto, quando comecei a pensar nisso, usar uma .22 me pareceu idiota.

Obviamente, balas menores tendem a ser mais rápidas e a velocidade é o principal componente da energia cinética, e assim, das ondas de choque que uma bala bem colocada mandará pelos fluidos corporais até que as paredes que deveriam contê-los se dissolvam. Mas a quantidade de energia cinética que de fato é transferida de uma bala para um corpo é difícil de calcular, já que depende de coisas como velocidade de rotação e "impulso", que é como os físicos chamam a quantidade de tempo em que dois objetos realmente mantêm contato.

Por outro lado, a conservação do momento linear é fácil de calcular. Por exemplo, se uma bala pesando 15 gramas (o peso de uma bala .45, que tem 45% de uma polegada de comprimento) com a velocidade do som (devagar para uma bala) para completamente dentro de seu corpo (o que é bem mais fácil de acontecer com uma bala grande do que com uma pequena), então 15 gramas

---

* Michael larga sua arma depois de atirar no policial em *O poderoso chefão* porque os garotos largam a arma depois de atirar no policial em *A batalha de Argel*. Onde pelo menos aquilo faz sentido, já que, durante a revolução argelina, os franceses tinham postos de controle em cada quarteirão.

do seu corpo têm que acelerar à velocidade do som para compensar. Ou 150 gramas, se for atingido com um décimo da velocidade do som e assim por diante. Muito menos difícil de pensar.

Eu disse ao nerd na feira de armas Nassau Coliseum Gun Show, sobre a qual lera numa revista especializada, cujo nome era algo parecido com *Atire no judeu* ou *Exploda seu cérebro*, que eu queria duas pistolas .45 automáticas.

Essa foi a parte fácil. As armas que acabei comprando pareciam vagabundas – tinham coronhas de imbuia e canos tão brilhantes que pareciam espelhados –, mas eram robustas, funcionavam bem e me toquei de que poderia pintá-las depois. Além do mais, coronhas de madeira supostamente absorvem um pouco do coice da arma.

A parte difícil foi comprar silenciadores. O simples fato de possuir um silenciador é crime capital desde a Guerra do Vietnã. Não tenho certeza sobre o motivo. É verdade que silenciadores só são usados para matar pessoas, mas você poderia dizer o mesmo de rifles de assalto e a ANR (Associação Nacional de Rifles) os mantém baratos e fáceis de comprar. Na feira de armas, tive que andar horas depois de comprar as pistolas antes que alguém mordesse a isca.

Foi um cara de cabelos brancos e óculos, vestindo uma camisa de poliéster. Não parecia alguém que se preparasse para uma guerra, apesar de ter todos os sinais em sua mesa – biografias de grandes oficiais nazistas, armas estranhas e facas. Perguntei-lhe se tinha algum supressor de som.

Um supressor é a versão mixuruca de um silenciador, que você pode usar no rifle. Assim você não fica surdo enquanto atira em seus colegas de escola ou coisa do gênero.

– Supressores para quê? – indagou. Quando terminou de falar, sua língua, que era cinza, ficou sobre o lábio inferior.
– Pistolas – falei.
– Pistolas? Não se coloca um supressor numa pistola.
– Estou procurando supressores bem *fortes* – disse.
– Supressores bem fortes.
– Supressores muito *silenciosos* – insisti.
Ele pareceu aborrecido:
– Por acaso, você acha que eu pareço um policial?
– Não.
– Então, diga o que quer. Que tipo de munição você quer usar?
– Balas Magnum *hollow-point*.
– Sério?
– É.
– E as armas?
– Ah, sim. – Dei-lhe a sacola que estava carregando. Ele tirou as duas pistolas e pousou-as sobre um exemplar dos *Protocolos dos Sábios de Sião*.* Por alguns segundos, ficou somente olhando para elas.
– Hummm – disse finalmente. – Não é tão simples assim. Mas venha aqui atrás.
Dei a volta na mesa até onde havia uma cadeira dobrável extra. O maníaco por armas pegou uma caixa de material de pesca do chão e abriu sob a toalha da mesa. Estava cheia de silenciadores.
– Hummm – murmurou, remexendo-os. – Você precisa de um para cada uma?
– Sim.
Ele pegou dois.
– Não sabe o quanto esses são bons – falou.

* Livro antissemita. (N. da T.)

Eram compridos – deviam ter uns trinta centímetros, com 15 centímetros de tubo grosso presos a 15 centímetros de tubo fino.

– O que é isso? – perguntei, apontando para a parte fina.

– Um cano. Olha isso. – Em mais ou menos dez segundos, totalmente fora das vistas alheias, ele desmontou uma das minhas pistolas e montou novamente. Só que em vez do cano original, que ele deixou sobre a mesa, a arma agora tinha o cano que fazia parte do silenciador.

– Assim você pode trocar e eles não conseguem comparar as balas – disse. – É claro que, se você não quiser que as balas sejam encontradas, tem que tirar o bloco da culatra. Ou pelo menos raspá-lo.

– Ah – falei.

– Mantenha o cano original quando não estiver usando, caso os tiras apareçam. E mantenha a arma carregada, caso eles pareçam muito nervosos. – Ele piscou, mas pode ter sido só um tique. – Tá me ouvindo?

– Sim – respondi.

– Bom. São quatrocentos dólares.

Em meados de dezembro de 1992, a sra. Locano perguntou:

– Pietro, o que você quer de Natal? – Decidi dar meu golpe final. Estávamos todos reunidos para jantar.

– Sou judeu – disse.

– Ah, pelo amor de Deus...

– A única coisa que acho que quero – falei, fitando David Locano – é saber quem matou meus avós.

Todos ficaram em silêncio. Pensei: *Droga! Ferrei com tudo.* E quando pensei que tudo estava acabado, senti-me grato.

Mas alguns dias depois, David Locano me ligou e perguntou se eu iria com ele a uma loja de material esportivo para encontrar um presente para Skinflick. Ele viria me buscar.

Fomos. Ele comprou um saco de pancadas para o filho, o que era ridículo – Skinflick não conseguia manter as mãos sobre a cabeça por dez minutos *sem* ter que socar alguma coisa ao mesmo tempo –, mas Locano não parecia querer meus conselhos.

No carro, voltando para casa, ele falou:

– O quanto você está levando a sério essa história de pegar os filhos da puta que mataram seus avós?

Fiquei tão surpreso que não consegui dizer nada durante um minuto.

– É um dos principais motivos para eu continuar vivendo – respondi, finalmente.

– Isso é tão idiota!... – disse ele. – Sei que foi por isso que você foi estudar em Sandhurst* e ficou amigo de Adam. Mas é besteira. Você pode deixar isso para trás. Você *deve* deixar isso para trás. E sei que você quer.

– E o que vai acontecer comigo se eu não quiser?

Locano virou para o acostamento da rua em que estávamos e meteu o pé no freio.

– Pare de dar uma de durão – disse ele. – Eu não mato pessoas. Sou advogado, porra! E se eu ameaçasse pessoas, não ameaçaria você.

– Ok... – falei.

– Só estou te dizendo: você tem muitos motivos para viver. E para ficar longe de problemas. Adam te adora. Ele te respeita. Você deve prestar atenção nisso.

---

* Ops, falei o nome.

– Obrigado.
– Você está me ouvindo?
– Sim.
Eu estava ouvindo, mas ainda estava embasbacado.
– E você está preso a isso?
– Sim.
Ele suspirou. Assentiu.
– Tudo bem, então. – Ele procurou algo no casaco.
Quase o fiz parar. Eu estava há 13 meses praticando artes marciais, oito horas por dia. Teria sido fácil bloquear seu braço armado e empurrar-lhe o queixo até seu pescoço quebrar.
– Relaxa – disse ele. Puxou a agenda e uma caneta. – Vou ver se consigo um contrato para você.
– O que quer dizer?
– Vou ver se consigo alguém que pague você para fazer isso.
– Não vou ganhar dinheiro com isso.
Ele olhou para mim.
– Vai, sim. Senão você é um vagabundo e eles vão te escorraçar feito um cachorro. Vamos espalhar um boato de que esses filhos da puta estão falando demais, não importa quem sejam, e isso vai deixar as coisas mais quentes para eles. Talvez sejam sobrinhos dos sobrinhos de alguém, mas não deve dar muito trabalho. Está entendendo?
– Sim – respondi.
– Bom. Vai precisar de uma arma?

Eles eram irmãos. Joe e Mike Virzi. Como haviam pensado os policiais, fizeram aquilo para conseguir entrar na máfia. Mas não tomei simplesmente as palavras de Locano como verdade. Em primeiro lugar, eu os segui durante semanas.

Os irmãos Virzi eram um par de imbecis violentos que geralmente ficavam loucos de tédio à noite, e aí descontavam em quem quer que encontrassem. Eles pegariam um pobre idiota pelo cabelo e o levariam para fora de alguma boate ou de um bar de sinuca, mandando todos calarem a boca porque era assunto da máfia, e levariam o cara numa poça de dentes e sangue pela rua. Às vezes batiam no sujeito até parecer que ele seria mutilado ou morto. Ou pegariam uma mulher, e eu tinha que chamar a polícia anonimamente.

Aqui está a parte estranha: *eu os vi sendo batizados pela máfia*. Eu os seguia quase todas as noites, mas ainda assim me surpreendi quando aconteceu.

Foi no templo de santo Antônio, no porão do prédio anexo à igreja, em Paramus. Dava para ver através das barras da janela, aberta para diminuir o calor. Havia três mesas vagabundas dispostas em U, com velhos gângsteres sentados ao redor, e Joe e Mike Virzi ao centro, em pé, nus, repetindo as palavras do velho que estava no meio.

Não consegui ouvir muito, mas havia partes em italiano, latim e inglês, e os Virzi prometiam ir para o inferno se traíssem a máfia. Em certo momento, dois velhos nas pontas da mesa, que pareciam especialmente ridículos com medalhões e chapéus de feltro, colocaram fogo em tiras de papel e as largaram sobre as palmas das mãos dos Virzi. Fiz isso em casa mais tarde. Não doía nada.

A pobreza daquilo tudo me deixou puto. Não conseguia acreditar que meus avós haviam morrido por aquela merda. Fui embora antes que aquilo terminasse para ir de carro até a casa dos Virzi.

Era uma casinha térrea com uma garagem anexa. A porta da garagem estava aberta, como era normal quando estavam fora. Afinal, quem iria roubá-los?

No dia seguinte, antes da escola – era início de março e estava um frio desgraçado –, fui para o bosque perto do rio Saddle praticar tiro e descobri por que assassinos profissionais usam pistolas calibre .22.

O primeiro tiro que saiu de cada arma soou como se alguém desse uma porrada num grampeador. O segundo soou como o latido de alerta de um cachorro. O sexto e o sétimo soaram como jatos voando baixo. Naquele momento o interior dos dois silenciadores estava realmente pegando fogo, com fumaça preta e chamas azuis saindo dos canos. A tinta do cano estava formando bolhas.

Ainda assim, o trabalho que aquelas balas faziam era intrigante. Consegui dar tiros com a mão direita e com a esquerda em um único tronco de árvore – o que não é tão fácil quando o coice da arma dava a sensação de estar me arrastando para fora de uma piscina cada vez que eu puxava o gatilho –, e havia lascas de dez centímetros no ponto da madeira em que as balas entraram. E círculos de sessenta centímetros de diâmetro de serragem atrás.

Escolhi um fim de semana logo antes das férias de primavera do meu primeiro ano do secundário. Eu havia reconstruído os silenciadores. Não estou particularmente ansioso para divulgar como se faz isso, mas basta dizer que ajuda já ter os cilindros de metal, assim como isolante de fibra de vidro e uma pilha de argolas. E que, mesmo na era anterior à internet, não era muito difícil encontrar as instruções.

Eu sabia que os Virzi nunca trancavam a porta entre a garagem e a cozinha. Já passara por ali dezenas de vezes, já passara por toda a casa dos filhos da puta, com todos seus pôsteres da Cindy Crawford e gravuras daquele cara que fazia as capas dos discos do Duran Duran.

Na noite em que decidi matá-los, segui-os até uma boate, depois fui até a casa deles e tranquei a porta da cozinha. Então, fiquei de um lado da porta aberta da garagem e esperei que eles chegassem em casa.

Um professor meu da faculdade de medicina dizia que as glândulas sudoríparas das axilas e das virilhas são controladas por partes totalmente distintas do sistema nervoso. Então, é o nervosismo que provoca o suor nas axilas, enquanto o calor faz as virilhas suarem. Não sei se é verdade, mas posso dizer que ficar ali, em pé, esperando os Virzi chegarem, me fez suar nas axilas e nas virilhas até meus sapatos ficarem molhados. Todo o meu corpo estava escorregadio dentro do sobretudo sufocante. Era difícil distinguir calor e nervosismo.

Enfim, houve uma batida na calçada e o Mustang com listras de corrida dos Virzi voou para dentro da garagem, passando a meu lado e levantando uma onda de combustível e fumaça queimados.

Eles saíram falando alto e cambaleando. O que dirigia apertou o controle remoto, e então a porta da garagem começou a fechar. O que estava no assento do carona subiu pesadamente os dois degraus até a porta da cozinha, tentou girar a maçaneta e depois balançou-a.

– Que merda é essa? – gritou, mais alto do que o som da porta da garagem.

– O quê? – perguntou o outro.

– A porra da porta está trancada.
A porta da garagem parou.
– Não fala merda.
– Mas está!
– Então abre, porra!
– Eu não tenho a chave, babaca!
– Que tal virar para trás? – indaguei. – Devagar. – Minha voz soava distante até para mim mesmo. Alguma coisa, a onda, o estresse, me deixara tonto e fiquei com medo de cair.

Eles se viraram. Não pareciam assustados. Apenas idiotas.

– O quê? – um deles disse.

– Quem diabos é você? – o outro quis saber.

– Cooperem e não vão se machucar – falei.

Por um segundo, ninguém disse nada. Então o primeiro disse "*O quê?*" e os dois começaram a rir.

– Babaca – xingou um deles. – Você está mexendo com os caras errados.

– Eu acho que não – falei.

– *Cooperar?* – repetiu o primeiro.

– Vocês assaltaram uma casa em West Orange há pouco mais de um ano, em outubro – disse. – Mataram um casal de velhos. Só quero a fita que estava no videocassete que vocês levaram.

Eles se entreolharam. Balançaram a cabeça, sem acreditar.

– Babaca, se levamos um videocassete daqueles pobres imbecis, certamente não guardamos a fita – disse o primeiro.

Respirei fundo para não ter que fazer isso de novo por um tempinho. Então, comecei a puxar o gatilho.

Vou falar a vocês sobre vingança. Em especial a que envolve assassinatos. É má ideia. Para começar, não dura. A razão para dizerem que a vingança é melhor servida fria não é porque você vai gastar tempo tentando levá-la a cabo, mas porque você vai passar mais tempo na parte divertida, que é o planejamento e a expectativa.

Outra coisa: mesmo se não for pego, matar alguém é ruim para você. Mata algo em você mesmo e tem consequências de outros tipos que você não pode prever. Por exemplo: oito anos depois de matar os irmãos Virzi, Skinflick destruiu completamente a minha vida e joguei-o de cabeça pela janela do sexto andar.

Mas naquela noite, no início de 1993, eu só conseguia sentir alegria. Atirar nos irmãos Virzi com a minha .45 com silenciador foi como segurar uma foto deles e depois rasgá-la pela metade.

5

Tiro o celular das mãos de Squillante e quebro-o em pedacinhos.
— Fala, babaca — digo.
Ele dá de ombros.
— Falar o quê? Desde que eu continue vivo, meu Jimmy não vai ligar para o Brooklyn.
— Não vai ligar para quem no Brooklyn?
— Um cara do David Locano que pode ter uma conversa com ele em Beaumont.
Fecho o punho.
— Relaxa! — diz Squillante. — É só se eu morrer!
Levanto-o da cama pela pele solta entre sua mandíbula e o pescoço. É seca, como a de um lagarto.
— Só se você *morrer*? — repiti. — Você tá *maluco*? Você tem uma doença terminal! Você já está morto!
— Vamos esperar que eu não esteja — ele balbuciou.
— Esperança não vai adiantar nada para nenhum de nós!
Ele murmura alguma coisa. Deixo sua cabeça cair de volta.
— O quê? — pergunto.
— O dr. Friendly disse que vai operar. Ele disse que podemos vencer a doença.
— Quem diabos é o dr. Friendly? Algum amigo seu?
— Ele é um cirurgião famoso!
— E ele opera no Manhattan Catholic?
— Ele opera na cidade toda. Leva sua própria equipe.
Meu bipe toca. Aperto o botão "silenciar".
— Ele e eu vamos vencer esse troço juntos — repete Squillante.

Dou um tapa nele. De leve.

– Para com essa merda – digo. – Não é só porque você está morrendo que vai me levar junto. Corte sua conexão com Locano.

– Não – falou, tranquilamente.

Dou outro tapa, agora um pouco mais forte.

– Escuta aqui, idiota. Suas chances de sobreviver são uma merda. Não me faça matar você agora.

– Você não pode.

– Por que não, se não faz diferença?

Ele ia começar a dizer algo, mas em vez disso pisca os olhos. Começa de novo. Aí começa a chorar. Vira a cabeça e assume o mais próximo de uma posição fetal que os tubos e fios ligados a seu corpo permitem.

– Eu não quero morrer, Bearclaw – diz, em lágrimas.

– Bem, ninguém está pedindo sua permissão. Então, esquece isso.

– O dr. Friendly disse que eu tenho uma chance.

– É papo de cirurgião para ganhar dinheiro e comprar um barco maior.

Meu bipe toca de novo. Silencio-o outra vez. Squillante agarra meu antebraço com sua mão de macaco.

– Me ajude, Bearclaw.

– Ajudo se puder. Dispense seu cara – ordeno.

– Só me leve para a cirurgia.

– Eu disse que ajudo se puder. Dispense-o.

– Se eu puder simplesmente passar pela cirurgia e sair daqui, prometo que vou. A conexão morre comigo. Não preciso viver para sempre.

– Ei! Que conversa é essa? – fala alguém atrás de mim.

Viro e vejo dois médicos entrando no quarto. Um era um residente magro e exausto, usando o uniforme do centro cirúrgico.

O outro, um gordo de 55 anos. Não conheço nenhum deles. O gordo é vermelho, com um penteado realmente ousado escondendo a careca – um penteado em que a parte com cabelo dava voltas e voltas sobre a careca, para ser mais exato. Mas não é isso o interessante.

    O interessante era o jaleco branco do cara, que ia até as coxas. Estava coberto com escudos com nomes de remédios, como um uniforme de piloto de corrida. E era de couro. Melhor ainda, os escudos estavam sobre as partes do corpo em que os remédios atuam especificamente: *Xoxoxoxox* (pronuncia-se "zoZOXazox") sobre o coração, *Rectilificina* sobre a alça sigmoide, que é o final do cólon, e assim por diante. Sobre o meio das virilhas – partido ao meio porque o jaleco estava aberto –, o famoso logotipo do remédio para disfunção erétil *Propulsatil*.

    – Que jaleco fantástico! – digo. O cara olha para mim, tentando decidir se estou sendo sarcástico, mas eu mesmo não sei, então ele não pode descobrir.

    – Você é da equipe médica? – ele simplesmente pergunta.

    – Sou.

    – Eu sou o dr. Friendly.

    Ótimo. Eu não confiaria nesse cara nem para consertar meu carro.

    – Vou levar este paciente para o centro cirúrgico agora de manhã – diz. – Certifique-se de que ele estará pronto.

    – Ele está pronto. E não quer um termo de não ressuscitar.

    O dr. Friendly coloca a mão no meu ombro. Unhas bem-feitas, pelo menos.

    – Claro que ele não quer – diz. – E não puxe meu saco. Meu residente já faz isso demais.

    Eu simplesmente olho para ele.

    – Se precisar falar com você, passo um bipe – avisa.

Tento pensar numa desculpa para ficar, mas não consigo. Estou distraído – primeiro pelo fato de ver que o jaleco do dr. Friendly tem escudos do *Marinir* sobre os rins quando ele vira de costas para mim, e depois pelo cheiro de seu residente. Que repentinamente reconheço. Os olhos avermelhados com olheiras negras fitam-me quando me viro.

– O fantasma da cirurgia? – pergunto a ele.

– Sim – responde. – Obrigado por me deixar dormir. – Seu hálito ainda é fortíssimo.

Viro para Squillante quando vou embora.

– Tente continuar vivo até eu voltar – digo.

Quando saio da ala Anadale há um zumbido agudo em meu ouvido esquerdo. Tento imaginar o que o Professor Marmoset – o Grande – me diria para fazer. Pergunto-lhe, quase em voz alta: *Professor Marmoset!!! O que devo fazer???*

Imagino-o balançando a cabeça. *Para de me encher o saco, Ishmael.** Foda-se. Pego meu celular. Ligo "Marmoset" e aperto "chamar".

Uma enfermeira passa na minha frente e diz:

– Você não pode usar o celular aqui.

– Humm – resmungo.

No telefone, uma voz feminina ridiculamente ofegante e sensual diz: *"Olá, sou a Firefly, o sistema de atendimento automático. Quem você está procurando?"* É como se uma vagina estivesse falando.

---

* Ishmael era meu codinome no WITSEC, apesar de somente o Professor Marmoset me chamar assim. WITSEC é a abreviação que os policiais usam para o Programa de Proteção à Testemunha nos Estados Unidos.

— Marmoset.

— *O Professor Marmoset não está atendendo o telefone neste momento. Você gostaria que eu o procurasse?*

— Sim — respondo para aquela merda.

— *Por favor, diga seu nome.*

— Ishmael.

— *Um momento, por favor* — diz Firefly. — *Gostaria de ouvir música enquanto espera?*

— Vá à merda — falo.

Mas a piada se vira contra mim. Começa uma música do Sting.

— *Não pude localizá-lo* — diz Firefly, finalmente. — *Você gostaria de deixar uma mensagem?*

— Sim. — Luto contra lágrimas de amargura por ter que falar com essa monstruosidade.

— Bem-vindo. Pode deixar sua mensagem agora.

— Professor Marmoset... — começo. Ouço um bipe.

Depois, silêncio. Espero alguns segundos. Nada acontece.

— Professor Marmoset — começo —, acabei de ouvir um bipe. Não sei se isso significa que começou a gravar ou se parou de gravar. Aqui é o Ishmael. Preciso muito falar com o senhor. Por favor, me ligue ou chame no *pager*.

Deixo os dois números, apesar de ter que olhar o do meu celular na etiqueta de identificação do estetoscópio. Não lembro qual foi a última vez em que o dei a alguém.

Então, pensei em tentar ligar para Sam Freed, que me levou ao WITSEC. Freed se aposentou e não faço ideia de como encontrá-lo. E não estou nem perto de estar pronto para falar com quem faz seu trabalho agora.

Quando meu *pager* toca de novo, dou uma olhada, caso seja Marmoset. Mas é apenas um lembrete alfanumérico de que, quando as coisas estão ruins, sempre podem ficar ainda piores.

"KD VC? REVISÃO ATEND SE Ñ VIER AGR TA DEMITIDO"

Mesmo num bom dia, prefiro falar com o funcionário de uma empresa de seguros a fazer revisões de atendimento. Agora, quando algum idiota de quem jamais lembre durante anos tem uma boa chance de me matar ou me fazer fugir, isso vira um tormento.

Porque, *NDO AGR* ou não, provavelmente estou *FDD*.

6

Eis uma coisa divertida para fazer na próxima vez que for à Sicília: caia fora. Fuja. O lugar é um inferno desde que os romanos queimaram as florestas e rasparam as colinas para ter uma fazenda produtora de trigo perto da península italiana, mas longe o suficiente da costa para que os gafanhotos não a invadissem. Até os camisas-vermelhas de Garibaldi deixaram a Sicília de mãos atadas quando libertaram a Itália. Era valiosa demais para se deixar para trás.

Os próprios sicilianos dividiram-se em três classes distintas através dos séculos. Havia os servos, sobre quem não dá para dizer nada de realmente relevante. Havia os proprietários de terras, que tinham mansões na ilha, mas as visitavam o menos possível. E havia os administradores – uma classe de parasitas que podiam fazer o que quisessem com os servos, desde que mantivessem a produção.

Os administradores viviam nas mansões dos proprietários quando eles não estavam lá. Durante o domínio otomano, eram chamados de *mayvah*, que significava "fanfarrões". A palavra tornou-se, mais tarde, máfia.

Quando os sicilianos começaram a migrar para os Estados Unidos, no começo do século XX, em sua maioria para catar papel no lixo no Lower East Side, de Manhattan, a máfia os seguiu para continuar sugando seu sangue. Durante a Lei Seca, a máfia fez algo socialmente útil e defensável, mas quando ela terminou, eles voltaram a chantagear pessoas, ameaçando-as com violência o tempo todo. Uma pequena lenda romana, chamada Sal "Little

Caesar" Manzaro, até criou um exército privado, usando nomenclaturas militares romanas italianizadas, como *capodecini* e *consiglieri,* e a vida em Nova York ficou tão ruim que a polícia finalmente se interessou. A única coisa que salvou a máfia naquele momento foi o negócio do lixo.

Por motivos que permanecem obscuros, mas que provavelmente têm a ver com o fato de ser mais fácil para as empresas privadas do que para as públicas despejar ilegalmente lixo nas fronteiras do estado, a cidade de Nova York parou de coletar lixo para fins comerciais em 1957. Deixou de fazer *qualquer* transação comercial, do dia para a noite. Pela primeira vez em cem anos. Repentinamente, todas as empresas da cidade estavam no ramo das exportações, com um estoque enorme e perecível que só podia ser movimentado com caminhões.

A máfia conhecia caminhões desde a época dos catadores de papel e gostava deles. Caminhões são lentos e fáceis de encontrar, e suas equipes são pequenas e fáceis de ferrar. No meio dos anos 1960, era rotina a máfia fazer os sindicatos dos funcionários de empresas de coleta de lixo, controlados por ela, entrarem em greve contra as empresas, que lhes pertenciam, e depois ficarem vendo o prefeito se virar para aumentar as taxas de coleta e evitar que, em consequência, ratos e doenças proliferassem.

Isso aconteceu até os anos 1990. Você ouve muito sobre ternos Armani, gângsteres como Dapper Dons, e *respeito,* e como *Tony Soprano, do seriado, finge estar no ramo do lixo* e coisas assim. Mas durante anos foi o lixo que manteve as Cinco Famílias mafiosas vivas. Drogas, assassinatos, prostituição – até jogo, antes do negócio indiano – eram apenas secundários.

No fim das contas, no entanto, o prefeito Rudolph Giuliani decidiu que já era o bastante e trouxe a Waste Management, uma corporação multinacional tão assustadora que fez a máfia parecer aquelas garotinhas de concursos de beleza infantil. Os próprios crimes da Waste Management eram sérios o bastante para enfim forçar mudanças na segurança, entre outras coisas, mas seu surgimento no mundo do lixo de Nova York inspirou outra rodada de anúncios funerários para a máfia.

Mais uma vez, todavia, a morte real foi evitada pela legislação. Dessa vez em nível estadual. Por vários anos, a máfia administrava um golpe em que se abriam postos de gasolina usando laranjas, e fechando-os quando os impostos estaduais estavam para vencer. Como o imposto era de mais de 25 centavos por galão, isso significava que eles podiam acabar com qualquer concorrente honesto, o que era lucrativo, mas envolvia muito tempo perdido, já que cada posto tinha que ficar fechado pelo menos três meses entre uma falência e outra. Então, o estado mudou a lei, exigindo que os atacadistas, e não os varejistas de gasolina, pagassem o imposto.

A ideia era matar o golpe do imposto, mas o resultado foi fazer surgir um novo golpe muito mais lucrativo – que, se você acreditar, foi inventado ao mesmo tempo pelo mafioso de origem italiana Lawrence Iorizzo e pelo russo "Little" Igor Roizman, como Newton e Leibniz inventando o cálculo.

No novo golpe, abriam-se e fechavam-se atacados fantasmas, mantendo-se os postos abertos o ano inteiro, o que era o paraíso. Parece óbvio e ridículo, mas no fim de 1995, sicilianos e russos haviam usado o esquema para roubar quatrocentos milhões só em Nova York e Nova Jersey.

Mas, no fim das contas, foi uma péssima ideia para os sicilianos estar no mesmo ramo que os russos. Depois de dois mil anos de uma cultura em que eram os chacais contra a carniça, os sicilianos haviam se tornado tão preguiçosos quanto os ingleses, com os mesmos sonhos de viver em castelos e ter servos a seu dispor. Os russos, que recentemente haviam tido toda e qualquer ilusão sobre sociedade organizada arrancada de si, podiam querer a mesma coisa, mas tinham vontade de dar duro por isso.

Dava para ver onde isso ia dar. Os russos, afinal, dominariam o novo golpe do imposto da gasolina, assim como dominariam Coney Island, outra posse disputada. Era só uma questão de quando, e do quanto seria suave e lucrativo para os sicilianos.

Os sicilianos que enxergavam as coisas claramente perceberam que quanto mais cedo melhor, já que seria uma retirada negociada enquanto ainda tinham o poder herdado dos anos de lixo. E isso era preferível a uma derrota.

Os sicilianos que não conseguiram entender, no entanto, tiveram maior dificuldade em dar adeus e causaram problemas. E os russos tinham sua própria parcela de causadores de problemas. Então, enquanto a mudança no crime organizado em Nova York se consolidava, sempre havia arestas a aparar. E aparar arestas era o trabalho de David Locano.

Terminei meu primeiro ano do secundário esperando ser preso pelo assassinato dos irmãos Virzi. Esse foi um dos motivos pelos quais decidi não fazer faculdade, embora o maior deles tenha sido pura preguiça. Eu achava que era velho e vivido demais para ficar sentado num alojamento, lendo Faulkner enquanto algum babaca tocava violão. E mesmo sabendo que parar de estudar escandalizaria meus avós, eu também me lembrava constantemente de que eles não estavam por perto para se sentirem escandalizados com mais nada.

Tirei umas férias muito curtas dos Locano. Por exemplo, mesmo querendo, não fui com eles a Aruba e fiquei na casa dos meus avós durante a viagem. E fiz outras curtas e fracas tentativas de analisar e justificar por que eu continuava com eles.

Por exemplo, certa vez Skinflick e eu estávamos chapados e perguntei se ele planejava se juntar à máfia. Estávamos indo a

uma lanchonete, já que Skinflick e eu éramos bastante suscetíveis ao que os maconheiros chamam de larica.*
— De jeito nenhum, cara — disse ele. — E mesmo se eu quisesse, meu pai me mataria.
— Ah — falei. — A propósito, quem seu pai teve que matar para entrar na máfia?
— Ninguém. Ele foi dispensado porque era advogado.
— Você acredita nisso?
Ele soltou a fumaça.
— Claro. O velho não mente para mim.

Realmente parecia que Skinflick tinha uma boa relação com o pai, apesar de o único livro que ele dizia ter lido por inteiro fosse *O ramo de ouro*, de James Frazer. Que, além de ser uma estranha escolha para o único livro já lido na vida, é essencialmente uma obra sobre parricídio e como as origens da civilização estão ligadas ao conflito de gerações. Os jovens escravos da sociedade primitiva abordada por Frazer arrancam o tal ramo de ouro quando querem desafiar o rei para um duelo até a morte, em que o vencedor ganha a coroa.

Skinflick negou que aquilo representasse alguma hostilidade em relação a seu pai. Ele só escolhera *O ramo de ouro* porque o coronel Kurtz lê esse livro em *Apocalypse Now*, e havia se prendido à leitura porque suas ideias sobre liberdade e modernidade o atraíam.

— Por exemplo — falou certa vez, por coincidência quando nós dois estávamos de carro com seu pai —, as pessoas estão sempre

---

* Você pode dizer: *expanda a mente que o corpo também se expandirá*, mas isso não parecia me engordar e Skinflick já era gordo.

reclamando de que seus instintos de defesa primitivos são reprimidos e como isso as deprime. Mas eu posso atirar com uma *espingarda* enquanto estou correndo pela *estrada*. Ninguém na história já foi tão livre.

– Não dá para atirar com uma espingarda parado – disse o pai.

Minha própria relação com David Locano parecia irreal. Ele insistira em me dar quarenta mil dólares por matar os Virzi. "Jogue fora, se quiser", dissera. E nunca mais mencionara o incidente, mesmo quando estávamos sozinhos.

Certa vez, entretanto, quando cheguei e Skinflick havia saído para ir à locadora e a sra. Locano estava fora fazendo alguma coisa qualquer, nós dois nos sentamos na mesa da cozinha e ele me perguntou se eu queria trabalho.

– Não, obrigado – respondi. – Acho que parei com esse tipo de trabalho.

– Não é um trabalho desse tipo.

– O que é?

– É só uma conversa.

Não o interrompi.

– Russos paranoicos não conversam por telefone – continuou. – Preciso que você encontre um cara em Brighton Beach e lhe pergunte o que quer me dizer.

– Não conheço nada de Brighton Beach – retruquei.

– É fácil – disse Locano. – Principalmente se você não for eu. É pequena. Desça a Ocean Avenue e pergunte num bar chamado Shamrock. Eles conhecem o cara. É um cara da pesada.

– É perigoso?

– Provavelmente é mais perigoso dirigir por lá.

– Ah – falei.

Preciso recuar rapidamente e dizer que há um conceito que se torna obsessão para muitos criminosos, que é a ideia de *tornar-se algo*.

O exemplo clássico é o aspirante a cafetão que precisa encontrar uma mulher para trabalhar para ele. Nenhuma profissional fará isso, porque todas elas já têm cafetões. Então, ele escolhe uma garota do bairro, o mais na encolha possível, e a corteja. Finge uma grande paixão e um dia diz a ela que estará em maus lençóis se não arranjar dinheiro rápido, e diz que um amigo quer pagar duzentos dólares para comê-la uma vez. Depois que ela faz isso, ele age que nem um filho da puta, bate na garota e acaba com ela, e aí lhe dá drogas para a dor. Quando ela já virou puta e trabalha regularmente, ou seja, "tornou-se" puta, ele parte para a garota nº 2. Pertencemos a uma espécie adorável.

Hoje, o "tornar-se" pode ser visto em várias situações. A mais clara é a prisão, onde a ideia é progredir o mais rápido possível de alguém que dá um cigarro para o companheiro de cela a alguém que vende os serviços dele a grandes grupos em troca de pilhas ou de um pouco de heroína. As outras situações são mais sutis e têm a ver com as várias maneiras como as pessoas entram em, ou são levadas, ou acreditam ser levadas, a vidas criminosas.

Eu sabia de tudo isso. Eu lera *Daddy Cool*, de Donald Goines. Sabia que David Locano estava fazendo com que eu me tornasse um deles. E mesmo que o trabalho que eu acabara de aceitar não demandasse violência, cumpri-lo significava que eu queria ser violento mais tarde. Simplesmente me permiti ignorar essas coisas.

Fui a Coney Island num sábado de sol. Coloquei uma das minhas .45 prateadas com coronha de madeira, sem silenciador, no bolso interno do casaco e peguei o carro dos meus avós. Atravessei a ponte George Washington até a ilha de Manhattan e depois até Manhattan Bridge para sair de lá. Percorri toda a estrada que passava pelo Brooklyn. Consegui estacionar no Aquário, no meio de Coney Island, simplesmente mencionando o nome de David Locano. Eles nem anotaram a entrada.

Eu estivera no Aquário quando criança e também, à sua esquerda, no velho parque de diversões. À direita, Brighton era um mistério para mim.

Estava cheio. Rapazes louros com cara de bandido em suéteres fluorescentes, tão brilhantes que feriam a vista, e velhos nos bancos com trajes de banho e meias, toalhas sobre os ombros, mesmo estando a quase duzentos metros da água. E também grandes famílias hispânicas com roupas de verão, e judeus ortodoxos com roupas de inverno. Em todos os lugares que se olhasse, havia alguém batendo numa criança.

A praia escondia-se atrás da curva quando entrei em Little Odessa. Os prédios pareciam cenário de um filme passado num cortiço. Linhas suspensas do metrô sobre a Ocean Avenue, e sob suas sombras, velhas fachadas de lojas, com seus letreiros originais ou novos feitos de madeira, escritos em alfabeto cirílico. Encontrei o Shamrock depois de alguns quarteirões. Tinha um letreiro de neon com um trevo, desligado. Entrei.

O Shamrock tinha um balcão de madeira, chão com ladrilhos faltando e cheiro de cerveja, que provavelmente datavam da época em que fora realmente irlandês. Mas era mais iluminado do que se esperaria e as mesinhas, quadradas, eram cobertas por toalhas vermelhas plastificadas. Duas mesas estavam ocupadas, uma por um casal e outra por dois homens. O balcão começava perto da porta. Encostada na parede atrás dele, estava uma jovem loura que não parecia muito mais velha do que eu. Tinha olheiras escuras e era tão magra que parecia ter perdido alguns anos fundamentais para sua nutrição em seu país de origem.

No entanto, ela falava inglês bem:
— Se quiser comer, pode sentar numa mesa.
— Só uma club soda — pedi. — Estou procurando Nick Dzelany. Ela se afastou da parede e veio em minha direção.
— Quem?
— Nick Dzelany — falei, desta vez enfatizando o "D". Senti-me corar. "Dzelany" é difícil demais de pronunciar quando você acha que está falando certo.
— Não conheço — disse ela. Logo depois perguntou: — Você ainda quer a club soda?
— Sim, claro. Tem outro bar por aqui chamado Shamrock?
— Não sei.
Quando ela trouxe a bebida, num copo ridiculamente fino, perguntei:
— Tem alguém a quem você possa perguntar?
— O quê?
— Se sabe do Nick Dzelany. — Insisti alto o bastante para que me ouvissem das mesas, caso alguém ali o conhecesse. — Me disseram que as pessoas aqui o conheciam.
A balconista pareceu pensar, então pegou uma caneta da caixa registradora. Voltou com ela e um guardanapo.
— Você pode soletrar, por favor?
Soletrei. Estava quase certo de que chegara lá como David Locano me mostrara, mas não tinha certeza absoluta e ainda menos certeza naquele momento. Talvez o próprio Locano estivesse errado.
Ela levou o nome até um telefone nos fundos do bar e fez uma ligação que durou alguns minutos, em russo. Em um dado momento, seu tom era estridente, depois, defensivo. Ela não olhou para mim em momento algum. Voltou.
— Tudo bem, descobri onde ele está. Devo te levar até lá. Apesar de estar trabalhando.

– Desculpe – falei. Levantei do banco. – Quanto eu devo?
– Quatro e cinquenta.
Dane-se. Era dinheiro dos Virzi. Deixei uma nota de dez. A garota nem olhou, só levantou a portinhola e deu a volta no balcão.
– Por aqui. – Ela me levou para os fundos.
Passamos por uma pequena cozinha, onde uma loura gorda estava sentada sobre um balde plástico virado de cabeça para baixo, fumando e lendo um livro de capa dura em cirílico. Ela não desviou o olhar. A garçonete abriu as três trancas da porta no outro lado e me guiou por um beco.
Quase imediatamente, ela tropeçou num buraco e caiu, berrando e agarrando o tornozelo. Me desequilibrei com ela, tentando segurá-la. Pensando, mas não rápido o bastante.
Ouvi um barulho atrás de mim e alguma coisa bateu na minha nuca. Consegui me virar enquanto tropeçava para a frente, sobre a garota, conseguindo parar sobre uma perna. Mas havia três caras me encarando, e um deles já estava me batendo de novo com um soco-inglês. Apaguei tão rápido que mal senti o tranco na parede em frente.

Pisquei, acordando, e meus olhos se encheram d'água, apesar de eu não ter visão periférica. Senti como se estivesse suspenso pelas pernas e braços, com o rosto voltado para o chão. Estava com uma sede inacreditável. Também senti como se algo sobre a minha cabeça estivesse tentando arrancar a parte de trás de meu crânio.
As únicas partes que se mostraram verdadeiras foram a dor de cabeça e a sede. Enquanto assoava o nariz e esfregava os olhos para clarear a visão, vi que estava no térreo de um prédio incendiado, com toda a parede à minha frente destruída. Era um ce-

nário devastado de dunas de tijolos soltos e concreto quebrado, quentes com a luz do céu azul.

E eu não estava suspenso, apesar da parte de cima do meu corpo estar pendendo para a frente. Estava numa cadeira de madeira, com braços e pernas presos com fita adesiva.

Ouvi algumas palavras em russo e alguém deu um tapa na minha nuca ferida. Uma dor que era puro reflexo – reflexo porque eu sabia que era superficial, mas que me fez gritar de qualquer jeito – correu até meu tornozelo direito e em volta da minha cabeça até a órbita do meu olho direito. Ouvi mais palavras em russo.

Eles entraram em meu campo de visão. Os três caras do beco – um deles ainda segurando o soco-inglês com pedaços do meu couro cabeludo – e um outro.

O cara novo, em especial, tinha aquele ar estrangeiro que faz você se perguntar se seu rosto muda quando fala uma língua diferente, ou quando bebe água com cádmio demais ou qualquer coisa assim. Ele tinha queixo pontudo e a testa larga e comprida, o que fazia sua cara parecer um triângulo invertido.*

Quando minha visão se acostumou com a luz bloqueada por seu corpo, notei que seu rosto também tinha rugas profundas para um homem que pareceria jovem, se não fosse por isso. Eram sinais de uma falta de desenvolvimento generalizada.

– Olá – ele disse. – Procurando por mim?

Inclinei-me para trás para observá-lo. A cadeira rangeu e moveu-se com o meu peso, e de repente me senti muito melhor.

– Eu estava procurando um cara chamado Nick Dzelany – falei.

– Sou eu.

– Tem algo que gostaria de dizer a David Locano?

– David Locano?

– Sim.

---

* Como os pelos pubianos de uma mulher, se você tiver prestado atenção.

Dzelany olhou para os outros a sua volta e riu.

– Diga a ele para se foder. Na verdade, direi eu mesmo, ao mandar sua cabeça para ele. É algo que gosto de fazer. Ele te contou isso?

– Não. – Também não notara, até aquele momento, que Dzelany segurava um facão. E batia a lâmina sobre a coxa. Lentamente, ele levantou-o e colocou a parte lisa contra a lateral do meu pescoço.

Isso foi o que aconteceu em seguida:

Pensei: *tenho que fazer alguma coisa*. Senti o pensamento descer pela minha espinha. Tentei empurrar a cadeira para trás. Eu não estava pronto. Então, percebi que era tarde demais para empurrá-la e que tentar fazer isso ferraria tudo. Então, fui com ela.

Livrei-me da cadeira, despedaçando-a ao forçar os braços para a frente e as pernas para trás. Dzelany estava bem à minha frente, o topo de sua cabeça logo abaixo do meu esterno. Dei-lhe um golpe triplo.

O golpe triplo pertence àquela adorável arte marcial chamada *kempo*. Você junta as mãos como se estivesse batendo palmas, mas com a direita um pouquinho acima da esquerda e um pouquinho mais rápida. Aí, um instante após golpear Dzelany na bochecha com a mão direita, você dá um tapa na outra com a esquerda. Aí você volta com a mão direita e dá-lhe outro tapa com as costas da mão. A velocidade dos três golpes desorienta: é coisa demais para se pensar, como quando você aproxima as quatro pernas de uma cadeira na direção de um leão, e o cérebro do bicho apaga.

No entanto, não dei o golpe triplo de verdade em Dzelany. Depois de golpeá-lo duas vezes, não voltei com a mão direita aberta contra sua face, mas com o punho cerrado contra sua têmpora. Nunca faça isso. É certo que você vai derrubar o cara e talvez até matá-lo. Tirei Dzelany do meu caminho.

Então, dei um salto para a frente, em direção ao homem com o soco-inglês. Eu ainda estava de mau humor e dei com o punho direito bem na sua cara.

Ele recuou, mas essa é a beleza do golpe mal-humorado: o alvo tenta sair de seu alcance, mas seu punho (ou o pé ou o que seja) continua indo para a frente e para baixo e, no final, você ainda o acerta. Neste caso foi na clavícula direita do cara, que nem entortou, simplesmente um terço dela afundou em seu peito, matando-o.

Estrategicamente, eu podia ter feito melhor, já que agora havia alguém à minha esquerda e mais um à direita, e nenhum deles estava muito perto. Mas o simples fato de haver dois deles era uma vantagem. Pessoas que não são treinadas para lutar coordenadamente quase sempre lutam pior quando estão em grupo, porque tendem a recuar e esperar que o amigo faça a parte difícil.

Virei para o da esquerda. Saltei para trás, sobre os restos da cadeira, afastando-me dele, e dei um coice no cara atrás de mim, bem no plexo solar,* mirando na parede meio metro atrás dele.

O cara que ainda estava diante de mim começou a puxar uma arma, tirando-a da jaqueta de couro bem no momento em que apertei sua garganta com o antebraço, que ainda estava com o braço da cadeira amarrado, levando nós dois até a parede atrás dele. Quando o soltei, ele caiu de joelhos e emitiu alguns sons terríveis, mas não por muito tempo.

Peguei sua arma, uma Glock bacana, e, depois de perceber que não estava travada, dei um tiro na cabeça de cada um dos quatro. Peguei suas carteiras para saber quem eram e, enquanto os revistava, encontrei minha .45 com o cara do soco-inglês. O que era bem simbólico. Não se perde algo tão feio.

---

* Para aqueles que seguem os manuais tradicionais de anatomia, nas últimas décadas, o plexo solar tem sido chamado de plexo celíaco.

Levei mais tempo para tirar a fita e a madeira do braço do que para triplicar o número de pessoas que havia matado.

Às quatro da tarde, toquei a campainha dos Locano. A sra. Locano abriu e gritou. Eu sabia o motivo por ter olhado pelo retrovisor enquanto dirigia até lá, depois de ter voltado ao Aquário, vindo de Flatbush Flatlands, mantendo-me longe do calçadão. Parecia que eu tinha sido assassinado com um machado.

– Ai, meu Deus, Pietro! Entre!

– Não quero sujar nada com sangue.

– Quem se importa com isso?

David Locano apareceu.

– Jesus, cara! – exclamou. – O que aconteceu?

Juntos, eles me ajudaram a entrar em casa. Gostei disso, porque me manteve longe das paredes.

– O que aconteceu? – repetiu Locano.

Olhei para a sra. Locano.

– Querida, nos dê licença – disse Locano.

– Vou chamar uma ambulância – avisou ela.

– Não – Locano e eu falamos juntos.

– Ele precisa de um médico!

– Vou chamar o dr. Campbell para vir aqui. Arrume algumas coisas no quarto.

– Que tipo de coisas?

– Sei lá, querida. Toalhas, essas coisas. Por favor.

Ela saiu. David Locano puxou uma cadeira de perto da mesa onde guardavam correspondência no corredor, assim eu não precisaria sentar nos móveis da sala de estar.

Ele se encolheu a meu lado e sussurrou:

– Que diabos aconteceu?

– Perguntei por Dzelany. Eles me emboscaram. Três caras e ele. Peguei suas carteiras.

– Você pegou as...

– Eu os matei.

Locano olhou para mim por um instante e então me abraçou cuidadosamente.

– Pietro, me desculpe. Sinto muito. – Ele se afastou para me olhar nos olhos. – Mas você fez bem.

– Eu sei – disse.

– Prometo que vou te pagar por isso.

– Isso não importa.

– Você fez bem – repetiu. – Jesus. Acho que você deve ser realmente bom pra cacete nisso.

Este foi um momento interessante da minha vida. O momento em que deveria ter dito "Estou caindo fora" ou "Estou morrendo de medo" e "Nunca mais vou fazer isso". Mas foi quando, em vez disso, escolhi expressar minha patética necessidade dos Locano e meu rápido vício em sangue derramado.

– Nunca mais minta para mim – falei.

– Eu não... – disse Locano.

– Vá à merda. E se mentir e eu acabar matando um inocente, vou atrás de você depois.

– É claro – falou.

Já estávamos negociando.

7

Às 7:42 da manhã caio no sono novamente na poltrona e minha cabeça bate na parede. O que é interessante, pois prova que, por maior que seja, nenhum estresse no planeta pode te manter acordado durante uma revisão de atendimentos.

Uma revisão de atendimentos é quando um grande grupo de profissionais se reúne na administração do departamento e repassa a lista de pacientes para "certificar-se de que estão na mesma página", e cumprir a exigência legal de que alguém realmente qualificado para tomar decisões quanto ao cuidado com pacientes pelo menos tome conhecimento dessas decisões depois que elas forem tomadas.

Esta pessoa é o médico responsável, um médico do mundo real que chega e supervisiona o departamento durante uma hora por dia, durante um mês por ano, e em troca pode ser chamado de professor numa prestigiada faculdade de medicina de Nova York, que, até onde posso dizer, não tem nenhum outro tipo de ligação com o Manhattan Catholic. Mantendo a clareza da terminologia médica, o responsável é a pessoa menos tempo presente no departamento.

Este responsável em particular é alguém que conheço. Ele tem sessenta anos. Sempre usa sapatos que parecem espetacularmente caros, mas o que realmente lhe valeu minha admiração é que sua resposta usual, quando pergunto como ele está, de manhã, é "Maravilhoso. Estou no trem das nove horas para Bridgeport".

Neste exato momento, ele está segurando a cabeça com uma das mãos, e sua papada fica pendurada como as pontas de uma toalha de mesa. Seus olhos estão fechados.

As outras pessoas na sala são um interno, que é o equivalente a Akfal, e eu, mais a interna do departamento do outro lado do prédio (é uma jovem chinesa chamada Zhing Zhing, que às vezes fica tão deprimida que você precisa descruzar-lhe os braços e as pernas), nossos quatro alunos de medicina e nossa residente-chefe. Temos a sala só para nós, porque expulsamos a horda de pacientes de roupões que assistia TV, na esperança de morrer em algum lugar que não suas camas de hospital. Desculpe, amigos. Sempre resta o corredor.

Mas, puta merda, estou cansando. Um dos estudantes de medicina – não um dos meus, um de Zhing Zhing – está lendo uma lista incrivelmente longa de resultados obscuros de exames de fígado, *verbatim*. Em primeiro lugar, esses exames não deviam ter sido pedidos. O paciente tem uma insuficiência cardíaca. E como todos estão normais, você pensaria que o estudante pelo menos nos pouparia de ouvi-los. Mesmo assim, ninguém grita.

Tenho a alucinação de que há musgo nascendo em uma das paredes, aí sinto que estou caindo no sono novamente. Aí tento o truque de manter um olho aberto – o que o residente-chefe pode ver – e espero que isso signifique que metade do cérebro está descansando um pouco. Minha cabeça bate na parede de novo. Devo ter me deixado levar. Agora são 7:44.

– Estamos entediando o senhor, dr. Brown? – pergunta a residente-chefe.

A residente-chefe terminou sua residência, mas escolheu permanecer no ManCat por mais um ano, numa manifestação do que acredito ainda ser chamado de "síndrome de Estocolmo". Ela está usando uma saia levemente sensual sob o jaleco branco, mas também está com sua expressão habitual, que parece combinar com uma frase do tipo: "Você *cagou* nos meus *sapatos*?"

– Não mais que o normal – respondo, tentando esfregar a cara até acordar. Percebo que realmente há musgo nascendo em uma das paredes, apesar de a minha visão dupla estar exagerando na quantidade.

– Talvez o senhor queira nos falar sobre o sr. Villanova.

– Claro. O que vocês querem saber? – pergunto, tentando lembrar quem é o sr. Villanova. Por um momento, temo que possa ser um dos outros apelidos de Squillante.

– Aparentemente, você pediu tomografias computadorizadas do peito e das nádegas dele.

– Ah, sim, o Cara da Bunda. É melhor eu dar uma checada nesses exames.

– Faça isso mais tarde.

Volto a me sentar. Passo a mão esquerda no nariz para encobrir o lento movimento e minha mão direita em direção ao bipe.

– O cara tem dor subclavicular e na nádega direita, apesar do PCA* – digo. – E febre também, ao que parece.

– Seus sinais vitais estão normais.

– É, percebi.

Meu polegar direito pressiona o botão de teste do bipe tão rápido que eu também não teria visto. Quando o glorioso alarme toca, olho para a telinha e levanto de um pulo.

– Droga, tenho que ir.

– Por favor, fique até o final das revisões – pede a residente-chefe.

– Não posso. Paciente – digo. O que não é mais mentira que uma falácia lógica. Então, peço a meus alunos de medicina: – Um de vocês confira as estatísticas sobre gastrectomia para câncer com células em anel de sinete. Falo com vocês depois.

E, assim, estou livre.

---

* Como se você se importasse com o que isso significa.

No entanto, estou com o pensamento lento demais para lidar com o problema de Squillante, então amasso um Moxfane com os dedos e cheiro o pozinho no declive que se pode fazer na extremidade do pulso ao esticar o polegar ao máximo.

Ele faz minhas narinas queimarem loucamente e minha visão escurece por alguns segundos. O que me traz de volta é o estômago, que está fazendo uma série de sons metálicos acelerados.

Preciso comer alguma coisa. A Martin-Whiting Aldomed provavelmente está dando café da manhã de graça em algum ponto do hospital, mas não tenho tempo para isso de jeito nenhum.

No suporte das bandejas usadas, perto do elevador de serviço, encontro uma tigela plástica de cereais aberta e uma colher razoavelmente limpa. Não há leite, mas há uma garrafa de 100ml de leite de magnésia pela metade. Que, sinto dizer, sob certas circunstâncias, é tão bom quanto ou até melhor.

Levo tudo para um quarto com uma cama vazia em frente à porta e me sento na beirada do colchão mijado para comer. Acabo de meter a colher na boca quando uma voz feminina pergunta, do outro lado da cortina:

– Quem está aí, por favor?

Termino antes – levo cerca de quatro segundos –, mastigo outro Moxfane e aí levanto e ando até a outra cama. Há uma jovem nela. Bonita, 21 anos. Beleza é algo raro num hospital. Assim como juventude. Mas não é isso que me faz parar.

– Caramba – digo. – Você parece com alguém que eu conhecia.

– Namorada?

– É.

Há uma vaga semelhança – os olhos escuros e maldosos ou algo assim –, mas na minha atual condição isso me deixa balançado.

– Terminou mal? – pergunta a mulher.
– Ela morreu – digo.
Por alguma razão, ela acha que estou brincando. É o Moxfane ferrando minhas expressões faciais ou coisa do gênero.
– E agora você trabalha num hospital para salvar pessoas?
Dou de ombros.
– Isso é bem cafona – diz ela.
– Não se tiver matado tantas pessoas quanto eu – retruco.
Pensando: *Hummm, talvez seja melhor eu sair do quarto e deixar as drogas seguirem com a conversa.*
– Erros médicos ou algo tipo assassinatos em série?
– Provavelmente um pouco de cada.
– Você é enfermeiro?
– Sou médico.
– Você não parece médico.
– Você não parece paciente – digo. O que é verdade. De fora, pelo menos, ela esbanja saúde.
– Vou parecer em breve.
– Por quê?
– Você não é o meu médico?
– Não, só estou curioso.
Ela olha para o lado.
– Vão amputar minha perna esta tarde.
Penso nisso por um instante. Aí digo:
– Vai doá-la, é?
Ela ri, cruelmente.
– É, para uma lata de lixo.
– O que há de errado com a sua perna?
– Tenho câncer ósseo.
  Ondc?
– No joelho.
O território do osteossarcoma por excelência.
– Posso dar uma olhada?

Ela levanta as cobertas. Que levam junto a ponta de sua camisola, dando-me a deslumbrante visão de uma boceta. Das modernas: boceta pelada mexicana. Dá para ver a cordinha azul do absorvente interno. Rapidamente, cubro de volta sua virilha. Olho seus joelhos. O direito está visivelmente inchado, mais ainda na parte de trás. Empapado, quando aperto.
– Eca! – exclamo.
– Me fale disso.
– Quando foi a última vez que alguém fez uma biópsia dele?
– Ontem.
– O que acharam?
– Chamaram de "tecido glandular amorfo misto".
Duplo eca.
– Há quanto tempo você tem isso?
– Desta vez?
– O que você quer dizer?
– A primeira vez que tive, durou uns dez dias. Mas foi três meses atrás.
– Não entendi. Sumiu?
– É. Até mais ou menos uma semana atrás. Aí voltou.
– Hummm... Nunca vi disso.
– Realmente, disseram que é bem raro.
– Mas eles não querem ver se some de novo?
– É um tipo de câncer muito perigoso.
– Osteossarcoma?
– É.
– É verdade.
Se *for* osteossarcoma.
Mas que diabos eu sei?
– Vou dar uma pesquisada – digo a ela.
– Não precisa. Só vai ficar aí mais algumas horas.
– Mas vou, mesmo assim. Você precisa de mais alguma coisa?

— Não. — Ela faz uma pausa. — A menos que você queira me fazer uma massagem nos pés.

— Eu posso fazer massagem nos seus pés.

Ela fica vermelha como uma sirene de carro de polícia, mas mantém os olhos nos meus.

— Mesmo?

— Por que não? — Sento na ponta da cama e pego seu pé. Começo a pressionar, em movimentos circulares, o ligamento do arco com a ponta do polegar.

— Ai, merda. — Ela fecha os olhos e caem lágrimas.

— Desculpe.

— Não pare.

Continuo. Depois de um tempinho, ela diz, num tom que mal dá para ouvir:

— Você pode lamber?

Olho para a cara dela.

— Lamber o quê?

— Meu pé, seu pervertido — diz, ainda de olhos fechados.

Então, levo seu pé até minha boca e lambo o arco.

— E a minha perna? — ela pede.

Suspiro. Lambo a parte interna de sua perna, quase até a virilha.

Aí levanto. Me perguntando, rapidamente, como seria minha vida de médico se alguma vez me comportasse como um profissional.

— Você está bem? — pergunto.

Ela está chorando.

— Não — responde. — Eles vão amputar a porra da minha perna.

— Sinto muito. Você quer que eu venha te examinar depois?

— Quero.

— Então, eu virei.

Penso em acrescentar "Se ainda estiver por aqui", mas decido não fazer isso. Não quero deixar ninguém triste.

8

No inverno de 1994, os Locano foram esquiar de novo, desta vez em Beaver Creek, ou em algum lugar do Colorado, e me convidaram a ir com eles. Eu disse não e fui para a Polônia. Mas juro por Deus que não fui para lá para matar Wladyslaw Budek, o homem que vendeu meus avós para Auschwitz.

Fui por um motivo muito pior. Fui porque acreditava haver uma entidade chamada "Destino" e, se planejasse o mínimo possível, o Destino colocaria ou não Budek no meu caminho, e assim me mostraria se eu devia me tornar um matador coringa para David Locano. Alguém que ele podia usar para eliminar italianos e russos, e também uma espécie de guarda-costas de Skinflick. Enquanto isso, eu podia usar a recusa a uma viagem para esquiar para provar a mim mesmo que eu não era tão próximo dos Locano quanto fora dos meus avós.

Se falarmos em doenças, o estranho na minha decisão de deixar um agente fictício e sobrenatural escolher o curso da minha vida – como se o universo tivesse uma espécie de consciência ou interferência – é que isso não me qualifica como louco. O *Manual de diagnósticos e estatísticas*, que busca classificar as excentricidades das disfunções psiquiátricas a ponto de você poder cobrar para cuidar delas, deixa isso claro. Ele diz que, para uma crença ser ilusória, deve ser "baseada em conclusões incorretas sobre a realidade externa, sustentadas *apesar daquilo em que quase todas as outras pessoas acreditam* e apesar do que constituem provas óbvias e incontestáveis do contrário". E dado o número de pessoas que compra bilhetes de loteria, bate na madeira para evitar o mau-olhado ou acha que tudo tem uma razão para acontecer, é difícil classificar *qualquer* crença mística como patológica.

É claro que o manual nem tenta definir "burrice". Acho que existem uns 11 tipos de inteligência e pelo menos quarenta tipos diferentes de burrice. A maioria dos quais experimentei em primeira mão.

Como parecia improvável que eu sequer conseguisse encontrar Wladyslaw Budek, decido pelo menos ver os lugares. Meu primeiro destino foi a floresta primitiva onde meus avós estavam escondidos quando Budek os contatou. Peguei um voo para Varsóvia, passei uma noite num *hotel de merda* ex-comunista na Cidade Velha (que literalmente se chama Cidade Velha, como se fosse a capital do Velho Continente), comi umas carnes de formatos esquisitos no café da manhã num restaurante de lá e peguei um trem até Lublin. De lá, peguei um ônibus com um bando de estudantes de 16 anos espinhentas, de colégio católico, que falaram sobre chupadas a viagem toda. Meu vocabulário em polonês – que é uma merda, apesar de minha pronúncia não ser ruim – deu pro gasto.

Enquanto isso, a maioria dos lugares por onde passávamos eram fábricas e linhas de trem. Se fosse polonês, eu tentaria dizer: "*É claro que eu não sabia que o Holocausto estava acontecendo! A porra do país inteiro parece um campo de concentração!*" Como se eu me importasse, se fosse polonês.

Finalmente, chegamos a uma cidadezinha tão rural que tinha apenas quatro fábricas e desci do ônibus. Havia uma estrada de terra que saía da cidade, passando à frente da floresta. Dei mais uma olhada nos horários de volta, deixei minha mochila com a mulher da estação e botei o pé na estrada.

Já disse que na Polônia faz frio pra cacete? Estava frio pra caramba. O tipo de frio que faz seus olhos jorrarem água para não congelar e suas faces repuxam, puxando junto seus lábios, e a única coisa que te mantém aquecido é a imagem do Sexto Exército de Hitler, as botas de sola pregada dos soldados, conduzindo o calor de seus corpos para o chão. O ar estava tão frio que quase não dava para respirar.

Escolhi aleatoriamente um ponto de partida na estrada e subi numa montanha de neve tão profunda e macia que movimentar-se sobre ela era como nadar. Sobre a superfície, uma camada de gelo opaca se quebrava e escorregava para o lado em camadas tectônicas enquanto eu me arrastava para a floresta.

A uns cinquenta metros do início, meus olhos se adaptaram à escuridão. O barulho e o vento se foram. Estranhas árvores gigantescas que não consegui identificar (não que eu conseguisse identificar, digamos, um carvalho) espalhavam galhos em todas as direções. Os mais baixos esbarravam em meus pés, sob a neve.

Tive que ter tanta atenção só para seguir em frente que não percebi os corvos, até que um pousou em um galho bem na minha frente, logo acima de mim. Outros dois ficaram num galho mais alto e me observaram. Deitei-me na neve e os fitei. Eram os maiores pássaros selvagens que eu já vira. Depois de um tempo, eles começaram a se limpar como gatos.

Respirei o ar puro e cortante e me perguntei se corvos viviam tanto quanto papagaios e, se viviam, se aqueles estavam ali durante a Segunda Guerra Mundial. Ou a Primeira Guerra Mundial. Perguntei-me se meus avós já haviam tentado comê-los.

Se eles não haviam tentado comê-los, o que eles *tinham* tentado comer? Como dá para se virar num lugar desses? Como lavar a roupa, quanto mais lutar contra nazistas? O lugar parecia a vida após a morte.

Afinal, um dos corvos crocitou e os três voaram. Logo depois, ouvi o som de máquinas.

O óbvio a fazer era voltar à estrada, já que a neve estava começando a fazer efeito dentro das minhas botas. Mas eu estava curioso – não só a respeito da origem do barulho, mas também para saber o quão rápido dava para se chegar a algum lugar, se precisasse ir a algum lugar. Então segui o som e penetrei ainda mais na floresta.

Enquanto o som ficava mais alto, outros ruídos mecânicos se juntaram. Logo pude ver o topo dos guindastes. Pouco depois, tropecei em mais uma montanha de neve e rolei até uma clareira.

Era uma clareira no sentido de que "acabara de ser limpa". O chão estava perfeitamente plano em cerca de 400m^2, e homens com casacões e capacetes de cores primárias usavam máquinas gigantes para remover mais árvores das bordas, golpeando-as e cortando-as em tamanhos que pudessem ser levados em reboques. Fumaça negra de meia dúzia de origens diferentes manchava o céu que já fora branco.

Tentei falar com um dos operários. Acho que ele disse que era da *Veerk*, a madeireira finlandesa, mas aparentemente não falávamos uma língua comum, então, no fim das contas, nós dois demos de ombros e rimos, já que não dava para fazer nada.

No entanto, não foi muito engraçado. Bialowieza é o que sobrou de uma floresta que já cobriu 8% da Europa. Ver outro pedaço dela ser detonado foi como ver uma maravilha do mundo aterrada. Mais um ponto de contato com o passado foi eliminado – fosse o de meus avós ou o de qualquer um. Acima de tudo, menos um sinal de que somos humanos.

E mais um pedaço de história virando fumaça, em que você poderia ver o que quisesses, ou absolutamente nada.

Voltei a Lublin e tomei o rumo sul para a atração principal. Peguei um lugar no vagão-leito do Expresso Cortina de Ferro para Cracóvia, algo que nunca havia feito e que provavelmente nunca mais farei, apesar de não ter sido ruim. No leito superior, livrei-me do cobertor, que parecia ter uma quantidade exagerada de pelos pubianos incrustados, e deitei sobre os lençóis com meu sobretudo, lendo sob a lâmpada solta sobre a minha cabeça.

Comprara uma pilha de livros em Lublin. As coisas da era comunista eram divertidas, mas superficiais. ("*Os visitantes estão convidados a inspecionar as Fundições Lênin, a fábrica de cigarros Czyzyny e a indústria de fertilizantes Bonarka!*") A maior parte dos livros poloneses modernos era idiota e odiosa, com centenas de páginas dizendo que Lech Walesa era um santo e nenhuma sobre como ele devia estar enfiado na merda, já que era um bom filho da puta.* E as coisas que pareciam corretas eram deprimentes.

Judeus culpados pelo incêndio! Judeus culpados pela praga! Judeus culpados pelo fato de toda a Europa ser dominada por babacas que odeiam judeus! Judeus formando um terço da população de Cracóvia em 1800, um quarto em 1900 e nada em 1945.

De manhã, no caminho entre a estação de trem e o hotel, parei e comprei uma passagem de ônibus para Auschwitz.

---

* Minha história preferida sobre Lech Walesa é de pouco antes da minha viagem à Polônia. Ao perceber que perderia a Presidência, Walesa anunciou que seu oponente escondia o fato de ser judeu. E então negou ser invejoso, dizendo: "Na verdade, eu queria ser judeu! Porque assim teria uma bela grana." Que cara engraçado!

Pouparei você da maior parte.

Na verdade, quando Auschwitz estava de pé e funcionando, era formado por três campos: o campo de extermínio (Birkenau, também chamado de "Auschwitz II"); o campo de trabalho fabril I.G. Farben ("Auschwitz III", ou Monowitz), onde os escravos trabalhavam; e, entre eles, a combinação de empresa e campo de extermínio ("Auschwitz I", ou simplesmente Auschwitz). Como os alemães bombardearam Birkenau ao bater em retirada – provando a fala de Platão de que a vergonha humana vem somente da ameaça da descoberta –, e os poloneses cataram as ruínas em busca de tijolos, o museu principal é em Auschwitz I.

Para chegar lá, pega-se um daqueles ônibus que, devido a algum salto histórico, são mais modernos do que qualquer ônibus americano. Os polacos chamam o bairro de *Oświęcim* – não se vê qualquer placa escrita "Auschwitz". A área é totalmente industrializada e ocupada, com prédios de apartamentos do outro lado da rua, diante da entrada do campo, apesar de a guia dizer, em polonês, que eles teriam sido demolidos há pouco para a construção de um supermercado, se os militantes da comunidade judaica internacional não tivessem arrumado tantos problemas. Você olha ao redor para ver quem se ofendeu com isso, mas os únicos rangendo os dentes são a família hassídica no fundo do ônibus.

Cruza-se um pátio externo. Os nazistas expandiram o campo enquanto puderam; então, para chegar aos famosos portões do *"Arbeit Macht Frei"* – o trabalho liberta –, você tem que passar por um prédio com uma lanchonete, uma loja de filmes e um balcão de venda de ingressos. Antigamente, este era o prédio onde os presos eram tatuados e tinham a cabeça raspada, e onde os nazistas mantinham suas escravas sexuais judias. Cheira a esgoto, porque os banheiros não são limpos, e nas fotos as tatuagens nem parecem com as que meus avós tinham.

Passando os portões, há uma cruz de madeira de vinte metros de altura com um monte de freiras e skinheads em volta, distribuindo panfletos dizendo como judeus estrangeiros histéricos estão tentando proibir rituais católicos em Auschwitz, que fica num país católico. Isso deixa suas mãos coçando e você se pergunta se o pescoço de um skinhead satisfaria a máxima de Freud, que diz que a única coisa que pode nos fazer felizes é a satisfação dos desejos infantis.

Mas você faz o que tem que fazer lá. Vê os alojamentos com arame farpado, as forcas, as torres de onde os guardas atiravam aleatoriamente. O prédio das experiências médicas. O crematório. Você se pergunta: eu limparia as câmaras de gás para viver mais um mês? Eu encheria os fornos? E se sente horrível.

No fim, você se pergunta por que há um alojamento dedicado às vítimas de cada nacionalidade que você já ouviu falar – eslovenos, por exemplo –, mas judeus não são mencionados em lugar algum. Você pergunta a um guarda. Ele aponta o outro lado da rua.

Você encontra o alojamento 37 e percebe que o guarda estava meio certo. É um alojamento combinado, o único em Auschwitz: eslovacos (a exposição original; dá para perceber pelas placas) e, agora, também judeus. No entanto, o prédio está fechado, com uma corrente com cadeado na maçaneta da porta. Mais tarde, você descobre que este prédio em especial fica mais fechado do que aberto; por exemplo, não abriu nenhuma vez entre 1967 e 1978. A família hassídica do ônibus fica olhando a corrente, desolada.

Naturalmente, você arrebenta o cadeado e empurra as portas, deixando a família hassídica entrar primeiro. Lá dentro, veem-se coisas horríveis. Tantos judeus morreram em Auschwitz que as coisas que deixaram para trás – os cabelos, as pernas de madeira dos veteranos que lutaram pela Polônia na Primeira Guerra Mundial, os sapatos das crianças e por aí vai – enchem as salas envidraçadas por inteiro, apodrecem e ficam fedendo. Comparado a isso, as placas do museu casualmente maldosas – nas quais "poloneses" foi substituído por "judeus-poloneses" e onde se lê que os nacional-socialistas "reagiram a uma presença exagerada dos judeus nos negócios e no governo" – mal te impressionam. Mesmo se a expressão "presença exagerada" for seu estereótipo antissemita preferido, já que toda vez que varrem metade da população judaica da Terra, como fizeram na Segunda Guerra, os sobreviventes de repente são considerados uma "quantidade exagerada".

Depois, você volta ao ônibus e vai a Birkenau, o campo de extermínio. (Desculpe – *Brzezinka*. Na Polônia, o nome "Birkenau" também não aparece.) Lá nas vastas ruínas de "banhos romanos" da fábrica da morte, até os europeus choram. Praticamente dá para sentir a tristeza naquele lugar, um sentimento barulhento que entra em seus ouvidos.

Finalmente, a guia vai até cada um e dá um tapinha no ombro, dizendo baixinho que estão voltando a Cracóvia.

– Mas vamos parar em Monowitz? – você pergunta.

Ela diz que não conhece "Monowitz".

– *Monowice. Dwory*. O campo da I. G. Farben. Auschwitz III – você explica.

– Ah, não vamos até lá – ela responde.

– Por que não? – você pergunta. Metade das pessoas que sobreviveram a Auschwitz foi escrava em Monowitz. Não só meus avós: pessoas como Primo Levi e Eli Wiesel.

– Eu sou só a guia.

Em último caso, você ameaça ir andando se eles não te deixarem lá e ela aposta que não. Você encontra o caminho e segue por cerca de meia hora. Encontra um portão com arame farpado – um novo, com guardas de verdade e metralhadoras. Um deles avisa que só se pode entrar com "permissão especial".

Ao espiar por cima do ombro dele, você percebe por quê. Monowitz está soltando fuligem no céu *agora mesmo*. Ainda está funcionando e nunca foi fechada.* Depois de conversar com os risonhos guardas nos portões, você volta a Auschwitz para pegar um táxi, com as unhas cortando as palmas das mãos.

De volta a Cracóvia – *cacete! Os Smurfs construíram um vilarejo medieval numa colina! E ainda está lindo, cheio de detalhes como um relógio, porque o governo nazista da Polônia vivia no castelo e protegia os prédios –*, jantei num café da era comunista, com forno a lenha, depois fui até os fundos para dar uma lida na velha e gigantesca lista telefônica.

Todos os clientes do lugar pareciam ter lábios preênsis e uma conspícua falta de dentes. Aqueles que consegui escutar reclamavam de coisas sobre as quais pareciam ter bons motivos para reclamar. Percebi, com um sobressalto, que poderia ter acabado de passar por Wladyslaw Budek.

Sempre imaginara Budek como o ricaço inglês que tentara matar a mulher, Claus von Bülow, apenas mais velho: um leão

---

* A I. G. Farben, a fábrica de produtos químicos que administrava o campo de trabalho de Auschwitz – não é o nome de alguém, é a abreviatura de "Companhia Internacional de Tinturas", em alemão –, manteve os negócios depois da guerra, alegando precisar pagar indenizações para os ex-escravos, já que havia utilizado 83 mil deles por vez. Então, durante décadas, declarou-se injustamente perseguida por judeus mesquinhos e vingativos. Em 2003, a empresa viu-se prestes a ser realmente obrigada a pagar 250 mil dólares (no total, não por pessoa), e em vez disso declarou falência. Mas não antes de dar origem à Agfa, BASF, Bayer e Hoechst (agora metade da gigante farmacêutica Aventis), todas prósperas até hoje.

de sorriso forçado, que não se arrepende de nada, com uma pistola Luger no bolso do smoking. Mas e se ele fosse só um merda caquético, com as pálpebras caídas e uma caixinha de plástico para remédios, daquelas com os dias da semana escritos em cada compartimento? E se ele estivesse surdo e senil demais para entender do que eu o estava acusando?

O que eu faria? Gritaria *"VOCÊ ERA UM MERDA MALVADO CINQUENTA ANOS ATRÁS?"* ou *"PROVAVELMENTE VOCÊ AINDA É, APESAR DE PARECER QUE NÃO TEM ENERGIA PARA FAZER MAIS NADA"?*

Bem, eu estava prestes a descobrir. Senti meus dedos faiscarem antes mesmo de processar a imagem: o endereço de Budek estava na lista, e ficava a seis quarteirões de distância.

Era no andar de cima de um sobrado, numa fileira de sobrados cujos fundos davam para um parque longo e estreito por um portão privativo. Pensei em ir ao parque e entrar pelos fundos, mas antes de descobrir isso já estava no andar de cima, tocando a campainha.

Estava suado, como se toda a água de meu corpo estivesse tentando formar uma sombra e fugir. Disse a mim mesmo para ficar calmo, então desisti. Por que me preocupar com isso?

A porta abriu. Um rosto enrugado. Mulher. Ou pelo menos o robe era rosa.

– Sim? – disse ela, em polonês.

– Estou procurando Wladyslaw Budek.

– Ele não está.

– Fale devagar, por favor. Meu polonês é ruim. A que horas ele deve chegar?

Ela estudou meu rosto.

– Quem é você? – perguntou.
– Sou americano. Meus avós o conheceram.
– Seus avós conheceram Wladys?
– Sim. Conheceram. Mas já morreram.
– Quem eram eles?
– Stefan Brnwa e Anna Maisel.
– Maisel? Parece judeu.
– E é.
– Você não parece judeu.

Tive a sensação de que deveria dizer "Obrigado". Mas perguntei:

– A senhora é a esposa dele?
– Não. Sou a irmã de Wladys, Blancha Przedmieście.

De repente, as coisas ficaram surreais. Ouvira meus avós falarem dessa mulher. Reza a lenda que ela passara a guerra dando ao mesmo tempo para um nazista e para um homem cuja mulher tinha conexões com o submundo judeu, o que tornara possível o esquema do irmão.

Ela disse algo que não entendi.

– Como?
– Sou muito conhecida na polícia – ela repetiu, mais devagar.
– Por que a senhora precisaria da polícia?
– Não sei. Você é americano.

Boa resposta.

– Posso entrar? – perguntei.
– Por quê?
– Só para perguntar algumas coisas sobre seu irmão – falei. – Se não gostar das perguntas, pode chamar quem quiser.

Mas ela pensou a respeito. O antissemitismo pode ser um sentimento primordial, mas a solidão te torna uma ameba.

– Tudo bem – ela disse, finalmente. – Mas não vou te dar comida. E não toque em nada.

Por dentro, o apartamento era mofado, mas organizado, com móveis retangulares dos anos 1960 e uma televisão antiga com tela abaulada. Um par de mesinhas apoiava porta-retratos. Um deles mostrava dois jovens em frente a uma parede de pedra coberta de hera: uma mulher que devia ser aquela senhora e um homem moreno de aparência fria.

– É ele? – perguntei.

– Não. É meu marido. Ele morreu quando os alemães invadiram. – Utilizando uma série de palavras e gestos com as mãos, ela indicou que aquilo acontecera porque seu marido fazia parte da cavalaria, que de fato usava cavalos, e os alemães usavam aviões.

– Wladys é este aqui. – Ela apontou.

Era um homem louro que parecia inteligente, com esquis, no topo de uma montanha; dentuço, ria sob o sol.

– Ele era um homem bonito. – Ela parecia me desafiar a contradizê-la.

– Você disse "ele era". Ele morreu?

– Morreu em 1944.

– Em *1944*?

– É.

– O que aconteceu?

Ela deu um sorriso amargo.

– Alguns judeus o mataram. Entraram pela janela. Com armas.

Levei um tempo para entender o que ela disse em seguida. Aparentemente, os judeus a quem ela se referia haviam-na amarrado na cozinha e atirado em seu irmão na sala, perto de onde eu estava, na ponta do sofá. Eles usaram uma almofada para ninguém escutar.

– Mas a polícia já estava a caminho – ela continuou. – E pegou-os quando estavam saindo.
– Nossa!
Então alguém estivera ali antes. Com uma margem de tempo bastante saudável.
– Eram um menino e uma menina. Adolescentes – disse ela.
– Como?
Ela repetiu.
– Você está brincando?
– O que quer dizer? – perguntou.
Senti-me enjoado. Sentei-me no sofá, caso o mal-estar se manifestasse, e ela tentou me tirar dali.
Precisava de mais informações.
– Como eles eram? – perguntei.
Ela deu de ombros.
– Pareciam judeus.
Tentei outra tática:
– Por que a polícia já estava a caminho?
– O que você quer dizer? – Ela se sentou na beirada da poltrona, ereta, como se estivesse preparada para dar o bote no telefone a qualquer momento.
– Como a polícia sabia que haveria problemas?
– Não sei, Wladys já os chamara.
– Antes do menino e da menina entrarem?
– Sim.
– Como ele sabia que eles viriam?
– Não faço ideia. Talvez ele os tenha escutado. Foi há muito tempo.
– A senhora não lembra?
– Não.
– Dois judeus entraram pela janela, a amarraram, e você não lembra como seu irmão sabia que eles viriam?

– Não.

– Será que foi porque vocês haviam tirado dinheiro deles, dizendo que podiam salvar seus parentes?

Ela ficou muito quieta.

– Por que está me perguntando essas coisas?

– Porque quero saber o que aconteceu.

– E por que devo falar sobre isso com você?

Pensei a respeito.

– Porque nós somos as duas únicas pessoas no planeta que se importam e não parece que a senhora vai estar aqui por muito tempo.

Ela disse algo no sentido de "morda sua língua".

– Só me diga o que aconteceu. Por favor.

Ela passou da palidez ao rubor.

– Vendemos esperança aos judeus. Deus sabe que eles podiam pagar.

– Você salvou algum deles?

– Era impossível salvar judeus durante a guerra. Mesmo se quisesse.

– E se eles chegassem perto demais de você, tinha que matá-los.

Ela se esquivou desta pergunta.

– Vá embora agora.

– Por que os odiava tanto? – indaguei.

– Eles controlavam todo o país – ela respondeu. – Exatamente como controlam os Estados Unidos. Saia da minha casa.

– Sairei – falei. – Se me disser os nomes dos judeus.

– Não faço ideia – disse ela. – Saia!

Levantei. Sabia que estava mais certo do que nunca.

Fui até a porta. Um vento gelado entrou quando a abri.

– Espere – ela pediu. – Diga-me novamente os nomes de seus avós.

Virei-me.

– Acho que não direi – falei. – Só estou me perguntando por que eles a deixaram viva.

Ela me fitou.

– Foi o que sempre me perguntei – ela concordou.

Saí, batendo a porta atrás de mim.

Só para constar, decidi o seguinte: nada de alvos femininos (o que era óbvio), mas também nada de alvos cujos erros jaziam no passado. Apenas ameaças correntes. Eu não tinha como saber por que meus avós deixaram Blancha Przedmieście viva, mas ela era mulher e matar seu irmão fora o suficiente para acabar com suas operações. Então, pronto.

Enquanto isso, se David Locano quisesse que eu atacasse assassinos cujas mortes fossem tornar o mundo melhor, eu verificaria a informação e então me sentiria livre para – obrigado até – caçá-los e matá-los.

Nunca pensei que talvez, se meus avós tivessem aprovado este curso de ação, eles teriam me ensinado menos sobre paz e tolerância e me contado mais sobre sua missão de assassinar Budek. Não senti necessidade de refletir sobre essas coisas. O destino em si me dissera o que fazer.

Ah, os jovens. É como a heroína que você fumou em vez de cheirar. Acaba tão rápido que você nem acredita que ainda tem que pagar por ela.

9

Estou indo fazer cateterismo em alguns pacientes quando meus alunos de medicina me encontram.

– A taxa de cinco anos de sobrevivência *s/p,* ou seja, pós-gastrectomia, é de 10%* – diz um deles.
– Mas só 50% sobrevivem à operação.
– Humm – resmungo.

O lado bom dessa informação é que se Squillante *realmente* resistir à cirurgia, suas chances de sobreviver mais cinco anos estão na verdade mais para 20% do que para 10%, porque os 10% da estatística provavelmente incluem as pessoas que morrem durante a operação. O lado ruim é que Squillante tem 50% de chance de sobreviver *hoje*, na mesa cirúrgica. E de trazer David Locano até mim, se conseguir.

A porta do elevador se abre à nossa frente: o Cara da Bunda, voltando ao andar em sua maca. Principalmente para mostrar-lhe que estou fazendo alguma coisa, entro ao lado dele.

– Como você está? – pergunto.

Ele ainda está deitado de lado.

– Estou morrendo, porra, seu babaca – ele responde. Ou coisa do gênero. Seus dentes estão batendo forte demais para que eu possa ter certeza.

---

* *"Status post"*, abreviado "s/p", é um termo médico comum que significa "após" e diz que "não foi necessariamente causado por". É o termo em latim para: "Tente me processar agora, babaca."

Isso chama minha atenção. Certamente, sua aparência é de alguém que está morrendo.

– Você é alérgico a algum medicamento? – pergunto.

– Não.

– Bom. Aguenta aí.

– Vá se foder.

Sigo-o de volta à unidade e rapidamente escrevo pedidos de toda uma combinação de antibióticos e antivirais, colocando "URGENTE" em todos eles. Penso: *Devo ameaçar Squillante um pouco mais? Com o que e com qual finalidade?* Então, vou abrir o resultado da tomografia do Cara da Bunda no computador.

É tranquilizador, de certa forma. Se você sabe o que está fazendo, mover o cursor do mouse sobre uma tomografia é bem bonito. Provavelmente, mesmo se não souber o que está fazendo. Você sobe e desce através de centenas de cortes transversais horizontais e as várias formas ovais – peito, pulmões, cavidades cardíacas, aorta – expandindo-se e contraindo-se, como padrões climáticos que passam um pelo outro e se comprimem em diferentes níveis. Mas mesmo aí você sabe onde está, porque o interior de um ser humano não tem sequer dois centímetros cúbicos que sejam iguais. Isso vale também para o lado esquerdo e o direito de uma mesma pessoa. O coração e a bexiga ficam à esquerda, enquanto o fígado e a vesícula, à direita. O pulmão esquerdo tem dois lobos, enquanto o direito, três. O cólon esquerdo e o direito têm diferentes larguras e seguem caminhos de formatos diferentes. A veia de sua gônada direita leva sangue diretamente ao coração, enquanto a da esquerda junta-se à veia de seu rim esquerdo. Se você for homem, a gônada esquerda fica abaixo da direita para acomodar o movimento em tesoura das pernas.

Assim, os dois abscessos do tamanho de bolas de golfe no exame do Cara da Bunda são imediatamente perceptíveis, um atrás da clavícula direita e o outro na nádega direita. Numa observação mais atenta, eles parecem ter uma espécie de penugem em volta das extremidades – um fungo ou coisa do gênero. Parece algo que os alcoólatras contraem quando desmaiam e inalam o próprio vômito, o que faz crescer colônias em seus pulmões. Tenho bastante certeza de que nunca vi algo assim em um músculo antes.

Mando meus alunos chamarem o setor de patologia. Geralmente é difícil fazê-los sair de suas toquinhas sórdidas, cercadas de potes com órgãos humanos, como as casas dos *serial killers* caçados na televisão, mas o Cara da Bunda vai precisar de uma biópsia. Peço-lhes também para chamarem os responsáveis por doenças infecciosas enquanto estão por lá, já que há chances de que nenhum dos setores vá nos responder.

E assim que eles saem de vista, fecho a tela com o exame no computador e busco o cirurgião de Squillante, John Friendly, médico, no Google, só para fazer mais uma profunda leitura sobre a merda em que estou metido.

Mas, surpresa: as respostas são positivas. Meu amigável Friendly atou ou reduziu o estômago de todas as celebridades obesas de que já ouvi falar. Na verdade, a revista *New York* – que eu devia conhecer, já que sua função primordial é transferir agentes patogênicos entre as mãos de pessoas em salas de espera – o coloca como um dos cinco melhores cirurgiões gastrointestinais da cidade. Friendly tem um livro que não está indo tão mal em vendas na Amazon: *O buraco da agulha: cozinhando para o trato digestivo cirurgicamente alterado.*

Continuo procurando até encontrar uma foto que confirme que aquelas pessoas estão falando sobre o mesmo homem que vi mais cedo, já que foi uma manhã daquelas. Encontro mais artigos felizes pelo caminho. Aparentemente, ele fez a colostomia no cara que interpretou o pai em *Virtual Dad*. Como o cara deve ter dito: que alívio, porra!

Tento imaginar quanto alívio. Isso significa que Squillante realmente tem 75% de chance de sobreviver à operação? Se isso é verdade, quais as chances de ele manter a palavra e não me delatar se viver? Sou chamado por um quarto onde atualmente não tenho pacientes.

Olho para o número na tela do bipe e me pergunto se é o novo paciente que Akfal mencionara três horas antes. Então, lembro que é o quarto onde está a Garota do Osteossarcoma e corro para as escadas de incêndio.

A primeira coisa que percebo quando a vejo novamente é que, apesar de bonita, seus olhos realmente não se parecem em nada com os da minha perdida Magdalena. Então, sinto vergonha por estar tão decepcionado.

– O que houve? – pergunto.

– O que você quer dizer?

– Fui chamado pelo bipe.

Ela para de roer a unha do polegar para apontar o lado do quarto onde está a porta.

– Deve ter sido a garota nova – diz.

Ah, bom. Agora a cortina está fechada e ouço vozes do outro lado. Dou um tapinha na perna saudável da Garota do Osteossarcoma, bato na parede e abro a cortina.

Três enfermeiras ainda estão ajeitando uma nova paciente na cama que antes estava vazia.

É outra jovem, apesar de ser difícil dizer sua idade porque sua cabeça está raspada e enfaixada e o lado esquerdo da frente está faltando. Em seu lugar, apenas uma gaze protetora.

Sob o curativo, ela me olha com selvagens olhos azuis.

– Quem é? – pergunto.

– Paciente nova, dr. Brown – diz a enfermeira-chefe. – Veio da neurocirurgia.

– Oi – digo à paciente. – Sou o dr. Brown.

– Ai a lilili – ela responde.

Naturalmente. Em todos os destros e na maioria dos canhotos, a personalidade fica no lobo frontal esquerdo. Ou ficava. O curativo sobre a parte que falta em sua cabeça começa a pulsar com o esforço para falar.

– Relaxa. Vou ler seu boletim médico – digo e saio antes que ela responda. Ou responda ao estímulo ou como você quiser chamar.

O boletim da Garota da Cabeça é breve. Diz: *"s/p craniectomia para abscesso séptico da meninge s/p abscesso lingual s/p procedimento cosmético eletivo + s/p laparotomia para colocação da cobertura craniana."*

Em outras palavras, ela fez um piercing na língua e a infecção espalhou-se até o cérebro. Então, abriram sua cabeça para chegar lá e depois pegaram o pedaço de crânio que haviam retirado e cobriram-no com pele de seu abdome para mantê-lo vivo enquanto esperam para ver se a infecção volta.

Chamar um piercing na língua de "cosmético" é meio forçado, já que não se faz um para melhorar a aparência. Você faz porque está tão desesperado por afeto que se fere de uma forma medonha para mostrar ao mundo como você sabe chupar bem um pau. Penso: *Meu Deus, como estou de mau humor.*

Só para completar minha pesquisa pela feliz residência que era o quarto 808 Oeste, dou uma olhada no boletim da Garota do Osteossarcoma.

Não há nada demais para constatar: um monte de não sei quê "atípico" e "grande probabilidade de" não sei quê lá. Às vezes seu fêmur direito sangra, logo acima do joelho. Às vezes não. E ela está prestes a ter todo o troço removido até o quadril dentro de algumas horas. As piores e mais estranhas merdas acontecem.

Preencho a papelada de entrada da Garota da Cabeça sem olhar, mas, antes de terminar, recebo outra chamada no bipe, desta vez do quarto compartilhado por Duke Mosby e o Cara da Bunda.

Aliás, o acordo é o seguinte: Akfal e eu temos que admitir trinta pacientes por semana no departamento. O tempo que mantemos essas pessoas no hospital é decisão nossa. Obviamente, somos incentivados a mandá-los embora rápido, para não termos que cuidar deles. Por outro lado, se eles voltam para a emergência menos de 48 horas depois de serem liberados, temos que retomar a responsabilidade sobre eles. Mas se eles voltarem, digamos, 49 horas depois da liberação, são distribuídos aleatoriamente entre os médicos, como se fosse a primeira visita, e há 80% de chance de que se tornem problema alheio.

O pulo do gato está em achar o momento exato em que um paciente está bem o suficiente para sobreviver 49 horas inteiras lá fora e aí enxotá-lo. Soa cruel – e é cruel –, mas no segundo em que eu e Akfal pararmos de fazer isso, nosso trabalho se tornará impossível.

Já é quase impossível. Algum executivo de seguradora descobriu há muito tempo o limite além do qual não vale a pena nos estimular – nosso próprio marco das 49 horas, se você quiser – e está fazendo um trabalho de mestre ao mantê-lo. Entre admitir novos pacientes e liberar antigos, que são pesadelos burocráticos, mal temos tempo para cuidar dos pacientes de que somos encarregados.

O que significa que checar qualquer paciente que já vimos naquele dia – como o Cara da Bunda e Duke Mosby – é pura perda de tempo. A menos que o paciente esteja com problemas imediatos e contornáveis.

O que é sempre uma outra possibilidade, e me leva de volta às escadas de incêndio, depois a uma corrida pelo corredor até seus quartos.

Há uma multidão lá dentro: o médico responsável, Zhing Zhing, nossos quatro alunos e a residente-chefe. Há também dois garotos residentes que não reconheço. Um, que é ameaçadoramente bonito, mas também tem cara de maluco, está com uma seringa gigante na mão. O outro tem cara de passarinho e parece entediado.

– De jeito nenhum – diz a residente-chefe ao garoto com a seringa. – Nananinanão, doutor. – Ela está entre ele e a cama.

Dou "oi" e fecho o punho para o Cara da Bunda bater com a mão, mas ele só me lança um olhar furioso.

– Quem são vocês? – pergunto aos residentes.

– DI – diz o garoto com a injeção. Doenças infecciosas.

– Patologia – diz o outro. – Você me chamou?

– Uma hora atrás, talvez – respondo. – Você *me* chamou?

– Eu chamei, senhor – fala um dos alunos.

– Esse cara quer uma biópsia das lesões – diz a residente-chefe, referindo-se ao cara da DI.*

---

* "Lesão" é um termo não específico, mas extremamente útil (porque parece que se está falando de uma cratera de pus) para qualquer anomalia.

– Tudo bem – digo.
– *Tudo bem?* – retruca a residente-chefe. – O paciente está com um agente patogênico desconhecido, que se está *espalhando* e você quer arriscar disseminá-lo mais ainda?
– Quero descobrir o que é – respondo.
– Você pensou em informar ao Centro de Controle de Doenças?
– Não.
O que é verdade.
– Já passou do glúteo à parte superior do tórax – diz o cara da DI. – O quanto ainda pode se disseminar?
– Que tal por toda a porra da ala do hospital? – fala a residente-chefe.
O cara de passarinho invade a discussão:
– Por que você *me* chamou? – indaga.
A residente-chefe o ignora e se vira para o médico responsável.
– O que você acha?
O médico olha para o relógio e dá de ombros.
– Estou furando – diz o cara da DI.
– Espere... – pede a residente-chefe.
Mas o cara da DI coloca o cotovelo para afastá-la e mete a seringa. Dá duas bombeadas na parte de cima do peito do Cara da Bunda, provocando um grito com a segunda bombeada. O DI mantém o dedo ali, afunda a agulha bem ao lado e rapidamente aperta o êmbolo. O grito do Cara da Bunda fica mais agudo e o corpo da seringa se enche de sangue serpenteando e fluido amarelo.
– Vá se foder! – grita a residente-chefe.
O cara da DI arranca a agulha e se vira para ela, convencido de que está certo, mas superestima a distância entre eles. Na verdade, não há espaço entre eles. Enquanto a residente-chefe se

joga para trás, ela e o cara da DI partem para a porrada e começam a cair juntos.

Bem na minha direção.

Desvio para o lado, mas tem um estudante de medicina debaixo de mim, reclamando entre meus sapatos. Aperto-me contra a parede e tudo o que posso fazer para proteger o rosto é levantar o antebraço. Que é atingido pela seringa, que se enterra até o plástico.

Há uma pausa.

As pessoas começam a se levantar, afastando-se de mim. Levanto-me também. Olho para o braço. A seringa está pendurada ali, vazia, o êmbolo totalmente apertado. Começo a sentir aquela dor que toda grande injeção provoca porque separa as camadas de tecido. Puxo a seringa do braço.

Tiro a agulha e a jogo no compartimento para descarte de objetos cortantes, na parede atrás de mim. Aí seguro a frente do uniforme do cara da DI e jogo a seringa em seu bolso.

– Tire o que conseguir daí e analise – digo a ele. – Leve o cara da patologia com você.

– Nem sei o que estou fazendo aqui – resmunga o cara da patologia.

– Não me faça machucá-lo – falo para ele.

– Dr. Brown – chama o médico responsável.

– Senhor? – respondo, ainda olhando para o cara da DI.

– Me dá uma margem de cinco minutos?

– O senhor foi embora dez minutos atrás – digo.

– Você é um grande homem, garoto. Boa sorte – fala ao ir embora.

Todos os outros ficam congelados.

– Movam-se, seus babacas de merda!

Estou quase fora do quarto quando noto algo errado. Quer dizer, algo mais.

A cama de Duke Mosby está vazia.

– Onde está o Mosby? – pergunto.

– Talvez ele tenha ido dar uma volta – responde um dos alunos, atrás de mim.

– Mosby tem gangrena podal bilateral – digo. – Ele não consegue nem mancar.

Mas aparentemente consegue correr.

10

Acho que já mencionei que Skinflick era apaixonado por sua prima em primeiro grau, Denise. Sempre foi.
    Ela era dois anos mais nova. Skinflick falava sobre ela o tempo todo, muitas vezes dentro do contexto de suas besteiras de *O ramo de ouro*. Falava o quanto era injusto que ele e Denise não pudessem ficar juntos por causa de um preconceito americano idiota, sem base científica ou até mesmo histórica, e que os sicilianos tinham uma expressão, "primos são para primos", que era não só mais correta historicamente, como também um excelente conselho.*
    – Os americanos amam tudo o que os caipiras fazem – costumava reclamar.
    Depois que Skinflick e eu terminamos o ensino médio, cruzamos o país de carro até Palos Verdes, ao sul de Los Angeles, para visitá-la.
    O pai de Denise, Roger, era irmão da mãe de Skinflick. Ele suspeitou de algo desde o momento em que chegamos lá, e não ajudou o fato de que Skinflick e Denise aproveitassem qualquer momento possível para escapar – para fora, ou para o andar de cima – e transar.

---

* Em termos médicos, isso não está tão claro. Uma mulher que se casa com um primo-irmão tem 2% a mais de chance de ter um filho com defeito de nascença. (Para comparar, uma mulher que engravida aos 35 anos tem 1% mais chance.) Por outro lado, a prole de primos tende a se beneficiar de uma maior possibilidade de estabilidade familiar. De qualquer forma, o genoma humano já está bem mais "conservado", ou seja, com mais cruzamentos familiares do que o de qualquer outro mamífero conhecido; então já tivemos muito mais cruzas de primos do que, digamos, os ratos.

A mãe de Denise, Shirl, não era grande problema, pelo menos no mesmo sentido do marido. Mas quando se tratava de *me* atrair e ficar excitada com as constantes trepadas da filha e do sobrinho, ela era um problema bem maior. Não que eu fosse exatamente um santo.

Felizmente, foram Skinflick e Denise que Roger pegou na casa de hóspedes, não eu e Shirl. Roger expulsou Skinflick de casa. Denise chorou. De uma maneira sórdida, foi romântico.

Skinflick e eu batemos em retirada para a Flórida, como se o objetivo de nossa viagem fosse o tempo na praia. Jantamos com meu pai durante algumas noites, o que foi agradável o suficiente. Silvio, na época, vendia barcos e imóveis, e estava naquela fase da vida em que ficava sorrindo e abrindo os braços, dizendo: "E quem sabe? Se souber, pode me contar." Pode ser que ele ainda esteja nesta fase. A última vez em que falei com ele foi quando me visitou na cadeia, durante o meu julgamento.*

Enquanto isso, Skinflick continuou a sofrer e reclamar por causa de Denise o resto de verão – encantadoramente, enquanto saíamos com outras mulheres.

Ele também continuou a fracassar ao tentar progredir atleticamente. Seu pai ficava me implorando para ensiná-lo a lutar, mas Skinflick era naturalmente horrível em combates. Ele tentava proteger o rosto e a barriga, virando-se para o lado, o que expunha sua coluna, seus rins e sua nuca. Seus reflexos eram bons, mas, sem força de vontade, tornava-se um idiota.

---

* Devo admitir aqui que meu fracasso em me comunicar com meus pais deveu-se a mais do que uma formalidade do Programa de Proteção à Testemunha. Você pode trocar mensagens e até falar por telefone com sua família através do serviço de inteligência da polícia da Virgínia, mas se fizer isso com frequência, os agentes vão acabar "escorregando" e dando seu contato direto para a família. Simplesmente nunca tentei.

Então, Skinflick e eu mudamos de ideia sobre continuar estudando e nos matriculamos no Northern New Jersey Community College. Dividíamos um apartamento em Bergen County. Nós dois continuávamos a rir da babaquice de Skinflick, já que naquela época eu ainda o respeitava por outras razões.

Vi Denise mais três vezes. Uma foi no salão de entrada de um hotel perto do centro de Manhattan, antes que ela e Skinflick subissem para transar. A segunda e a terceira vez foram em agosto de 1999, na noite de seu casamento e na anterior.

Isso foi quatro anos e meio depois da minha ida à Polônia. Nesse meio tempo, terminei meu curso de dois anos no Northern New Jersey Community College (que Skinflick largou depois de um ano), ajudei Skinflick a administrar uma "gravadora" (bancada por David Locano) e trabalhei com ele como assistente no escritório de advocacia que David Locano dividia com mais três sócios e do qual fomos em seguida despedidos pelos três, aparentemente por gastar demais divertindo os clientes sem fazer mais nada. Justo.

Na época, David Locano ainda jurava para nós dois que não queria que Skinflick entrasse para a máfia. O que provavelmente era até verdade, na medida em que um pai pode realmente querer que um filho o supere ou seja diferente dele. Mas para mostrar-nos como era a vida e como punição por termos fracassado no escritório, ele nos mandou trabalhar num depósito de lixo no Brooklyn. E é difícil ver isso como não sendo uma péssima jogada.

Para começar, não foi bem uma punição. Era triste e chato, mas fácil. Permitia que tivéssemos muito tempo livre. E era impossível nos demitirem, já que nossos salários estavam ligados a David Locano.

Além disso, alguns dos pobres, especialmente os nostálgicos, eram interessantes. Homens adultos, chamados Sally Knockers ou Joey Camaro,* que se cagavam de medo na frente dos babacas arrumadinhos que vinham *duas ou três vezes por semana* levar metade da grana. Alguns dos babacas também eram interessantes.

Kurt Limme me vem à cabeça. Limme era uns dez anos mais velho do que eu. Era inegavelmente bonito e realmente bem-vestido, não como um mafioso italiano. Ele parecia um tio de Manhattan que estava ganhando rios de dinheiro no mercado de ações e comendo um monte de mulheres. Na verdade, estava sendo indiciado por vários esquemas de extorsão, envolvendo instalações de antenas para telefones celulares, mas até isso parecia uma ideia avançada.

Skinflick chegou à conclusão de que aquele era um cara tão legal, cínico e relaxado – embora não tão esperto – quanto ele próprio. E que havia conseguido. Limme, membro rebelde de uma tradicional família mafiosa de baixo escalão, gostava de ser admirado pelo filho de David Locano.

Limme começou a levar Skinflick em suas infinitas voltas pela cidade, e a maioria delas me parecia ser para compras. Sabia que devia ter desencorajado Skinflick a sair tanto com ele, já que, entre outras coisas, Skinflick cheirava muita cocaína quando estava com Limme. Mas eu havia começado a trabalhar regularmente para David Locano e estava feliz que Skinflick tivesse alguém para entretê-lo durante minha ausência.

Em relação aos trabalhos em si, não direi muita coisa. Não posso.

---

* Suposta referência ao carro Camaro, que era uma merda. E tem uma música em que o modelo é usado para atropelar pessoas aleatoriamente. Joey até que reclamava bastante.

Vou dizer que *se* tiver acontecido de eu matar mais ou menos uma dúzia de pessoas – pessoas sobre as quais não poderia falar agora, porque a polícia não sabia delas, então não fizeram parte do meu acordo –, então teria sido nessa época que eu as teria matado. Não estou dizendo que matei. Estou dizendo *se*.

Além do mais, *se* matei essas pessoas – *se*, porra, *se* –, teria me certificado de que todas elas eram babacas malvados. Um cara que, se você soubesse que estava solto por aí, gostaria de manter sua família num cofre de banco. David Locano não me ofereceria outra coisa.

E – último ponto – eu teria feito direito cada um desses trabalhos. Nenhum cartucho de bala, nenhuma falha acobertada, nenhum álibi furado. Sequer corpos, para a maioria. Então, nem tente.

Mas, enfim...

Skinflick e eu ainda trabalhávamos na coleta de lixo, pelo menos no papel, quando ele descobriu que Denise ia se casar.

Elisabeth Kübler-Ross, psiquiatra, disse certa vez que nossa compreensão da morte passa por cinco estágios diferentes – negação, raiva, negociação, depressão e aceitação.* Quando Skinflick soube das novidades sobre Denise, logo ficou triste e irritadiço, então começou a perder peso e a passar muito tempo sozinho.

Assim, entre garotas, drogas, Kurt Limme e o fato de que nós dois tínhamos outros lugares para ficar (eu ainda tinha a casa

---

* Digo "certa vez", pois pensamos nessa progressão quando lembramos de Kübler-Ross. Mas quando nos lembramos dela, evitamos pensar é como ela mudou de ideia mais tarde e decidiu que todos nós reencarnaríamos. Queria estar brincando.

dos meus avós e ele tinha a dos pais), eu não o via tanto, apesar de mantermos nosso apartamento em Demarest. Mas na semana anterior ao casamento de Denise, Skinflick não foi trabalhar nenhum dia e não cruzei com ele em nenhum outro lugar. E, na noite anterior ao casamento, Kurt Limme me ligou.

— Você tem visto o Skinflick? — perguntou.
— Não. Ele não foi trabalhar essa semana.
— Eu o vi uns três dias atrás.

Acontece que eu tinha almoçado com David Locano no dia anterior, porque ele estava preocupado com a influência de Limme sobre o filho, então eu sabia que Locano também não via Skinflick havia um tempo.

— Provavelmente ele está com alguma mulher — falei.
— Não com Denise se casando — disse Limme.
— Boa observação.
— Estou preocupado com ele, Pietro.
— Por quê? — perguntei. — Quanta cocaína ele cheirou?
— Eu não cheiro nem conheço ninguém que faça isso — Limme disse.
— Relaxa — falei. — Só quero saber se ele está com problemas.

Houve uma pausa.

— É, deve estar — respondeu Limme.
— Tudo bem. Se eu souber de algo, te ligo.
— Obrigado, Pietro.
— Tá.

Vinte minutos depois, o telefone tocou. Pensei que fosse Limme de novo, mas era Skinflick. Falando enrolado:

— Cadê você?
— Em casa. Você me ligou.
— É, eu estava tentando todos os números. Vista-se. Estou passando aí de limusine. Com uma garota para você.

Olhei para o relógio. Eram só nove horas, mas, o que quer que fosse, não parecia bom.

– Não sei – disse. – Alô?

Ele desligara.

O interior da limusine parecia uma boate iluminada por lanterninhas e levei um tempinho para me acostumar à escuridão. No macio banco de couro de trás estavam Skinflick – brilhante e pálido, a não ser na área sob os olhos – e Denise. Perto de mim, de frente para eles, estava uma jovem loura de boa postura, estranhos ombros musculosos nus e o pescoço grosso. Depois descobri que era nadadora na universidade, que para ela terminara há três meses.

Skinflick usava um smoking com a camisa aberta. Denise usava um vestido preto justo. O vestido da loura era mais estranho: cetim verde.

– Jesus – disse, inclinando-me para beijar Denise enquanto o carro dava a partida. – Eu não tinha percebido que era uma festa de formatura.

– Você está bem-vestido o suficiente, querido – falou Denise.
– Esta é a Lisa.

– Oi, Lisa.

Lisa beijou minha face e soltou um bafo de álcool, dizendo que tinha ouvido falar muito de mim.

– Também ouvi falar muito de você – menti.

– Lisa é a dama de honra – falou Skinflick.

– Não brinca – retruquei.

Skinflick falou pelo interfone:

– Georgie, você sabe para onde vamos?

– *Sim, sr. Locano.*

– Para onde estamos indo? – perguntei, quando o carro começou a andar.

– É surpresa – respondeu Skinflick.

Olhei para Lisa, que parecia ter a expressão "fácil" estampada na testa, enquanto sondava informações, mas a garota só deu de ombros e inclinou-se na direção de Denise, que segurava uma colher de cocaína para ela. Foi um momento estranho.

A limusine tomou o rumo norte no primeiro grande cruzamento, então não passaríamos pelo Midtown Tunnel. Denise separou uma carreira de pó para mim, enquanto Skinflick fechava um baseado.

– Deixa eu tomar um drinque primeiro – falei.

Quando chegamos a Coney Island, eu estava completamente chapado, e os outros estavam muito pior. Skinflick falava sobre colheres de cocaína. Quem as fizera e que elas eram parte de todo um faqueiro pequenininho. O motorista, Georgie – um cara que eu conhecia, de rabo de cavalo e uniforme completo de chofer –, estacionou no mesmo estacionamento que eu, quando matei os russos em 1993. Depois de abrir as portas, voltou ao carro para nos esperar.

Falei a Skinflick que não queria ir a Little Odessa.

– Nós não vamos a Little Odessa – ele respondeu. Pegou o braço de Denise e guiou-a pelo calçadão, em direção ao mar.

O calçadão de Coney Island deve ser um dos maiores do mundo. Quando se está ferrado como nós, parece infinito. E isso quando você está *sobre* ele. Quando descemos as escadas para a praia e as mulheres tiraram os sapatos de salto alto, Skinflick puxou uma lanterninha do bolso da calça e disse que voltaríamos pelo caminho que tínhamos tomado, só que *sob* o calçadão. Como na música da Motown.

– De jeito nenhum – disse Denise. – Vou machucar meu pé. E vou casar amanhã.

– Não se preocupe com isso – falou Skinflick. – Se ele não casar com você, eu caso.

– Vou pisar numa agulha de crack.

– Vale a pena.

– Para você, talvez.

– Só pise onde eu piso.

Skinflick entrou sem olhar para trás, e Denise o seguiu. Era aquilo ou perder a vantagem da lanterna que ele segurava. Lisa entrou em seguida, comigo atrás.

Havia uma cidade assustadora lá embaixo. De alguma forma, a música da Motown não menciona os sem-teto quase invisíveis, ou como eles se arrastam rápido para longe de você como se tivessem medo de algo que só eles sabem que está lá embaixo.

Mesmo assim, até com a escuridão e as sombras em movimento, e até com todas as colunas, Skinflick nos levou até o outro lado bem rápido. Era como se ele conhecesse o caminho. Na hora, pensei que só estava tão deprimido com o casamento de Denise que não dava a mínima para o que acontecesse a ele ou a qualquer um de nós, mas quando chegamos ao final – uma grade de correntes com longas tiras de tela plástica entremeadas verticalmente – ele já sabia onde ficava o ponto de abertura. Enquanto Denise e Lisa reclamavam da areia fria, Skinflick abriu a cerca. Denise passou primeiro e de repente todos estávamos de volta sob o brilho do céu noturno de Nova York.

Estávamos no asfalto, nos fundos de um complexo que parecia uma mistura de estação de energia elétrica e escola. Uma fileira irregular de prédios cilíndricos de concreto, de dois ou três andares, ligados entre si por túneis no térreo. Nenhuma janela, apenas canos saindo das paredes. Havia um zumbido e um estranho cheiro de podridão.

Outra coisa estranha era a presença de um anfiteatro ao longe. Dava para ver as arquibancadas de alumínio por baixo.

– O que é isso? Uma usina de esgoto? – perguntei. Não conseguia nem saber onde estávamos em relação ao estacionamento.

– Nem chegou perto – disse Skinflick. Ele foi direto até o maior prédio. Denise e Lisa ainda estavam calçando os sapatos e xingando enquanto saltitavam atrás dele.

Quando todos conseguimos alcançá-lo, Skinflick estava na entrada no prédio. E tinha uma *chave*.

Quando ele abriu a porta, saiu uma lufada de ar quente como se fosse uma expiração. Tinha cheiro de mar. Como se fosse mar concentrado.

No facho da lanterna de Skinflick, dava para ver um corredor que seguia a curva da parede externa. O lugar parecia o interior de um submarino: canos de metal recém-pintados de azul e concreto novo, com um monte de medidores e alguns tanques.

– Feche a porta atrás de você – falou Skinflick, enquanto caminhava pelo corredor. O cheiro de mar era muito mais forte do que na praia.

– Skinflick, estamos no Aquário? – perguntei.

– Mais ou menos – ele respondeu. E esperou que eu fechasse a porta.

– Como assim, mais ou menos?

– É uma espécie de porta dos fundos – disse.

O corredor acabou e um lance de escadas amarelas de metal tomou seu lugar, continuando pela parte interna da parede até que a escuridão e a curvatura do prédio o fizeram desaparecer.

– Isso aqui tem um cheiro *nojento* – falou Lisa.

– Acho que tem cheiro de boceta – disse Denise. Ela estava ali dentro agora, acompanhando o estado de espírito de Skinflick. Ela pegou a mão dele e começou a puxá-lo escada acima.

O lugar não cheirava a boceta. Cheirava como a entrada de uma caverna onde um gigante estivera dormindo.

– Não acho uma boa ideia – falou Lisa.

Denise olhou para ela, ali embaixo, e colocou um dedo sobre seus lábios.

– Shhh, Pietro vai cuidar de você.

Para mim, ela transformou seus dedos em um V e cortou sua língua com eles. Então, ela e Skinflick subiram e sumiram de vista, apesar de ainda conseguirmos ver a luz da lanterna movendo-se pela curva da parede

– Merda – disse Lisa.

– Podemos ficar aqui, se você quiser.

– Hummm, certo. – Ela olhou para o corredor atrás de si, que agora fora consumido pela escuridão, e tirou o cabelo suado do rosto. – Você vai primeiro? – perguntou.

– Claro. – Comecei a subir as escadas.

Logo tudo ficou totalmente escuro e, quando diminuí a velocidade, ela chegou perto, atrás de mim, segurando na minha cintura. Ela tinha braços bem fortes. Mas quando comecei a ficar excitado, dei um passo em falso e percebi que estávamos no topo.

– *Denise!* – chamou Lisa.

– Por aqui – Denise respondeu. Sua voz era rouca e ecoava. Lisa e eu seguimos por um corredor de teto baixo em forma de arco, tentando não bater com a cabeça. De repente conseguíamos enxergar de novo, apesar de Skinflick ter desligado a lanterna. Porque a sala em que entramos tinha clarabóias no teto.

"Sala" deve ser a palavra errada, mas, o que quer que fosse, era grande e hexagonal, e a passarela de metal gradeada sob nós acompanhava todo o perímetro como um mezanino, deixando um vão livre no centro que talvez tivesse uns nove metros de diâmetro.

Um metro e meio abaixo da passarela, não apenas no centro, mas também sob a tela de metal onde estávamos, havia água. Água que cintilava sob as claraboias, mas o restante era puro breu.

Estávamos sobre um gigantesco tanque de água.

Skinflick e Denise estavam inclinados sobre a grade, ele atrás dela, envolvendo-a com os braços.

– O que você acha? – indagou.

– Que lugar é esse? – perguntei a ele. Minha voz ecoou como numa igreja.

– O tanque dos tubarões.

– O que tem a arca do navio *Andrea Doria*?

– É, mas ele não está mais lá há anos.

Eu estava impressionado. Já vira o tanque dos tubarões de baixo, pelo vidro, umas dez vezes, mas só quando era criança. Daquele lado, o Aquário parecera um enorme espaço fechado. Mas agora eu percebia que aquilo era uma ilusão, simulada pelos corredores em forma de túnel que corriam entre os tanques isolados.

Estávamos sobre o maior dos tanques. Lembrei-me dele como um vórtice de animais gigantescos saídos de um pesadelo, nadando em círculos pelo vidro, com olhares mortais, sem aparentemente precisar bater as nadadeiras. No centro do tanque, na areia, havia a arca do tesouro do *Andrea Doria*.

– O que aconteceu com a arca do *Andrea Doria*? – perguntei.

– Algum idiota abriu-a ao vivo em rede nacional. Antes que as TVs de casa recebessem o sinal.

– Não brinca. O que tinha dentro?

– O que você acha que tinha lá dentro? Eles deixaram o troço no fundo de um tanque de tubarões durante toda a nossa infância. Estava cheio de lama.

Lisa limpou a garganta.

– Tem tubarões ali agora? – perguntou ela.

– Lisa, é um tanque de tubarões – disse Denise.

Skinflick acendeu novamente a lanterninha e apontou-a para a água. A água refletiu a luz.

– A gente pode acender a luz? – perguntei. Havia pesadas luminárias presas em suportes que corriam logo abaixo das claraboias.

Skinflick direcionou o facho de luz sobre elas, depois desligou a lanterna.

– Acho que não. Tem um timer.

Lisa olhou para os pés.

– Esse troço é forte? – perguntou.

Skinflick pulou e aterrissou sobre o gradeado, fazendo a passarela ranger e vibrar.

– Parece forte.

– Obrigada, Adam – disse Lisa. – Agora vou vomitar.

– Vai melhorar – falou Skinflick. Ele seguiu pela passarela, passou por um armário de metal aberto e isolado que armazenava roupas de mergulho e alguns cilindros de oxigênio. Foi até um trecho onde não havia cerca de proteção, apenas uma corda de nylon amarela. Ele desenganchou uma ponta da corda.

– Adam, o que você está fazendo? – perguntou Denise.

Dei um passo para trás. Foi instintivo – não dava para olhar para aquele pedaço da passarela sem pensar em cair.

– Estou baixando a rampa – disse Skinflick.

A rampa estava recolhida sobre o piso gradeado. Skinflick levantou-a e deixou-a cair sobre a água.

O estrondo da rampa ao assentar-se no lugar – não horizontalmente, mas apontada para baixo na direção da água, num ângulo de 45º – durou um tempão e a vibração do piso parecia que ia nos derrubar na água.

– Vejam, há trajes de mergulho – falou Skinflick. – Alguém quer nadar?

Ninguém disse nada.

– Não? – insistiu. – Bom, vou colocar o pé na água. – Então, ele realmente começou a descer a rampa.

– Não faça isso, Adam! – gritou Denise.

– Você deve estar brincando – falou Lisa.

– Skinflick, sai daí, porra! – Eu estava me apressando para agarrá-lo, mas até chegar perto da parte sem a cerca era assustador.

Skinflick agachou-se e, com a bunda no chão, começou a arrastar-se feito caranguejo até o fim da rampa.

– Alguém me dá a mão – pediu. – Dá muito medo.

– De jeito nenhum – falei.

– Deixa comigo – disse Denise. Ela deitou no início da rampa e estendeu uma das mãos para Skinflick. Mas teve que desviar o olhar. Ele segurou-lhe a mão e começou a passar o pé pela ponta da rampa.

– Skinflick, não faça isso.

Ele resmungou. Havia uns bons 25 centímetros de espaço entre o fim da rampa e a superfície da água, então alcançá-la com o pé enquanto continuava segurando a mão de Denise fizera com que ele se esticasse totalmente.

Skinflick colocou a ponta de um dos sapatos na água, então recolheu o pé de volta à rampa.

– Viram? – falou. – Não é nada demais.

Quase no mesmo instante, houve uma explosão na água, no ponto onde seu pé estivera. Em questão de segundos, toda a superfície estava agitada por corpos enormes e esguios. Pareciam cobras gigantes deslizando umas sobre as outras num balde.

– Caralho! Caralho! Caralho! – exclamou Skinflick, arrastando-se rampa acima, e até a parede, levando Denise junto em seus braços.

Agora, enquanto a água subia e descia em ondas, dava para ver tubarões por todo o lugar. Um deles rompeu a superfície com uma barbatana, molhada e brilhante sob a luz dos vidros no teto.

Finalmente a água se acalmou e eles se esconderam novamente. Skinflick começou a rir.

– Puta merda! – falou. – Esta foi a coisa mais assustadora que já me aconteceu.

Denise deu um soco em seu peito, e ele a agarrou e beijou. Meu próprio coração estava disparado, e percebi que Lisa e eu também estávamos abraçados. Skinflick deixou suas mãos deslizarem pelas costas de Denise.

– Tudo bem – disse ele para mim e para Lisa. – Que lado vocês querem?

– A gente devia *transar* agora? – perguntou Lisa.

– É uma despedida de solteira. Então, sim.

– Meu Deus!

– Não é para ser romântico – disse Skinflick. – Deve ser selvagem. E é. Certo, Denise?

– Pode crer – ela concordou.

– Então, que lado vocês querem? – ele voltou a perguntar.

– Denise... – Lisa começou.

Denise olhou para ela e gritou:

– Escolhe um lado, porra!

E ela escolheu. O que tinha as roupas de mergulho e o armário. Onde você podia se sentar e abraçar um ao outro, e até mesmo foder, sem ter que olhar para baixo, através do gradeado e ver a água. Mesmo que ainda sentisse o cheiro.

O quanto você tem que ser jovem, louco ou imaturo para transar num lugar onde se tem a sensação de estar pendurado sobre o olho do Diabo? Não posso defender essa atitude. Tudo o que posso fazer é informar que 24 horas depois conheci Magdalena e minha vida tornou-se algo totalmente diferente.

11

Estou no posto de enfermagem próximo ao quarto do Cara da Bunda e de Mosby quando um garoto com um jaleco de "voluntário" se aproxima de mim. É um garoto do bairro, aluno do City College de Nova York, que acredita que algum dia entrará para a faculdade de medicina e se tornará neurocirurgião. Ele quer ser o avô que trabalha a vida inteira para formar a fortuna da família. E talvez ele venha a ser.

Sei disso tudo porque certa vez perguntei por que ele usava um black power aparado no formato de um cérebro.

– Oi, dr. Brown...

– Estou sem tempo – digo a ele.

– Não vou dar trabalho, só queria dizer que levei o paciente para a FT.

FT é fisioterapia. Pausa.

– Que paciente?

O garoto checa a prancheta.

– Mosby.

– Quem mandou você levar Mosby para a fisioterapia?

– Você. Estava nos pedidos.

– Pedidos? Droga. Como você o levou até lá?

– De cadeira de rodas.

Merda!

Viro-me para o balcão.

– Alguém deu a Mosby seu boletim, pegou de volta e colocou no escaninho de pedidos?

Todas as quatro pessoas que estavam trabalhando ali evitam me olhar nos olhos, como sempre fazem quando algo dá errado. Parece um daqueles documentários sobre a natureza.

– Você realmente o levou até a fisioterapia? – pergunto ao garoto.

– Não. Me disseram para deixá-lo na sala de espera enquanto procuravam a ficha de consulta.

– Tudo bem. Quer dar uma volta?

– Quero! – ele responde.

Viro para meus alunos de medicina, que só agora estão saindo do quarto de Mosby e do Cara da Bunda.

– Bom, gente. Se alguém perguntar onde está o Mosby, digam que está na radiologia. Se disserem que já olharam na radiologia, digam que queriam dizer fisioterapia. Enquanto isso, roubem alguns antibióticos para mim para quando o laboratório der o resultado dos exames daquela merda que acabaram de me injetar. Também quero cefalosporim de terceira geração, macrolida e fluoroquinolona. Também quero alguns antivirais,* tudo o que puderem pegar. Pensem numa combinação que não me mate. Se não conseguirem, peguem o que receitei ao Cara da Bunda e copiem. Entenderam?

– Sim, senhor – fala um deles.

– Bom, não se desesperem.

Viro para o garoto com o cérebro afro.

– Venha comigo – digo.

---

* Antivirais não são antibióticos porque vírus, diferente de bactérias, não são "bióticos" – não estão vivos. São só pedaços de material genético que seu corpo interpreta como pedidos para produzir mais peças idênticas daquele material genético, aí espalham-se. Seu corpo até mesmo insere alguns vírus, como o HIV, diretamente no seu material genético para copiá-los mais facilmente, tornando-os parte de sua identidade.

No elevador, pergunto novamente o nome do garoto.

– Mershawn – responde ele. Não pergunto como se escreve.

Fiz com que ele vestisse um sobretudo. Estou usando um jaleco onde se lê "Lottie Luise – médica", bordado na frente. Não sei quem é Lottie Luise, mas ela deixa seu jaleco em locais convenientes. Ou deixava.

– Mershawn, não faça um piercing na língua – digo quando chegamos ao térreo.

– Que se foda – responde Mershawn.

Em frente ao hospital, está nevando e chovendo, tudo está uma zona. A visibilidade, como dizem, é baixa.

Não sei o que estava esperando – pensando bem, marcas de cadeira de rodas na lama –, mas colocaram sal na calçada para não acumular neve e há trinta pessoas passando por minuto. Além disso, há um toldo metálico que cobre quase cinquenta metros à frente. A calçada está molhada com água escura.

– Aonde ele foi? – pergunto. Pensando: *Se é que ao menos ele usou esta entrada, já que há pelo menos uma de cada lado do prédio.*

– Por aqui – diz Mershawn.

– Por quê?

– É uma descida.

– Humm. Já estou feliz de ter trazido você.

Virando a esquina, a rua secundária desemboca no rio, numa inclinação ainda maior que a da avenida em estamos. Mershawn assente e a descemos.

Ao longo de alguns quarteirões, há um trecho de sete metros de lama que poderia guardar marcas. Sabemos disso porque há várias linhas que parecem marcas de uma cadeira de rodas por ali. As marcas seguem em direção à porta de metal pichada de um prédio com janelas cobertas por tábuas, mas somem antes de realmente chegarem até lá.

Vou até lá e bato forte na porta. Mershawn olha para o prédio, em dúvida.

– Que lugar é esse? – pergunta-me.

– O Pole Vault – digo a ele.

– O que é?

– Tá falando sério?

Ele fica olhando para mim.

– É um bar gay – respondo.

A porta é aberta por um negro de cinquenta anos, cabelos grisalhos e peito expandido. Ele usa uma camisa de flanela e óculos bifocais.

– Em que posso ajudar? – fala, inclinando-se para nos olhar.

– Estamos procurando um negro velho numa cadeira de rodas – digo.

Por um instante o homem fica ali parado, assobiando uma música que não reconheço.

– Por quê? – pergunta, afinal.

– Porque nenhum de nós ganhou um de Natal e na loja de pretos-velhos-em-cadeiras-de-rodas estão todos esgotados – Mershawn diz.

– Ele é paciente do hospital e fugiu – falo.
– Doente mental?
– Não. Seus pés estão com gangrena. Apesar de ele ser gagá.
O homem reflete por um momento. De novo, o assobio.
– Não sei por que, mas algo em vocês, idiotas, me diz que estão bem-intencionados – diz. – Ele foi em direção ao parque.
– Por que ele viria aqui? – perguntei.
– Ele pediu um cobertor.
– Você deu um a ele?
– Dei um casaco que um cliente esqueceu. Vesti nele. – Ele olha em volta e interrompe mais uma sessão de assobios com um tremor. – Só isso?
– É – falo. – Mas te devemos uma. Você devia ir ao hospital para examinarmos seu enfisema.
Ele baixa o nariz e dá uma olhada no bordado "Lottie Luise – médica" na frente do meu jaleco.
– Obrigado, dr. Luise – diz ele.
– Eu me chamo Peter Brown. Este é Mershawn. Vamos te examinar de graça.
O homem ri com a respiração pesada e acaba engasgando.
– Acho que cheguei onde estou hoje justamente por *não* ir ao hospital – retruca.
– Faz sentido – sou obrigado a dizer.

No caminho, Mershawn me pergunta como eu sabia que o cara tinha um enfisema e listei os sintomas físicos que ele mostrava.
– Vamos aprender, Mershawn. Quem assobia? – digo, então.
– Babacas.
– Certo. Quem mais?

Mershawn pensa um pouco.

– Pessoas que estão pensando em algo, então subliminarmente começam a pensar numa música sobre aquela coisa. Como quando você está fazendo um exame no nervo craniano e começa a assobiar *Keep Ya Head Up*.

– Bom – digo –, mas muita gente também assobia porque está subconscientemente tentando aumentar a pressão do ar em seus pulmões, para conseguir injetar mais oxigênio nos tecidos.

– Não brinca.

– É verdade. Sabe os anões da *Branca de Neve*, que trabalham numa mina?

– Sei.

– Se você tivesse silicose, também assobiaria o tempo inteiro.

– Que droga.

– Isso mesmo.

Até o fim do quarteirão, sinto-me o Professor Marmoset.

Quando o encontramos, Duke Mosby está numa cabana de pedras de calçamento com vista para o rio Hudson, no topo do Riverside Park. É uma puta vista, mas o rio está cobrando um preço alto por ela, cuspindo um vento úmido e incômodo. Do tipo que dá para sentir pelos furinhos do seu tamanco de plástico. Flocos de neve se levantam do chão ao mesmo tempo que rolam do céu. Eles se alojam nos cabelos e nos cílios de Mosby.

– O que está acontecendo, sr. Mosby? – grito mais alto que o vento.

Ele se vira e sorri.

– Nada demais, doutor. E com você?

– Você conhece o Mershawn?

— Claro — diz ele, sem olhar para o rapaz. — Doutor, me diga uma coisa. Por que é tão importante ficar olhando para o rio?

— Não sei. Acho que perdi essa aula na faculdade — respondo.

— Acho que é porque de vez em quando temos que ver *algo* que Deus fez. Se eles tivessem colocado umas plantas em volta do campo de prisioneiros de guerra, as pessoas não fugiriam com tanta frequência.

— Se tivesse que ver algo feito por Deus — diz Mershawn —, eu preferiria ver umas bocetas.

— Você está vendo alguma boceta por aqui? — Mosby pergunta a ele.

— Não, senhor.

— Então acho que temos que ficar com o rio. — Mosby nota o corte de cabelo de Mershawn e pergunta: — Que diabos é isso na sua cabeça?

Penso que devo estar enlouquecendo.

— Podemos voltar para o hospital agora? — indago.

No saguão, tento ligar novamente para o Professor Marmoset, quase como um reflexo. Me preparo para Firefly, mas ele mesmo atende:

— Sim, oi, Carl... — diz ele.

— Professor Marmoset?

— Sim? — Ele parece confuso. — Quem é?

— É Ishmael. Espere um instante. — Viro-me para Mershawn. — Posso deixar com você? — pergunto.

— Pode deixar, doutor — responde o garoto.

— Confio em você — digo, olhando em seus olhos, o que às vezes funciona. — Leve-o para a fisioterapia, espere vinte minutos e pergunte por que não o chamaram para a consulta. Quando te disserem que não tem nada marcado, volte com ele para o andar de cima e diga que a fisioterapia marcou errado. Entendeu?

– Entendi.

– Confio em você – repito. Então, viro e tiro a mão do telefone. – Professor Marmoset?

– Ishmael! Não posso falar muito tempo, estou esperando uma ligação. O que houve?

O que houve? Estou tão feliz em realmente falar com ele que não consigo lembrar ao certo por onde planejei começar.

– Ishmael?

– Tenho um paciente com câncer de células em anel de sinete – explico.

– Isso é ruim. Tudo bem.

– É. Um cara chamado Friendly está fazendo a laparotomia. Pesquisei sobre ele...

– John Friendly?

– É.

– E o paciente é *seu*?

– É.

– Arrume outra pessoa para fazer isso – diz ele.

– Por quê? – pergunto.

– Porque imagino que você queira que ele sobreviva.

– Mas o Friendly é o cirurgião gastrointestinal mais cotado de Nova York.

– Talvez numa revista – diz o Professor Marmoset. – Ele aumenta suas estatísticas. E faz coisas, como levar suas próprias bolsas de sangue para o centro cirúrgico, para não ter que reportar transfusões. Se estamos falando sobre a realidade, ele é uma ameaça.

– Meu Deus! – exclamo. – Ele não queria que o paciente fizesse o pedido de não ressuscitar.

– Exatamente. Se seu paciente se tornar um vegetal, Friendly não terá que relatá-lo como uma fatalidade.

– Droga! Como o tiro do caso?

– Vamos pensar – diz o Professor Marmoset. – Bom, ligue para um gastroenterologista chamado Leland Marker, na Universidade Cornell. Ele provavelmente está esquiando, mas em seu consultório saberão como encontrá-lo. Diga que seu paciente, Bill Clinton, precisa de uma laparotomia e está escondido no Manhattan Catholic para evitar a imprensa. Diga a ele que Clinton está usando um nome falso, e dê o nome do seu paciente. Marker vai ficar muito puto quando descobrir, mas aí será tarde demais e ele terá que operá-lo.

– Acho que não dá tempo – digo. – Friendly vai operá-lo dentro de algumas horas.

– Bem, você pode colocar um pouco de GHB no café dele para o cara dormir, mas pelo que ouvi falar, ele nem vai perceber.

Encosto na parede. Há um zumbido em um dos meus ouvidos e estou começando a ficar tonto.

– Professor Marmoset, preciso que este paciente sobreviva.

– Parece que alguém aí precisa aprender técnicas de distanciamento.

– Não. Quero dizer que *preciso* que este paciente sobreviva.

Há uma pausa.

– Ishmael, está tudo bem? – indaga o Professor Marmoset.

– Não, preciso que este paciente saia dessa.

– Por quê?

– É uma longa história. Mas preciso.

– Devo me preocupar com você?

– Não. Não ajudaria em nada.

Há outra pausa enquanto ele decide o que fazer.

– Tudo bem – diz. – Mas só porque eu tenho umas outras chamadas chegando. Quero que você me ligue quando puder me contar. Enquanto isso, acho que deve se preparar para operar.

– *Me preparar para operar?* Não faço uma cirurgia desde a faculdade. E sempre fui uma merda nisso.

– Certo. Lembro disso – ele concorda. – Mas você não pode ser pior que John Friendly. Boa sorte. – E desliga.

12

Conheci Magdalena na noite do casamento de Denise, em 13 de agosto de 1999. Ela estava no sexteto de cordas, tocando viola. Geralmente, ela tocava em um quarteto, mas seu agente cuidava de vários quartetos, então quando queriam um sexteto, o que era normal em casamentos, o agente formava um. O casamento de Denise tinha um sexteto e um DJ, para depois do jantar.

Foi um grande casamento. Realizado num clube em Long Island do qual a família do noivo era sócia, já que Denise decidira voltar para a Costa Leste, onde estava a maior parte de sua família. Skinflick e eu estávamos sentados a um quilômetro e meio dela.

De alguma forma todo mundo parecia entender que era meu trabalho ser babá de Skinflick e que eu devia mantê-lo sóbrio demais ou bêbado demais para fazer algo embaraçoso. Era um trabalho bastante sórdido e desgastou-se logo. Eu estava com uma ressaca quase tão forte quanto a dele e cansado de ouvi-lo reclamar. Parte de mim pensou que se ele estava falando sério, realmente *devia* fazer uma cena e sequestrar Denise. Ignorar as amarras da tradição e da família e, pelo menos uma vez, ser leal a suas babaquices de *O ramo de ouro*.

Mas rituais transformam as pessoas em idiotas. Como aqueles pássaros que dormem com a cabeça virada para trás porque seus ancestrais dormiam com a cabeça sob a asa. Plutarco diz que carregar noivas pela porta é burrice porque não nos lembramos de que isso é uma referência ao rapto das sabinas – e, porra, é *Plutarco*, há dois mil anos. Ainda desenhamos a Morte com uma foice. Deveríamos desenhá-la dirigindo um trator para uma multinacional do ramo alimentício.

Então, talvez seja compreensível que Skinflick tenha se sentido incapaz de se impor a uma tradição que remetia a milhares de anos. No entanto, aquilo ainda me deixava meio enjoado e a umidade não ajudava. Num determinado momento, peguei o longo caminho até o bar para ficar um pouco longe dele. Foi aí que vi Magdalena.

Não sei se é da sua conta, mas se você realmente quiser que eu fale sobre ela, aí vai. Fisicamente: ela tinha cabelos pretos. Tinha bico de viúva. Olhos oblíquos. Era pequena. Magra e ossuda, exceto na parte inferior do corpo, que era musculoso, pois ela praticava corrida. Antes de conhecê-la, eu sempre gostara de loiras grandonas. Instantaneamente, ela superou todas as outras.

A camisa branca que usava para tocar viola era grande demais para ela, então as mangas estavam dobradas e o colarinho, aberto. Dava para ver suas clavículas. Quando tocava, seus cabelos ficavam presos para trás por uma faixa de veludo, mas alguns cachos escapavam, contornando seu bico de viúva. Na primeira vez em que a vi, eles pareciam antenas.

Naquela noite ela estava pálida, mas sempre que tomava sol, ficava marrom, como se fosse do Egito ou de Marte. O elástico da calcinha do biquíni se esticava de uma ponta do osso da bacia a outra, abrindo um espaço de um centímetro em relação à barriga, então dava para enfiar uma mão por ali. Tinha lábios carnudos. Eu mataria novamente todos que já matei por aqueles lábios.

Isso não diz nada sobre ela. Nem sequer diz alguma coisa sobre sua aparência. Ela era romena. Nascera lá e se mudara para os Estados Unidos aos 14 anos, tarde o suficiente para ter um pouco de sotaque. Era uma católica fervorosa. Ia à igreja todo domingo e seu lábio superior ficava suado quando rezava.

Você pode estranhar que alguém – a única pessoa – que amei tanto fosse tão religiosa. Amava até isso nela. Em sua presença, era difícil afirmar que o mundo não tinha *algum* tipo de mágica, e ela não era apegada a nenhum dogma. Para ela, o fato de ser católica e eu não era divino, assim como todas as outras coisas. Deus queria que ficássemos juntos e nunca a faria amar alguém que Ele também não amasse.

Antes de conhecer Magdalena, o catolicismo me remetia a santos empoeirados, papas corruptos e *O exorcista*. Mas enquanto eu imaginava assustadoras estátuas de santa Margarida, ela imaginava a própria santa Margarida, com as borboletas, nos campos da Escócia. Magdalena era para mim o que a Virgem Maria era para ela. Nunca fiquei com ciúmes. Só ficava feliz em estar ao lado dela.

Falando nas sabinas, aliás, eu adorava carregar Magdalena por aí. Quando tinha o apartamento em Demarest, e como Skinflick nunca estava por perto, costumava fazer isso durante horas. Carregava-a nua, nos braços, como no cartaz do filme *O monstro da lagoa negra*, ou sentada no meu braço direito dobrado, olhando para a frente com os braços em volta do meu pescoço. Às vezes, eu colocava os braços estendidos contra a parede e ela se sentava de frente para mim com as coxas sobre meus antebraços, então eu podia lambê-la da boceta até o pescoço e alcançar os ossos de seus quadris e suas costelas.

Ainda não estou deixando nada minimamente claro. Soubemos no segundo em que nos vimos. O quanto isso é deprimente? O quanto está longe de algo que vai acontecer de novo comigo ou com qualquer outra pessoa?

Eu a vi e não consegui parar de olhar para ela, e ela me olhava de volta. Temi que apenas estivesse no ponto que ela focava a visão enquanto tocava, então mudei de lugar e seu olhar me seguiu. Quando não estava tocando, deixava a viola de lado, e sua boca abria um pouquinho.

Skinflick apareceu atrás de mim.
– Aquele florzinha está saindo sozinho – disse.
– Quem? – perguntei, ainda olhando para Magdalena.
– O marido de Denise.
Florzinha era uma palavra que Skinflick passara a usar saindo com Kurt Limme. Começara de forma irônica, como se estivesse zombando de amigos invejosos, mas pegara a mania. Pelo menos, não o utilizava para se referir a gays.
– Tudo bem – falei.
– Vamos atrás dele.
– Não, obrigado.
– Foda-se, babaca – ele disse. – Vou sozinho.
Alguns instantes depois, eu disse "Merda" e afastei-me para ir atrás dele.

Vi Skinflick dirigir-se para trás da tenda do bufê. Segui-o.
O novo marido de Denise estava ali em pé, no escuro, fumando um baseado, sozinho. Era um louro com rabo de cavalo e óculos sem aro que trabalhava com animação virtual, ou coisa do gênero, em Los Angeles. Acho que o nome dele era Steven, mas quem se importa?
– Ele é a porra de um *maconheiro*? – indagou Skinflick.
O cara parecia ter uns 26 anos, quatro a mais do que a gente e seis a mais do que Denise.
– Você é o Adam? – ele perguntou.

– Isso mesmo – respondeu Skinflick.
– O primo mafioso?
– O *quê*?
– Devo ter me enganado. Em que você *trabalha*?
– Está me *sacaneando*? – gritou Skinflick.

O cara jogou fora o resto do baseado e colocou as mãos nos bolsos. Eu estava impressionado. Ele poderia ter acabado com Skinflick se meu amigo estivesse sozinho, mas Skinflick não estava sozinho.

– Pietro vai afundar sua cabeça até sua boca sair pelo cu! – ameaçou Skinflick.

– Não vou não – falei, colocando uma das mãos no ombro de Skinflick. E voltando-me para o cara: – Ele está meio bêbado.

– Estou vendo – disse o cara.

Skinflick deu um tapa na minha mão.

– Fodam-se vocês dois.

Peguei Skinflick pelo braço, com força, para ele não se soltar.

– Obrigado – disse. – Dê os parabéns.

– Vá à merda – falou Skinflick. Para o cara, ele disse: – É melhor cuidar bem dela.

O cara era esperto o bastante para não responder, enquanto eu arrastava Skinflick de volta para a festa. Trouxe-o de volta à nossa mesa e o fiz engolir dois calmantes na minha frente. Quando eles bateram, deixei-o ali e fui ver o sexteto.

Às nove horas eles pararam de tocar para o DJ assumir e os convidados dançarem. Todos se levantaram e começaram a guardar os instrumentos e estantes de partitura. Fui até a ponta do palco. Magdalena ruborizou-se e evitou meus olhos enquanto guardava suas coisas.

– Oi? – cumprimentei.

Ela congelou. Os outros ficaram olhando.

– Posso falar com você? – indaguei.

– Não podemos conversar com os convidados – disse um dos outros. A mulher que tocava violoncelo. Ela tinha a mandíbula projetada para a frente.

– Então, posso te ligar? – perguntei a Magdalena.

– Desculpe. – Ela balançou a cabeça.

Foi a primeira vez que ouvi seu sotaque.

– Posso te dar o *meu* telefone? Você vai *me* ligar?

Ela olhou para mim.

– Sim – disse.

Mais tarde, eu estava por ali, estupefato, quando Kurt Limme aproximou-se.

– Vi você paquerando a garota – comentou.

– Não sabia que você tinha sido convidado – falei.

– Vim para dar uma força a Skinflick. Isso é duro para ele.

– É, eu sei. Passei a noite toda com ele.

Limme deu de ombros.

– Eu estava ocupado. Estava trepando com a tia dele num dos banheiros químicos.

– Shirl?

Ele pareceu desconfortável.

– É.

– Eca, por ela – disse. – Espero que ela estivesse bêbada.

Mas eu não me importava de verdade. O amor estava no ar.

Passei os três dias seguintes em Demarest, acabando com meu estoque de drogas pesadas e esperando ela ligar. Em vez disso,

David Locano ligou e pediu-me para eu encontrá-lo nos velhos Banhos Russos na 10th Street, em Manhattan. Entrei nessa só para ter o que fazer.

Locano usava os banhos regularmente na época, seguindo a teoria de que o FBI não conseguiria inventar um microfone capaz de sobreviver à sauna. Parecia otimista demais – foi antes do 11 de Setembro, quando todos descobrimos o quanto o FBI, de Louis Freeh, era incompetente –, mas continuamos com aquilo.

Eu meio que gostava da sauna. Era suja, mas dava às reuniões uma sensação de Roma antiga.

– Adam está se mudando para seu próprio apartamento em Manhattan – disse Locano quando cheguei lá. Parecia deprimido. Estava curvado para a frente, com a toalha enrolada na cintura.

– É. – Sentei-me perto dele.

– Você ia me contar?

– Achei que soubesse.

– Você já viu?

– Já, fui visitar com ele.

Isso o fez se encolher.

– Por que ele não me contou?

– Não sei. Você devia perguntar a ele.

– Certo. Mal consigo falar com ele. Mesmo quando consigo vê-lo.

– É só uma fase.

O que era verdade. Skinflick estava passando todo seu tempo com Kurt Limme. Mas eu não estava chateado com isso. Tinha meus próprios problemas e estranhamente o fato de Skinflick se rebelar contra mim, assim como contra o pai, me deixava lisonjeado. Mostrava que ele me via como uma influência, do mesmo modo como ele exercera influência sobre mim.

No entanto, seu pai se sentia de outro jeito.

– É aquele merda do Kurt Limme. Ele quer colocar Adam nos negócios – falou.

– Skinflick não vai entrar nessa – disse.
Ele assentiu devagar. Nenhum de nós acreditava em mim.
– Eu realmente não quero que isso aconteça – afirmou Locano.
– Nem eu.
Ele baixou a voz:
– Você sabe que isso significa que ele teria que matar alguém.
Passei um instante absorvendo isso.
– Que tal conseguir uma dispensa para ele? – sugeri.
– Não se faça de idiota. Você sabe que não existem dispensas.
Eu sabia, acho.
– Então, o que podemos fazer? – perguntei.
– Não podemos deixá-lo fazer isso.
– Sim, mas como?
Locano sussurrou, sem olhar para mim. Não consegui ouvi-lo.
– Como? – ele falou. – Quero que você mate Limme.
– O *quê?*
– Te pago cinquenta mil.
– De jeito nenhum. Você devia saber que não pode me pedir isso.
– Cem mil. Como quiser.
– Não faço essa merda.
– Não é só por Adam. Limme é um mau elemento.
– Ele é um *mau elemento*? Quem liga pra isso?
– Ele é um assassino frio.
– Como assim?
– Ele deu um tiro na cara do caixa de um mercadinho russo.
– Para tornar-se um dos membros?
– Que diferença faz?
– Faz uma puta diferença. Você está me dizendo que Limme matou alguém, tipo cinco anos atrás? Isso é horrível. Ele merece morrer por isso e espero que pelo menos seja preso. Mas isso não me dá o direito de matá-lo. Também não te dá esse direito. Se você lamenta tanto por isso, chame a polícia.

– Você sabe que não posso fazer isso – ele retrucou.

– Bem, não posso matar alguém por ser um mau exemplo para Skinflick. Quem *você* mataria para entrar na máfia?

– Não é problema seu. – Ele levantou a voz.

– Que seja.

– O que é que há com você? – ele perguntou. Então, um instante depois, disse: – Ouvi que você e Limme passaram um tempo juntos no casamento de Denise.

– Passamos uns trinta segundos insultando um ao outro. Odeio aquele idiota.

– E Adam o venera. E isso vai matá-lo ou mandá-lo para a cadeia – disse Locano.

– É. Talvez você devesse ter pensado nisso vinte anos atrás.

O que posso dizer? O pai do seu melhor amigo. Em certo momento, você começa a pensar nele como seu próprio pai, ou com a ideia de como seu próprio pai deveria ser. E começa a acreditar que ele gosta de você e que pode confiar nele, e até mesmo falar merda para ele.

Você nunca pensa *Esse cara é um assassino e ele é esperto. Deixe-o puto e ele vai se virar contra você. Assim.*

Quando voltei para casa, havia uma mensagem: "Oi. É a Magdalena." Suspirando, como se quisesse manter a voz baixa. E então uma pausa e ela desliga. Mais nada. Nenhum número.

Isso me deixou eletrizado. Ouvi a mensagem umas cinco ou seis vezes, aí liguei para Barbara Locano, para Shirl, sentindo-me estranho por causa do lance do Limme. Shirl me deu o telefone da cerimonialista de Manhattan que havia contratada o sexteto.

Do seu celular, enquanto dirigia, a cerimonialista me disse que não passava seus contatos, "para a privacidade deles".

– Quer dizer, tenho certeza de que você vai encontrar uma boa orquestra se organizar seu próprio casamento.

Marquei uma reunião em seu escritório no dia seguinte para um orçamento; ela ficou jogando charme, depois ficou exigente, e não me importei em descobrir o quanto ela estava levando aquilo a sério. Fiz apenas tudo o que ela pediu. Mal percebi.

Descobrir a agenda de Magdalena foi mais fácil. Marta, sua agente, parecia achar que divulgá-la era propaganda e valia o risco – pelo menos para Marta. Aparentemente, ninguém persegue um agente.

A maioria das festas na agenda do quarteto era em residências particulares, que podiam ou não ser grandes o suficiente para se entrar sem chamar atenção, então escolhi um casamento no Fort Tryon Park, ao norte de Manhattan, que só começaria depois do anoitecer. Quando cheguei, era apenas uma grande tenda anexa à lateral do restaurante, de paredes de pedra, no meio do parque. Não era um grande evento, mas era informal e, assim que começou a encher um pouquinho, consegui me misturar. Estava de terno, tendo previsto corretamente que ninguém iria a um casamento no Fort Tryon Park de black-tie.

Magdalena usava a mesma camisa branca e calças pretas de garçom. Fiquei fora de sua vista até que o grupo fez uma pausa para fumar na estrada, montanha acima, e me aproximei. Ela conversava com a violoncelista perto de sua van.

– Oi – disse.

– Oi – falou a violoncelista. Sua voz desafiadora deixava seu maxilar ainda mais proeminente.

– Tudo bem – Magdalena tranquilizou-a.

A violoncelista disse algo numa língua que nem sequer consegui identificar, e Magdalena respondeu algo no que presumi ser o mesmo idioma.

– Estarei ali – a violoncelista avisou, afastando-se.

Magdalena e eu olhamos um para o outro.
– Ela é protetora – comentei, afinal.
– É. Ela acha que tem que ser. Não sei bem por quê.
– Entendo.
Ela sorriu.
– Isso é uma cantada?
– Não. Mais ou menos. Quero te conhecer.
Ela inclinou a cabeça para um lado e fechou um olho.
– Você sabe que sou romena?
– Não, não sei nada sobre você.
– Não tem muita chance de dar certo, entre uma romena e um americano.
– Não acho.
– Nem eu – disse ela.
Mesmo com a baixa probabilidade de tê-la entendido direito, perguntei:
– Quando posso ver você?
Ela olhou para o lado. Suspirou.
– Moro com meus pais – disse.
Por um terrível instante, perguntei-me se ela tinha uns 16 anos. Era possível. Assim como era possível que ela tivesse trinta, já que exalava uma sensação de antiguidade que você associaria a um vampiro ou a um anjo.
Para ser sincero, mesmo se ela *tivesse* 16 anos, eu não teria desistido.
– Quantos anos você tem? – perguntei.
– Vinte. E você?
– Vinte e dois.
– Bem. – Ela sorriu. – Perfeito.
– Vem comigo agora – pedi.
Ela tocou o dorso da minha mão com seus dedos fortes e finos. Entrelacei-os com os meus.

Mais tarde, quando ela dormia com minhas bolas entre aqueles dedos que mal conseguiam envolvê-las, eu gostava de lembrar daquela noite no parque. Mas, naquela ocasião, ela respondeu:
– Não posso.
– Então, quando posso ver você?
– Não sei. Eu te ligo.
– Eu *preciso* que você me ligue.
– Vou ligar. Mas só temos um telefone.
– Me ligue de qualquer lugar. Quando quiser. Ainda tem o meu número?

Ela recitou-o de cor, o que eu sabia que devia me satisfazer.

Mas passou-se outra semana inteira sem que ela ligasse. Loucura. Eu desviava as chamadas para o trabalho, aí dirigia feito um maluco até chegar a tempo de não perder uma possível ligação dela. Carregava o telefone sem fio pela casa. E simplesmente desligava na cara de qualquer um que não fosse ela.

Ela ligou num domingo, tarde da noite. Eu estava fazendo flexões de ponta-cabeça, apoiado na parede e gritando. Chovia lá fora. Rolei para a frente e parei de pé com o telefone na mão.
– Alô?
– É a Magdalena.

Fiquei paralisado. Estava completamente molhado de suor. Minhas pulsações pareciam querer estourar as pontas de meus dedos e eu não conseguia lembrar se já estava assim um minuto atrás.
– Obrigado por ligar – disse, com a voz rouca.
– Não posso falar. Estou numa festa. Estou no quarto. As bolsas de todo mundo estão aqui. Vão achar que estou roubando alguma coisa.
– Preciso te ver.

– Eu sei. Também preciso te ver. Você pode vir me encontrar aqui?

– Posso, sim.

A festa era num prédio tradicional em Brooklyn Heights. Ela me esperava sob a marquise do prédio do outro lado da rua, para não tomar chuva. Carregava sua viola numa capa de nylon. Assim que a vi, embiquei o carro no espacinho do hidrante em frente ao prédio. Ela correu, colocou a viola no banco detrás e entrou na frente. Eu já tinha tirado o cinto de segurança.

Passamos um tempão nos beijando. Foi difícil, pois eu precisava muito olhar para ela, mas também estava sedento por sua boca.

Finalmente, ela encostou a cabeça em meu peito.

– Eu quero, mas não posso transar com você – ela falou.

– Tudo bem.

– Sou virgem. Beijei alguns garotos e só.

– Eu te amo – disse. – Não me importo.

Ela agarrou meu rosto e olhou bem para ver se eu estava falando sério. Aí começou a me beijar de novo, mil vezes mais empolgada. Ouvi um som de zíper, ela pegou minha mão, colocou sobre sua calcinha de algodão e depois puxou-a para o lado. Sua boceta estava pegando fogo e encharcada. Quando ela apertou as coxas, meus dedos foram forçados para dentro.

A propósito, Skinflick aprovou. Magdalena era totalmente sincera e nunca se questionava, e mesmo que Skinflick não fosse mais assim, ainda respeitava esses traços nos outros e reconhecia o quanto era raro. Certa vez, quando eu e ele estávamos sozinhos, comentou:

– Ela é perfeita para você. Como Denise era para mim.

Às vezes, nós três fumávamos maconha juntos. Magdalena dizia que não estava chapada, mas ficava com as pálpebras pesadas, começava a beijar meu pescoço e a sussurrar:

– Me leva para o quarto.

Skinflick, do meu outro lado, dizia:

– Diz para o Pietro fazer isso. Estou vendo TV.

Mas isso foi depois, quando Skinflick voltou a morar comigo.

Aconteceu o seguinte:

Numa noite de outubro, cheguei em casa e encontrei-o sentado na sala com uma arma na mão. Uma enorme .38. Eu estava correndo, o que começara a fazer com Magdalena, mas naquele dia ela estava tocando, ou no curso noturno, já que começara a estudar contabilidade.

Quando passei pela porta, Skinflick não apontou a arma para mim. Mas também não a baixou.

– O que houve? – perguntei.

– Você o matou? – devolveu ele.

Ele tinha uma aparência horrível. Pálido, uma estranha mistura de magreza e flacidez.

– Quem? – perguntei, pensando: *Merda. David Locano morreu.*

– Kurt.

– Kurt *Limme*?

– Você não conhece mais ninguém chamado Kurt.

– Como você sabe? Não falo com você há semanas.

– Você o matou?

– Não. Não o matei. Nem sabia que ele estava morto. O que aconteceu?

– Alguém deu um tiro na cara dele na porta de seu apartamento – contou Skinflick. Limme morava em Tribeca. – Como se ele tivesse aberto a porta para essa pessoa.

– O que a polícia diz?

– Que não foi um assalto.

– Talvez tenha sido seu tio Roger – falei. – O marido de Shirl.

– Isso devia ter sido engraçado?

– Sim, eu acho. Desculpe. – Por um segundo, me perguntei se *havia* matado Kurt Limme e de alguma forma esquecido. – O que seu pai diz?

– Ele diz que você não falou com ele sobre isso; então, se foi você, você o matou sozinho.

– Ótimo – disse. Puxei uma cadeira de perto da mesa. – Vou me sentar agora. Não atire em mim.

Skinflick largou o revólver na mesinha de canto quando me sentei.

– Vá à merda. Eu não ia atirar em você – falou. – Só tenho medo de que venham atrás de mim.

– Quem?

– Não sei. Essa é a questão.

– Hummm. Sinto muito pelo Kurt – disse.

– Não vou parar por causa disso.

– Não vai parar com o quê?

Ele se virou.

– Não vai me impedir de me tornar um dos membros – disse.

– Não sabia que isso estava em seus planos.

– Sabia sim.

– Está certo: talvez eu soubesse. Mas era uma péssima ideia e talvez você não deva pensar nisso agora.

– Não preciso pensar. É o que farei.
– Vai matar alguém para impressionar um monte de babacas?
– É o que Kurt gostaria.
– Kurt morreu.
– Exatamente. E vou mandar quem o matou se foder.
– Você acha que quem matou Kurt se importa se você entrar ou não para a máfia? – falei.
– Sei lá, porra! – exclamou Skinflick. – Nem sei quem fez isso! – Ele se irritou por um instante: – E quem é você para dizer alguma coisa? Você se vingou por causa de seus avós.
– Isso não quer dizer que tenha sido certo.
– Mas foi, não foi?
– Bom, com certeza não significa que seja certo para você.
– Qual é a diferença?
– Entre mim e você?
– Isso mesmo.
– Meu Deus! – falei. Sinceramente, não queria entrar nesse assunto. – Primeiro, eu tinha um alvo para matar. Não estava matando por matar.

O rosto de Skinflick revelou um lampejo de alívio.

– Porra, cara – disse. – Não vou matar um *inocente*. Não sou um babaca. Vou achar algum filho da puta. Como aqueles que meu pai encontra para você. Algum doente de merda que esteja implorando para morrer.

– É?
– É. Conto tudo para você antes, se quiser.
– Tudo bem – disse, enfim.

Eu só disse isso: *Tudo bem*. Agora, me diga. Isso é algum tipo de promessa?

13

Primeiro, vou até o setor de medicamentos pegar os antibióticos e antivirais que meus alunos espertamente colocaram num coletor de urina.

– Senhor, pode checar...

– Não tenho tempo – digo. Uso um número aleatório de identificação de paciente para abrir o armário de líquidos e tiro uma garrafa de água com 5% de dextrose.* Mordo a tampinha para abrir e engulo os comprimidos.

E se meus alunos estiverem errados, e eu tiver uma overdose? Provavelmente, isso não vai encurtar muito a minha vida.

Meu relógio continua me assustando enquanto vou ao escritório dos cirurgiões visitantes. Do lado de fora, o residente do dr. Friendly está sentado, apoiado na parede, triste. Ele me vê, levanta-se e vai embora.

O intervalo entre eu bater na porta e Friendly finalmente dizer "O que foi?" me faz querer bater com a cabeça na madeira. Não respondo, simplesmente entro.

O escritório dos cirurgiões visitantes foi feito para parecer um consultório de verdade. Tem uma mesa de carvalho atrás

---

* A maior parte da água engarrafada nos hospitais tem 5% de dextrose. É para evitar que a frase "Litro de água pura: $35" apareça em sua conta.

da qual você pode se sentar para dar más notícias e uma parede coberta por um padrão repetitivo de diplomas que a distância parece melhor do que você imaginaria.

Friendly está atrás da mesa. Stacey, a representante de vendas de medicamentos, está sentada na beirada, bem perto dele, surpresa em me ver. Ao perceber que estou olhando para ela, Friendly se inclina e coloca a mão na coxa da garota, logo abaixo da barra de seu vestido curto. O que posso ver de cima.

– O que é isso? – indaga Friendly.
– Queria participar de seu procedimento no sr. LoBrutto.
– Não. Por quê?
– Ele é meu paciente. Gostaria de ajudar, se puder.

Friendly pensa nisso.

– Que seja. Se não for você, será meu residente, então, não estou perdendo nada. Avise a ele que tomou seu lugar.
– Vou procurá-lo – digo.
– Começo às onze horas, com ou sem você.
– Tudo bem.

Stacey lança algum tipo de expressão facial para mim, mas estou enojado demais para tentar decodificá-la. Simplesmente saio.

Para conseguir participar da cirurgia de Squillante, vejo que tenho que fazer cerca de quatro horas de trabalho nas próximas duas, e depois mais quatro horas nas duas seguintes à cirurgia. A partir daí, me dou conta de que terei que cobrir meus alunos de medicina com um pouco mais de responsabilidade do que o normal, ou legal, e também manter pelo menos um Moxfane embaixo da língua o tempo todo. Para equilibrar eticamente as coisas, não dou Moxfane a nenhum dos meus alunos.

Começamos. Vemos os pacientes. Ah, merda, vemos os pacientes. Nós os vemos, os acordamos, apontamos lanternas para seus olhos e perguntamos se ainda estão vivos tão rápido que nem os que falam inglês entendem que diabos estamos fazendo ou dizendo. Então trocamos suas bolsas de soro e medicamentos, achamos suas artérias e enfiamos remédios em suas veias. Então partimos para a papelada. Se estiverem na ala de isolamento para tuberculosos, na qual não se deve entrar sem roupas apropriadas e máscaras, damos uma banana para os procedimentos com materiais infectantes e simplesmente entramos e saímos o mais rápido possível.

Falando em materiais perigosos, escapamos das duas equipes do hospital – Saúde Ocupacional e Segurança, e Controle de Doenças Infecciosas – que estão tentando me perseguir e me perguntar sobre a injeção com o material do Cara da Bunda. Agora, o local da picada pouco dói e não tenho tempo para essa merda.

Enquanto vamos andando, nos lembramos, de tempos em tempos, de como um hospital pode ser uma fascinante mistura de gente cheia de pressa e gente lenta demais para sair de seu caminho.

Até mesmo salvamos algumas vidas, se se pode dizer que corrigir um erro de administração de medicamentos é salvar uma vida. Geralmente é só uma enfermeira que vai ministrar a alguém tantos miligramas por libra, em vez de tantos miligramas por quilo, mas às vezes é algo mais exótico, como a enfermeira que vai dar *Combivir* a alguém que precisa tomar *Combivent*.

Às vezes, nos pedem para ajudar pessoas a tomarem decisões difíceis, já que os resultados vão definir se elas sobreviverão ou não. Também fazemos isso rápido. Se houvesse uma solução clara, ela apareceria de cara, e como isso não aconteceu, não há muito o que dizer a essas pessoas. É para isso que servem os loucos da internet.

– Vão para casa – digo a meus alunos quando terminamos. Temos uns noventa segundos livres.
– Senhor, gostaríamos de assistir à cirurgia – pede um deles.
– Por quê? – pergunto.
Mas a ajuda pode ser útil. Corremos todos para o pré-operatório.

O anestesista está lá, mas não o dr. Friendly. A enfermeira pergunta por que e se eu vou preparar a papelada e descer a merda do paciente.

Preparo a papelada com a rapidez e a legibilidade de um sismógrafo. Então, mando meus alunos procurarem alguma porcaria sobre cirurgia abdominal e vou pessoalmente buscar Squillante.

– Te fodi, Bearclaw – ele diz de repente, enquanto esperamos o elevador. Ele ainda está em sua cama de rodinhas.
– Não brinca.
– Quer dizer, te fodi um pouco mais do que eu queria.
Aperto o botão novamente.
– É?
– É. Pensei que Skingraft estivesse na Argentina.
– Não estou entendendo.
– Ele está em Nova York. Bem agora. Acabei de descobrir.
– Não, quer dizer, quem diabos é Skingraft?
Penso que provavelmente deve ser um dos dois irmãos mais novos de Skinflick, embora falte um pouco para as pessoas terem medo deles.

Ou isso ou mais uma babaquice de apelidos.
— Desculpe — diz Squillante. — Skin*flick*. Esqueci que vocês eram amigos.
— O quê?
O elevador chega. Está lotado.
— Espere um instante — digo a Squillante.
— Saiam todos — falo. — Esse paciente está com gripe suína.
Quando eles vão embora e estamos a bordo com as portas fechadas, uso o mesmo botão utilizado por Stacey para parar o elevador.
— Sobre que diabos você está falando?
— Skinflick — diz Squillante. — Agora o chamam de "Skingraft" por causa da cara arrebentada.
— Skinflick morreu. Eu o joguei pela janela.
— Você realmente o jogou da janela.
— Sim. Joguei.
— Mas ele não morreu.
Por um segundo, não consigo dizer nada. Sei que não é verdade, mas por dentro não tenho tanta certeza.
— Não fala merda, estávamos no sexto andar.
— Não estou dizendo que ele gostou.
— Você está me sacaneando.
— Juro por santa Teresa.
— Skinflick está *vivo*?
— Está.
— E está *aqui*?
— Ele está em Nova York. Pensei que estivesse na Argentina. Ele morava lá, aprendia a lutar com facas. — A voz de Squillante fica ainda mais baixa, pela vergonha: — Para quando te encontrasse.
— Ah, isso é ótimo — falo, por fim.
— É. Desculpe. Achei que você teria um tempinho se eu morresse. Mas agora você provavelmente não terá, estou avisando.

Se eu morrer, provavelmente você só terá algumas horas para sair da cidade.

– Obrigado pela consideração.

Para evitar espancar Squillante, dou um tapa no botão de parar e subimos para o centro cirúrgico.

14

No início de novembro, Magdalena me levou para conhecer seus pais. Eles moravam em Dyker Heights, no Brooklyn. Um lugar aonde eu jamais fora antes de começar a deixá-la ali.

Eu já conhecera seu irmão. Um estudante de ensino médio, alto, magro e louro, que vestia uniformes de futebol o tempo todo e era estranhamente tímido, apesar de falar meia dúzia de línguas e ter nascido a oito mil exóticos quilômetros de distância. Ele se chamava Christopher, mas seus amigos chamavam-no de Rovo, porque o sobrenome da família era Niemerover.

Como disse, eu já o conhecera. No entanto, os pais eram novidade. Eles eram altos e louros como Rovo, mas também fortes. Perto dos três, Magdalena parecia ter sido criada por galgos.* O pai trabalhava no metrô, como gerente de turno dos trens da IRT, na Grand Central Station, apesar de ter sido dentista na Romênia. A mãe trabalhava na padaria de um amigo deles.

O jantar era macarrão, em vez de comida romena, por "educação" e pelo desejo de mostrar como Magdalena e eu éramos estranhos um ao outro. Comemos na sala de jantar, na metade

---

* Magdalena parecia *rom*, que é como os europeus medievais chamavam os ciganos, pois achavam que o povo nômade *romani* era originário do Egito. Eles eram originários da Índia. É uma boa piada que a Romênia, historicamente um dos países mais racistas da Terra – quando seu primeiro partido político fundamentalmente baseado no ódio aos judeus foi criado, em 1910, tanto o Partido Conservador quanto o Liberal já eram oficialmente "antissemitas" –, seja também um de maior miscigenação racial, já que fica num vale por onde todos os exércitos da história passaram. A menos que você ache que piadas têm que ser engraçadas.

incrivelmente estreita do sobrado de três andares em que vivia a família. Tudo na sala – os tapetes, os relógios de madeira escura, os móveis, as fotos amareladas em seus porta-retratos – pedia luz. Magdalena e eu nos sentamos em um dos lados da mesa, de frente para Rovo, com os pais nas pontas.

– Quando você começou a se interessar por romenos? – perguntou o pai de Magdalena, pouco depois de começarmos a comer. Ele tinha bigode, usava gravata e o que parecia ser um colarinho destacável, mas não podia ser.

– Quando conheci Magdalena – respondi.

Eu tentava bancar o inofensivo e respeitador, mas tinha muito pouca experiência e não estava indo muito bem. Além do mais, Magdalena ficava praticamente escorregando para meu colo para provar aos pais o quanto nosso relacionamento era sério.

– E como foi que aconteceu, exatamente? – perguntou o pai dela.

– Num casamento – respondi.

– Não sabia que o quarteto era tão sociável.

Não contei a ele que fora um sexteto naquela noite. Não queria corrigi-lo nem queria dizer *sex*teto na frente dele.

– Era um sexteto – falou Magdalena.

– Estou vendo.

A mãe de Magdalena sorriu e pareceu aflita. Rovo revirou os olhos. Ele escorregara pela cadeira e parecia que ia cair.

– Você fala romeno? – perguntou o pai.

– Não – respondi.

– Pelo menos, sabe quem é o presidente da Romênia?

– Ceausescu? – Eu tinha quase certeza de que estava certo.

– Eu realmente espero que você esteja brincando – disse ele.

Não consegui evitar:

– Estou. Brincar com a Romênia é minha ocupação nas horas vagas – falei.

– Assim como o sarcasmo, evidentemente. Sabe, nossa Magu não é uma dessas americanas com quem você vai transar no carro.
– Meu Deus, pai. Que grosseria – Rovo disse.
– Eu sei – falei.
– Parece que você não tem absolutamente nada em comum com a minha filha.
– Ninguém tem nada em comum com ela – disse eu. – Quem dera se tivessem...
– Isso mesmo – falou a mãe, em aprovação. O pai de Magdalena fuzilou-a com o olhar.
Magdalena levantou-se e deu um beijo na testa do pai.
– Papa, você está sendo ridículo – disse. – Vou para casa com Pietro agora. Volto amanhã ou depois.
Os três ficaram embasbacados.
Eu também fiquei embasbacado, mas não tanto a ponto de impedi-la de me pegar e me tirar dali.

Nessa época, David Locano me pediu para encontrá-lo novamente nos Banhos Russos. Ainda estava com pé de atleta desde a última vez, mas fui mesmo assim.
– Obrigado por dizer a Skinflick que matei Kurt Limme – falei, assim que sentei perto dele.
– Eu não disse isso. Só falei que não fui eu.
– E foi?
– Não. Dizem que foi algum merdinha que ele estava barrando nos negócios da torre de transmissão.
Perguntei-me por que me importei em questionar. Se Locano *matara* Limme, ou contratara alguém para fazer isso, por que me contaria? Só porque me recusara a assassinar Limme não significava que eu tivesse que ficar de luto por ele.

– Então, o que houve? – perguntei.
– Tenho um trabalho para você.
– É?

Decidira antecipadamente que diria não se ele me oferecesse um trabalho. E que continuaria a dizer não até que ele entendesse que eu estava pulando fora.

Magdalena mudara minha forma de pensar sobre tudo aquilo. Não que ela soubesse que eu matava pessoas. Ela não sabia. Sabia apenas que eu trabalhava com filhos da puta e tinha medo de saber detalhes, o que já era bem ruim.

– Não vai conseguir recusar – ele prosseguiu. – Vai estar fazendo um bem enorme ao mundo.
– Bem...
– Sabe, esses caras são asquerosos.
– Certo. Mas...
– E seria um trabalho perfeito para você fazer com o Adam.

Fitei-o.

– Você está brincando? – indaguei.
– Ele quer entrar. E tem que pagar o preço.
– Achei que a ideia fosse deixar Adam *fora* da máfia.

Quando pronunciei a palavra "máfia", Locano olhou em volta.

– Não fale demais. Nem aqui.
– Máfia, máfia, máfia – repeti.
– Chega! Meu Deus!
– Não estou interessado. Nem em fazê-lo sozinho. Para mim, acabou – disse.
– Está caindo fora?
– Estou.

Foi um enorme alívio dizer isso. Pensei que seria muito mais difícil. Mas eu ainda estava inseguro quanto à reação de Locano.

Ele olhou para o vazio por um instante. Depois, suspirou:

– Vai doer perder você, Pietro.

– Obrigado.
– Não vai abandonar a mim e o Adam completamente, não é?
– Socialmente? Não.
– Bom.
Por um instante, só ficamos sentados.
– Sabe, só me deixe resumir a história para você – ele disse, então.
– Não estou interessado.
– Já ouvi. Mas tenho que fazer o melhor. Posso só lhe contar a história?
– Por quê?
– Porque acho que vai se sentir de outra forma quando tiver escutado. Não estou dizendo que você tem que mudar de ideia. Só estou dizendo que acho que vai.
– Duvido.
– Tudo bem. Deixe eu te contar. É que nem os Virzi, só que cem vezes pior.
Foi aí que percebi que realmente não queria ouvir isso.
– Tudo bem – falei. – Desde que você não se importe se eu disser não.

– Você sabe como as prostitutas são aliciadas? – perguntou-me Locano.
– Eu li *Daddy Cool*.
– *Daddy Cool* é uma besteira dos anos 1960. Hoje, eles as trazem em massa da Ucrânia. Fazem um concurso de modelos e as mandam para o México, onde batem nelas e as estupram, seguidamente. Muitas vezes, também há heroína envolvida, para as garotas não fugirem. Estamos falando sobre meninas de 14 anos.
– E você está envolvido nesse negócio?

— Nem fodendo. Esse é o ponto. Ninguém com quem trabalho suporta essa merda, mas não podemos fazer muito a respeito quando é fora do país.

Isso já parecia mentira.

— Tudo bem — me limitei a dizer.

— Mas agora tem um cara fazendo isso por aqui. Em *Nova Jersey*. Sabe onde fica Mercer County?

— Sei.

— Vou te dar um mapa, de qualquer jeito.

A porta da sauna se abriu e uma lufada de ar frio entrou. Então, surgiu um cara segurando uma toalha na cintura.

— Nos dê licença por um minuto — pediu-lhe Locano.

— Como assim? — retrucou o homem. Tinha sotaque russo.

— Por favor, pode sair por dez minutos? Então, teremos terminado.

— Essa sauna é pública — disse o cara. Mas saiu.

— Onde eu estava? — perguntou Locano.

— Não sei — respondi.

— Mercer County. Há três caras lá: pai e dois filhos. Eles chamam de A Fazenda. Eles ainda colocam as garotas em aviões para o México e as traficam em caminhões de carga, mas as espancam e estupram aqui mesmo. Desse jeito, mais garotas sobrevivem à viagem. Mas com o que esses caras acabam fazendo a elas, não sobram tantas quanto você imaginaria.

— É uma questão de cotas de produção, David?

Ele olhou para mim.

— Não. Nem de perto. É que faz parte do meu trabalho enxergar a merda antes de todo mundo. Assim que descobri, decidi pôr fim a esse esquema. E assim que contei sobre isso às pessoas com quem trabalho, elas disseram para eu ir em frente. — Ele fez uma pausa. — Pago 120 mil dólares.

— Não me importo com isso.

– Eu sei. Só estou tentando mostrar como todo mundo está levando isso a sério. São 120 mil dólares e são para você. Eu mesmo cubro o Adam.

Tinha quase conseguido esquecer esse detalhe.

– Por que você enfiaria Adam numa situação dessas?

– Porque já preparei a Fazenda – disse Locano.

A "preparação" foi o seguinte: alguns meses antes, o dono da Fazenda, Karcher, o Velho, cujo primeiro nome era Les, chamara alguns encanadores para estender os canos d'água da cozinha até o barracão que ele e os filhos haviam construído ao lado da casa. Os encanadores acharam que o barracão seria um laboratório de metanfetaminas, então procuraram qualquer coisa que pudessem roubar, prestando muita atenção aos cheiros. Isso os levou a outra construção exterior, mais distante no quintal, que acabou por revelar o que parecia ser uma adolescente nua, em decomposição, em seu interior, apesar de as moscas no corpo serem gordas demais para que tivessem certeza.

De volta ao caminhão, completamente aterrorizados, um dos encanadores olhou pela janela do escritório de Karcher e viu o que acreditou ser um instrumento de tortura medieval.

O grupo ficou tão incomodado com aquilo tudo que quase chamou a polícia. Mas, então, o hábito foi mais forte, e em vez disso passaram a informação para a máfia, de onde finalmente chegou a Locano. Se acreditasse na história dele – o que eu adoraria fazer –, aquela teria sido a primeira vez que perceberam o que os Karcher estavam fazendo, apesar de a Fazenda estar produzindo bens primários há quase dois anos.

Não que aquilo importasse. A máfia queria Karcher morto porque alguém que realmente não sabia de nada agora sabia e se opunha ou porque alguém decidira que qualquer operação que pudesse ser descoberta por um bando de bombeiros chapados provavelmente era mais arriscada do que valia.

Qualquer que fosse o caso, Locano decidira rapidamente que trazer Skinflick para o negócio era trabalho para mim. Ele mandara os encanadores de volta à casa para terminar o serviço, mas fizera-os usar papelão, em vez de gesso, para cobrir o espaço entre a casa e o novo barracão.

Segundo os encanadores, eles cobriram o papelão com papel encerado antes de pintá-lo para evitar que enrolasse. E o remendo estava tão próximo ao chão que era impossível notá-lo de dentro da casa. Então, basicamente, não havia a menor chance de os Karcher descobrirem. Quando Skinflick e eu entrássemos no barracão, seria uma simples questão de passar pela parede e atirar em Les Karcher e seus filhos enquanto dormissem.

Locano tinha até um plano para nos levar ao barracão. Por cinco mil e uma mãozinha para fazer parte da organização, o garoto que entregava a enorme compra de mercado dos Karcher toda semana nos levaria na caçamba de sua picape. Tanto o garoto quanto os encanadores disseram que não havia cães na propriedade.

Como aceitei esse plano – o primeiro que já seguira que partira de outra pessoa, ou mesmo que envolvesse outra pessoa, ou sobre o qual qualquer outra pessoa soubesse e que tinha tantos aspectos que eu conhecia pouco – ainda é um mistério para mim. Hoje, quando lembro daquela época, parece que minha mente estava enevoada. Apesar de provavelmente ser a minha memória que falha.

Eu queria Magdalena e queria cair fora. Sabia que ambos exigiam sacrifício. Também me odiava bastante e entendia que liberdade, quanto mais Magdalena, eram coisas que eu não podia, de forma alguma, dizer que merecia.

Ou talvez eu ainda confiasse em David Locano – se não em suas intenções quanto a mim, em sua inteligência e instinto de proteção em relação a Skinflick. Tinha que acreditar que ninguém com a experiência de Locano nos deixaria numa merda de situação. Ainda mais numa merda tão grande quanto a Fazenda se mostrou.

Contei tudo a Magdalena. Tive que. Vê-la me amar sem realmente me conhecer era como vê-la amar outra pessoa, e o ciúme estava me matando. Eu sonhava o tempo todo com uma vida e um passado diferentes. Até mesmo ser apenas um filho da puta de merda.

Mas essa não era a realidade. Então, contei a ela. Mesmo que o pensamento de que ela pudesse me deixar fosse horrível.

Ela não me deixou. Chorou por horas e me fez contar várias e várias vezes sobre as pessoas que eu matara. Como elas eram más e como provavelmente eu as mataria de novo. Como se buscasse permissão para continuar me amando.

Parte do que lhe disse foi que eu mataria o homem e os dois filhos que administravam a Fazenda, e então nunca mais mataria ninguém, a não ser que *a* ameaçassem. Acabar com a Fazenda seria um favor a Locano, que facilitaria minha saída do negócio. E se justificaria pelas vidas que salvaria.

– Não dá para vocês simplesmente chamarem a polícia? – ela perguntou.

– Não – falei, com mais certeza do que tinha.

– Então você tem que fazer isso logo – disse Magdalena.

Achei que ela queria dizer que precisava que eu superasse aquilo para parar de me dividir com o Diabo e começar a tentar me perdoar.

– Para evitar que mais meninas morram – ela acrescentou.

Esta deve ser a parte mais vergonhosa de tudo isso. Não que eu sentisse que não podia trair a "confiança" de David Locano chamando a polícia. Mas que ainda não me ocorrera que, cada dia que passava, era mais um dia no inferno para as garotas que eu supostamente estava prestes a salvar.

No entanto, mostra uma coisa: se você vai ser impiedoso, deve ao menos pensar em terceirizar sua consciência.

– Tem que ser numa quinta-feira. É o dia em que os Karcher fazem compras – falei.

Magdalena só ficou me olhando. Faltavam quatro dias para quinta-feira. Nem de perto era tempo suficiente para me preparar. Outra regra quebrada. Outro passo no escuro. Outro erro entre tantos.

– Vou trocar para esta quinta – disse.

15

Dois enfermeiros, o anestesista e eu usamos os lençóis de Squillante para transferi-lo de sua cama de rodinhas para a mesa fixa no centro da sala de operações. Não é que ele pese muito, mas a mesa é tão estreita que é preciso colocá-lo perfeitamente encaixado ou pode cair. Seus braços ficam pendendo até eu colocar um apoio sob eles.

– Desculpe – diz ele, enquanto aparafuso os apoios nas laterais.

– Cala a boca – falo, através da máscara. Squillante é o único na sala que não está de uniforme, máscara e touca.

O anestesista aplica em Squillante a dosagem inicial através de um de seus cateteres. Uma mistura de analgésico, paralisante e amnésico. O amnésico serve para o caso de o paralisante funcionar, mas o analgésico não, e Squillante passar toda a operação consciente, mas incapaz de se mover. Pelo menos, ele não vai lembrar para processar.

– Vou fazer uma contagem regressiva – avisa o anestesista. – Começo em cinco e, quando chegar a um, você estará dormindo.

– O que você acha que sou? A merda de uma criança? – retruca Squillante.

Dois segundos depois, ele está frio e distante, e o anestesista enfia um laringoscópio de aço, curvado como um bico de corvo, em sua garganta. Pouco depois, também há um tubo respirador lá embaixo e Squillante está, como diz o anestesista, "chupando um pau de plástico". O anestesista checa a respiração, pinga alguma coisa parecida com lubrificante nos olhos de Squillante e fecha suas pálpebras com esparadrapo. Então, embala a cabeça de Squillante de modo que apenas o tubo fica para fora. No mesmo instante, o paciente fica parecendo um cadáver de faculdade de medicina, cuja cabeça você embala para os primeiros meses de aula de anatomia, para que não seque antes que você chegue a usá-la.

Empurro a cama vazia de Squillante para o corredor, onde daqui a pouco será roubada e dada a outro paciente, provavelmente sem trocarem os lençóis. Mas o que eu vou fazer? Colocar uma corrente de bicicleta? Então, volto e prendo os braços e pernas de Squillante na mesa, como num filme de monstros.

– Essa mesa é elétrica? – pergunto.

Alguém ri. Acho uma manivela e arqueio as costas de Squillante manualmente.

Uma enfermeira termina de cortar-lhe as roupas com uma tesoura, revelando o fato de seu escroto pender até o meio das coxas, como um avental. Em seguida, ela pega um barbeador elétrico. Outra enfermeira está enfaixando suas pernas e braços com o que parece um colchão inflável. Se alguém lembrar de ligar aquele troço depois, ele vai se encher de ar quente e impedir que Squillante congele.

– Senhor – chama um dos alunos de medicina, atrás de mim.

– Você quer participar? – pergunto.

– Sim, senhor!

– Pode vir – digo. Ao outro aluno, peço: – Dê uma olhada na LD_{50} para defenestração.

Então, peço a uma das enfermeiras para telefonar para o dr. Friendly. Ele responde após cinco toques, sem fôlego:

– Eu não sou o pai. Brincadeira. Aqui é o Friendly. Quem fala? – ele responde, em vez de dizer "Alô" ou qualquer coisa aceitável.

– Dr. Brown. Seu paciente está quase pronto.

– Pensei que você tinha dito que ele estava pronto – diz Friendly, quando finalmente aparece. Stacey vem atrás dele, encabulada, com sua própria máscara e touca. Friendly está com as mãos erguidas, molhado de suor, de costas.

Squillante *está* pronto. Só não está coberto. Deve-se cobrir todo o paciente, menos a região exata que você vai operar. A maioria dos cirurgiões gosta de estar presente durante esse processo, assim não acontece de o paciente estar, digamos, deitado de costas, por engano.

Mais uma vez, a maioria dos cirurgiões não usa galochas até o joelho para fazer uma gastrectomia, como as que Friendly está usando. Isso não pode ser um bom sinal.

Aliás, lavar as mãos, o que Friendly acabou de fazer e eu fiz 45 minutos atrás, é a melhor parte das cirurgias. Você faz isso no corredor, batendo na frente da pia de metal com o quadril para abrir a torneira. Apesar do ar gelado, a água sai perfeitamente quente. Você abre a embalagem de uma esponja pré-embebida que pegou num dispenser (pré-embebida em iodo ou num esterilizante sintético de oito sílabas fabricado pela Martin-Whiting Aldomed – a escolha é sua, apesar de o iodo ter um cheiro melhor), e então lava as mãos até elas arderem, inclusive embaixo das unhas. Sempre se lava de baixo para cima, da ponta dos dedos até os cotovelos, assegurando-se de que a água não escorra de volta para os dedos. Espera-se que faça isso durante cinco minutos. Mas você faz em três, que parecem férias, e então bate novamente na pia para fechar a torneira. Simplesmente larga a esponja na pia. Porque você não vai fazer *absolutamente nada* subalterno nas próximas horas.

Agora mesmo, as cinco pessoas na sala que vão "participar" – dr. Friendly, a enfermeira, o instrumentador, meu aluno e eu – literalmente não podem coçar a bunda. Na verdade, não podemos passar nossas mãos acima do pescoço ou abaixo da cintura, nem tocar qualquer coisa que não seja azul.*

O dr. Friendly seca as mãos numa toalha azul, faz a dancinha em que você mergulha os braços no avental de papel que o enfermeiro está segurando e depois nas luvas. Aí arranca o cartão de papelão da frente do avental (tocando apenas a parte azul) e dá ao enfermeiro, que o segura enquanto você dá uma viradinha, para que o cinto do avental se solte para você fechá-lo. Friendly faz o melhor para parecer entediado durante o processo, mas não caio nessa. Isso provavelmente nunca perde a graça.

– Quero metálicas – anuncia Friendly. O instrumentador abre um par de luvas de malha metálica e as deposita na grande mesa azul, de onde Friendly pega-as e coloca sobre suas luvas de borracha. Ele ajusta as pontas dos dedos. – Agora outro par de luvas Dermagel. – Ele pisca para mim. – Risco de HIV. O paciente estava usando um anel rosa. E, no meu manual, gays significam luvas metálicas.

O enfermeiro, um filipino pequenino, revira os olhos.

– O que foi? – diz Friendly. – Você se ofendeu? Não posso usar a palavra "gay"? Preocupe-se com isso quando chegar a sua vez. Vamos trabalhar. – Para a outra enfermeira, ele diz: – Música, por favor, Constance.

---

* Isso levanta um paradoxo óbvio, pois tudo o que é azul numa sala de operações deve ter sido esterilizado, mas todos os nossos uniformes, que são azuis, estiveram pelo menos numa lanchonete desde a última vez em que foram lavados. O que posso dizer? A ciência é imperfeita.

Ela vai até um rádio num dos carrinhos e pouco depois começamos a ouvir aquela música do U2 sobre como Martin Luther King foi assassinado na manhã de 4 de abril. Martin Luther King foi morto à noite, mesmo no horário de Dublin, mas o disco dos sucessos do U2 é algo com que você aprende a conviver na medicina. Todo cirurgião branco com mais de quarenta anos o coloca para tocar. Você aprende a agradecer por não ser Coldplay.

O enfermeiro e eu desdobramos um lençol de papel azul sobre Squillante e cortamos a região sobre seu abdome. Então colocamos um quadrado de polímero iodado sobre a pele exposta, que se funde às rugas de Squillante.

Enquanto isso, Friendly caminha com um grampeador, grampeando o lençol de papel à pele de Squillante. O grampeamento é bem chocante à primeira vista. Mas o dano causado é mínimo comparado ao da cirurgia, e os cirurgiões da velha guarda confiam totalmente nisso. Então, aqueles que querem agir como os da velha guarda também defendem o método.

Quando Friendly está terminando, meu outro aluno entra na sala e sussurra:

– A LD_{50} em defenestrações é a partir do quinto andar, senhor.

Revisando: "LD" significa dose letal, e LD_{50} é a dose letal para 50% das pessoas. Defenestração é ser jogado pela janela. Então, o aluno está me dizendo que se você jogar cem pessoas pela janela do quinto andar, metade delas vai sobreviver.

– Puta merda! – exclamo. Joguei Skinflick de uma janela do *sexto* andar. Que diferença *isso* faz? E por que não mereço um descanso? – Qual é a principal causa de morte?

– Rompimento da aorta – diz o aluno.

– Ok. – A aorta, nossa maior artéria, é basicamente um balão fino e comprido, como aqueles que os pedófilos transformam em animais, dando nós.* Já que é cheia de sangue, faz sentido que exploda com o impacto. – E em seguida?

– Traumatismo craniano e depois hemorragias internas – ele prossegue.

– Bom trabalho – digo.

Minha boca enche-se de bile quando penso nisso. Mas a verdade é que minha boca vem se enchendo de bile regularmente desde que tomei meus quatro últimos Moxfanes, meia hora atrás. Pelo menos estou ligado.

– Os exames da injeção ainda não chegaram, senhor – diz o aluno.

– Não se preocupe com isso – falo. É verdade que meu antebraço está latejando, mas o material do Cara da Bunda provavelmente foi jogado fora há muito tempo. Se é que chegou a ser enviado. O dia de trabalho de muita gente se prolongaria por mais cinco minutos se o material sobrevivesse.

– Vamos lá – diz Friendly. Ele chuta uma escadinha de metal até o lugar certo, à direita de Squillante, e sobe nela.

O aluno participante chuta outra escadinha um pouco mais adiante. Fico à esquerda de Squillante. O instrumentador já está num banquinho perto da cabeça com as bandejas e seus vários ruídos.

– Ok, gente – prossegue Friendly. – O paciente é um PPNM. Sei que todos gostaríamos de tratá-lo de forma especial por causa disso, como se ele fosse um policial e nós trabalhássemos num *drive-through*. Mas não trabalhamos num *drive-through*. Então, seremos profissionais.

– O que é PPNM? – pergunta meu aluno.

---

* Aparentemente, eles acham que o som irritante vai afastar os pais.

SINUCA DE BICO

– Processo pós-negligência médica – responde Friendly. – Registrou queixa nove anos atrás.*

Estou agradecido por meu aluno ter perguntado, já que eu também não sabia sobre o que Friendly estava falando. Mas estou distraído. O Moxfane acabou de me dar a sensação mais estranha. Como se tivesse perdido a consciência, mas só por um milésimo de segundo.

– Signor? – diz Friendly.

Sacudo a cabeça e acabo com a sensação.

– Caneta – peço.

Em um instante, há uma caneta sem tampa na minha mão. Não tenho certeza se o enfermeiro a destampou e passou-a para o instrumentador incrivelmente rápido ou se apaguei por um momento. De qualquer forma, é assustador.

Olho para baixo, para o abdome de Squillante. Presumo que será uma incisão vertical, já que as únicas vezes que vi incisões transversais num abdome foram em cesarianas. Só não tenho ideia do tamanho da incisão, nem de onde ela deve começar.

Então, movo a caneta lentamente pelo ar, sobre o meio do corpo de Squillante, como se tentasse decidir, até que Friendly finalmente intervém:

– Aí está bom. Pode ir – diz.

---

* As pessoas acham (e seus advogados muitas vezes as encorajam a achar) que um processo por negligência não é arriscado, pois em 90% dos casos entra-se num acordo antes do julgamento. Mas você não pode simplesmente *ameaçar* processar por negligência. Na maioria dos estados americanos, o prazo-limite para processos por danos pessoais é tão apertado (dois anos e meio em Nova York) que nenhuma seguradora vai levá-lo a sério, a menos que você realmente registre queixa e concorde em depor. E a partir desse momento você estará marcado pelo resto da vida – seja como um reclamante litigioso e possivelmente falso ou (o que é mais interessante para os empregadores, que são os principais consumidores desse tipo de dado) como alguém que realmente tem problemas de saúde.

Então, desenho uma linha a partir daquele ponto, logo abaixo das costelas, até o osso pubiano de Squillante. Desvio em volta do umbigo, já que é praticamente impossível consertar se você cortá-lo. Devolvo a caneta ao instrumentador.

– Bisturi.

16

No dia em que eu e Skinflick fomos à Fazenda, o garoto do mercado nos pegou num posto de gasolina cerca de 15 quilômetros ao norte, às 14:30. Eu chegara lá às seis horas para procurar policiais. Quando o garoto apareceu e se colocou perto do telefone público para esperar a ligação que eu lhe dissera que faria, surgi atrás dele e larguei o cotovelo esquerdo sobre seu peito. Segurei-lhe o queixo. Ele congelou.

– Tudo bem – falei. – Relaxe. Mas não vire para trás e não olhe para mim. Isso vai rolar exatamente como o previsto.

– Sim, senhor – disse o garoto.

– Vou te soltar. Vamos até a picape.

Quando chegamos, eu ainda estava logo atrás dele.

– Deixe a janela aberta e ajeite o odômetro. Me informe quando estiver chegando a dez quilômetros. – Então, subi na caçamba e sentei com as costas contra o vidro e os pés sobre as caixas de compras. Estava usando um boné da Universidade de Massachussets, um moletom com capuz e um sobretudo de cashmere até os pés. A ideia era parecer um universitário idiota e ser difícil de identificar.

Quando viramos numa estrada suja e o garoto informou que estávamos quase no marco dos dez quilômetros, disse-lhe para diminuir a velocidade e Skinflick saiu das árvores à nossa frente. Estava vestido como eu, mas não parecia um universitário idiota.

Parecia um Jawa, de *Guerra nas estrelas*. Ele escondera nosso carro roubado muito bem, no matagal à beira da estrada.

Dei-lhe uma mão para subir na picape e nos enfiamos na parte esquerda da caçamba, porque sabíamos que a câmera de segurança ficava na esquerda. A estrada tornava-se cada vez mais esburacada. O corpo de Skinflick perto do meu parecia uma sacola de cashmere.

Chegamos ao portão. Dava para ouvir o zumbido da cerca eletrificada. Alguns instantes depois uma voz masculina disse, por um alto-falante: "*Quem é?*" A voz tinha aquele tom anasalado de coronel sulista do George Bush, que homens brancos ressentidos de todos os Estados Unidos usam agora.

– É o Mike. Do Cost-Barn – o motorista respondeu.

– Coloca a cabeça para fora para eu te ver.

Acho que o Mike colocou a cabeça para fora. Um motor elétrico deu a partida e o portão se abriu, barulhento. Quando passamos por ele, vi que a cerca tinha arame farpado, inclinado *para dentro*.

A picape subiu uma ladeira, mais devagar e barulhenta, então parou. O garoto deu a volta e abriu a caçamba, fazendo o máximo para não olhar para nós enquanto levantava uma caixa com várias latas grandes de comida e garrafas de detergente. Ele parecia nervoso, mas não tão nervoso a ponto de me fazer pensar que poderia estragar tudo.

No segundo em que ele ficou fora de vista, deslizei da caçamba até o chão, no que fui seguido por Skinflick.

A fachada da casa era de tábuas marrons sobrepostas, como se fossem telhas. Quatro janelas na frente, uma de cada lado da entrada e duas em cima. À esquerda, dava para ver o barracão de fibra de vidro verde ao lado da casa, para onde os encanadores de Locano haviam puxado os canos. A traseira da picape estava apontada naquela direção para nos dar mais alguns metros de cobertura.

Quando o motorista tocou a campainha, corri até a frente da casa, encostando-me na parede sob a janela do canto. Skinflick aterrissou com seu peso a meu lado logo antes de a porta se abrir. Coloquei um dedo nos lábios para mostrar meu aborrecimento e ele levantou o polegar pedindo desculpa. Quando o garoto desapareceu dentro da casa, viramos correndo pela lateral.

Essa era a parte que sabíamos que seria ruim. A lateral da casa tinha a mesma disposição de janelas da frente, duas em cima e duas embaixo, mas a segunda do térreo estava escondida pelo barracão, cuja entrada era por trás. Para contorná-lo, poderíamos ser vistos de pelo menos duas janelas e do quintal.

Então, em vez de disso, corremos agachados pela lateral da casa. A sensação de estarmos sendo vistos era forte, mas alertei Skinflick para que não olhasse para cima ou para trás. Naquela época, eu já sabia que as pessoas podem ver quase qualquer coisa e se convencer de que não viram, mas rostos humanos tendem a ser inegáveis. Metade do seu córtex visual se acende quando você os vê. Então, não levantamos o rosto e alcançamos o barracão sem saber se tínhamos sido observados ou não. Separei duas folhas de fibra de vidro apenas na largura necessária para passarmos.

Lá dentro tudo parecia verde, porque o telhado era feito da mesma fibra de vidro translúcida da parede. A porta que dava para o jardim era apenas um recorte com lona azul pendurada pelo lado de fora. Como nos disseram, a parede compartilhada com a casa tinha um rabicho. Havia um balde de ferro, uma mangueira com bocal e um ralo no chão lamacento.

Olhei pela porta de lona. O quintal tinha quase trezentos metros até chegar à cerca de arame farpado. Havia algumas mesas de piquenique e uma churrasqueira de concreto. Eu conseguia ver só a ponta de outro barracão de fibra de vidro. Perguntei-me se foi naquele que encontraram a garota morta.

Tentei não me perguntar se a garota morta realmente existia, ou existira, só que em outro lugar. O trabalho era cego. Eu sabia que seria assim e não faria sentido abrir os olhos agora. O melhor que poderia fazer era esperar que surgisse alguma prova antes que a matança começasse.

Ouvi o som da porta traseira da picape se fechando, o motor dando a partida e uma voz de homem falando com o entregador num tom que era natural o suficiente para presumirmos que não fôramos vistos.

Isso significava que a parte perigosa provavelmente terminara. Agora a parte chata – as 12 horas de espera antes de passarmos pelo buraco na parede e começarmos a atirar – estava para começar. Sentei-me perto do rabicho, sobre meu casaco de cashmere.*

Skinflick ficou de pé, medindo as paredes com passos, e depois de um tempo comecei a sentir um pouco de vergonha. Como se eu tivesse trabalho numa empresa que parecesse glamouroso, mas na realidade não fosse, e agora meu filho me visitava e eu tinha que mostrar a ele como o papai ficava esperando dia e noite na lama para invadir a casa das pessoas e atirar em suas cabeças.

Então, comecei a pensar como a minha vida havia se tornado aquilo. Como houvera uma época em que eu lia livros e tinha um esquilo de estimação.

– Pietro – sussurrou Skinflick, me sacudindo. – Preciso mijar.

Isso não era algo inesperado numa pausa de 12 horas. Mas só estávamos lá havia cinco minutos.

---

* Regra número um do *Manual do matador*: Nunca tente preservar suas roupas.

– Você não podia ter mijado na floresta?
– Eu mijei na floresta.
– Então vai lá.
Skinflick foi até um canto e abriu a calça. Quando a urina a atingiu, a fibra de vidro rufou como um tambor. Skinflick parou de mijar. Ele olhou em volta. Deixou pingarem algumas gotas no chão lamacento perto da parede, para testar. Elas fizeram o som de algo que cai na água e ele parou de novo, começando a parecer desesperado.
– Se agache – falei.
Skinflick tentou se acocorar, depois ajoelhar, e em último caso se deitar de lado na lama, mijando em direção à parede em movimentos de ventilador.
Isso me preocupou. Skinflick era imune à vergonha como qualquer um, mas até ele tinha seus limites. E a distância entre vergonha e ressentimento é a menor que existe.
– Droga. Espero que o FBI não faça teste de DNA em urina – falei, enquanto Skinflick balançava o pinto.
– Puta merda! Olha aqui – ele disse, um instante depois.
Fui olhar. Eram quase invisíveis no chão esverdeado, mas havia pegadas por todo o lamaçal. *Todo*. Mesmo onde estávamos sentados. Pegadas de meninas adolescentes. De vários pés diferentes. Não eram provas, mas eram no mínimo assustadoras. Então, a porta se abriu e a voz de um adolescente gritou:
– Pai, vou soltar os cachorros de novo!

Dada a lentidão com que algumas coisas vêm à tona, é incrível a rapidez com que outras se esclarecem. Tipo, se alguém tem cães, mas tem que mantê-los presos quando um encanador ou entregador do mercado está lá, então devem ser cães realmente muito maus.

A sensação de surrealismo, passividade e burrice obscura me largaram instantaneamente. Eu havia me colocado naquela situação. Agora tinha que sobreviver.

Tirei a arma de um bolso e o silenciador do outro e ouvi o som de galopes enquanto os montava. Duas enormes sombras em forma de doberman apareceram na parede de fibra de vidro.

Mais tarde descobri que eram algo chamado doberman king, que você cria cruzando um doberman com um dogue alemão, e depois cruzando as crias até que a única coisa que sobra do dogue alemão é o tamanho.

– Merda – disse, na hora.

Como todas as pessoas sãs, adoro cachorros. É muito mais difícil tornar um cão malvado do que um ser humano. E estava claro que eu teria que matá-los.

Os cães começaram a farejar em volta da base da parede em que Skinflick havia mijado. Então, um deles começou a empurrar a fibra de vidro e o outro ficou atrás e começou a rosnar.

A porta da frente da casa bateu. O que significava que quem a havia batido agora estava do lado de fora e devia ser retirado dali o mais rápido possível, ou estava dentro e talvez não ouvisse o que estava prestes a acontecer. De qualquer forma, era hora de fazer alguma coisa.

O cachorro que estava atrás latiu baixo. Prenúncio de um latido mais alto. Atirei duas vezes em sua cabeça através da parede, derrubando-o para trás, e o mais próximo duas vezes no peito. Ele caiu ganindo.

Rapidamente recarreguei a arma, escutando. Os tiros foram silenciados, mas todos os quatro causaram um impacto que soou alto ao passar pela fibra de vidro. As paredes do barracão ainda estavam vibrando. Os buracos das balas tinham bordas esfiapadas, como tecido.

A porta da casa abriu-se novamente.

– Ebay? Xena? – chamou a mesma voz adolescente.

Comecei a me aproximar da porta de lona atrás do barracão.

– Ebay! – gritou a voz, agora mais perto.

– Peguei esse – disse Skinflick.

– Não! – sussurrei.

Mas Skinflick já estava correndo em direção à parede do barracão com a arma na mão.

– Não! – gritei.

Parecia um filme de ação de merda. Skinflick pulou e atingiu a parte de cima da parede de trás do barracão com um dos ombros, abrindo duas folhas de fibra de vidro o suficiente para ele ver e atirar através do buraco em V. Então, a parede voltou ao lugar, lançando-o de volta ao meio do barracão.

Num filme, no entanto, ele não teria errado. Ou esquecido de colocar o silenciador. O barulho do tiro pareceu uma batida de carro. Se você estivesse no porta-malas. Soou em meus ouvidos enquanto eu cambaleava pela porta de lona e pela frente do barracão, quase escorregando em sangue de cachorro, mas ainda a tempo de ver baterem a porta da casa.

– Você o pegou? – quis saber Skinflick, quando apareceu atrás de mim.

– Acho que não. Ele voltou para dentro de casa.

– Merda. O que devemos fazer?

Como se o fato de ele foder a gente fosse algo que estivesse nos meus planos.

– Mexa-se – falei.

E não pelo quintal. Com exceção da parede de papelão, aqueles caras conheciam a casa muito melhor do que nós. Corri de volta para o barracão. Chutei a parede sobre o rabicho e derrubei o papelão pintado no chão.

A abertura deixada era ridiculamente pequena. Uns cinquenta centímetros de diâmetro, talvez. E isso depois de eu tirar as rebarbas do caminho. Eu mal conseguia apertar os ombros o suficiente para me espremer, cabeça primeiro, pelo buraco. E quando fiz isso, bloqueei toda a luz. Me agarrei a alguns canos na escuridão e os usei para me puxar por aquele lugar fedendo a mofo.

Meu rosto bateu num monte de garrafas plásticas quase cheias ou vazias, e o cheiro passou a ser de cloro e detergente. Quase ri. Então empurrei a porta do armário para abri-lo e me contorci para sair de debaixo da pia da cozinha.

A luz me cegou. Havia um enorme fogão de um lado e uma pedra de açougueiro do outro. Levantei rapidamente. A pedra de açougueiro não era um acessório babaca: estava muito manchada de sangue e tinha um enorme moedor de carne acoplado em uma das pontas. Além disso, havia duas mulheres de pé do outro lado, olhando para mim.

Uma devia ter uns cinquenta anos, a outra talvez metade da idade. As duas tinham aquela aparência que se adquire depois que cada osso do seu rosto foi quebrado pelo menos uma vez e solidificado sem cuidados médicos. Apesar de a mais velha ser pior.

Elas estavam meio que armadas. A mais velha segurava uma faca de carne com as duas mãos, e a mais nova levantava uma pesada grelha de ferro de uma das bocas do fogão. As duas mulheres pareciam apavoradas.

Mantive a arma apontada para as mulheres e ajudei Skinflick a se levantar quando ele saiu pela passagem.

– Cuidado – disse. – Temos duas espectadoras. Não atire nelas.

Quando Skinflick as viu, levantou a arma.

– Espectadoras? Uma delas está com uma faca!

– Coloque o silenciador – falei. E perguntei às mulheres: – Onde estão as garotas?

A mais nova apontou para o chão. A mais velha olhou-a de cara feia, viu que percebi e parou.

– No porão?

A mais nova assentiu.

– Quantas pessoas há na casa além delas?

– Três – disse ela, rouca.

– Incluindo vocês duas?

– Três além de nós.

– Vocês são da polícia? – perguntou a mais velha.

– Sim – respondi.

– Graças a Deus – disse a mais nova e começou a chorar.

– Hora de ir – falei a Skinflick. Para elas, ameacei: – Vocês duas, fiquem aqui. Se se mexerem, a gente *vai* matar vocês.

Não tinha muita pinta de coisa de polícia, mas dane-se. Saí de costas pelo corredor acarpetado que levava à cozinha, então virei-me e corri.

O corredor era claustrofóbico, com duas curvas sob prateleiras cheias de porcarias, como sacos de dormir de lã e velhos jogos de tabuleiro. Cheirava a cigarro. Perto do final, havia um quadro de cortiça com fotos amareladas de férias em família e, eu acho, pessoas trepando, apesar de eu não ter parado para examiná-las.

O corredor dava para um vestíbulo entulhado, com a porta da frente numa das extremidades. Havia duas outras passagens e uma escadaria que levava ao andar de cima. A passagem à minha direita era apenas um arco, mas a da esquerda tinha uma porta de verdade, que estava fechada. Skinflick surgiu atrás de mim.

Cobri o arco aberto e a escadaria com a arma e fui de costas até a porta fechada. Abri-a encolhido. Armário de casacos. Várias botas de borracha. Fechei-a novamente.

Entre o armário e a porta, havia um quadro de Jesus que parecia tão incompatível com o ambiente que o levantei. Controles para o interfone e para o portão. Pensei em simplesmente correr até lá. Abrir o portão daqui e tentar chegar ao bosque, do outro lado da cerca.

Mas o descampado era grande demais para percorrer e uma jogada óbvia. E quaisquer que fossem as minhas chances, as de Skinflick seriam a metade. Disse a ele para sair do corredor e me seguir. Passamos sob o arco.

Isso nos levou à sala à direita da entrada da casa. Havíamos engatinhado sob a janela da frente quando saímos da picape. Pela janela lateral, dava para ver o barracão. A sala em si tinha uma enorme TV, um sofá, um banco de apoio para levantamento de peso e algumas prateleiras com placas e troféus – a maioria, aparentemente, de skate. Sobre o sofá, havia um pôster emoldurado de Arnold Schwarzenegger na época em que era fisiculturista. Quando olhei para aquilo, minha visão periférica viu algo se mover pela janela. Então, agachei e puxei Skinflick comigo.

Era um cara alto e magro vindo do lado do barracão até a frente da casa, com as passadas rápidas que só se aprende no serviço militar ou em vídeos para maníacos por armas. Carregava uma arma para balas de alumínio, cuja mira ele mantinha no barracão.

– Limpando atrás! – ele gritou, parecendo se referir à parte de trás do barracão.

Sua voz era estranha. Sua magreza também era estranha e suas faces e testa tinham uma acne que dava para ver a seis metros de distância.

Meu Deus, pensei. De forma alguma ele tinha mais de 14 anos.

Olhei para cima no instante exato para derrubar a arma de Skinflick, que estava prestes a atirar pelo vidro acima de mim.

– *Que merda é essa?* – sussurrou ele.

Puxei-o para baixo do peitoril.

– Não atire sem me avisar, não atire no vidro que está bem na frente da minha cara, e se seu alvo estiver falando com alguém, espere até conseguir ver a pessoa. E não mate crianças. Entendeu?

Skinflick evitou meu olhar e empurrei suas costas, decepcionado.

– Fique abaixado, porra! – falei.

Uma voz masculina gritou:

– Randy, manda bala! – Parecia a voz do alto-falante no portão.

O ronco de uma metralhadora soou pela parede. Skinflick e eu cobrimos os ouvidos o máximo que conseguimos sem baixar as armas. Levantei a cabeça o mínimo necessário para olhar sobre o peitoril. O barracão se fora. Ilhas de fibra de vidro verde despedaçada caíam no chão como folhas e se espalhavam pelo jardim. Era como se alguém tivesse derrubado o barracão com um removedor de folhas.

Virei para a janela da frente da casa. O garoto com a metralhadora estava ali, a um metro de distância, de perfil. Se ele tivesse olhado para dentro, poderia ter me visto. Mas ele começou a caminhar até o local onde estivera o barracão.

Dois outros homens surgiram de trás da casa e o encontraram ali. Um dos dois era outro adolescente, só que mais velho – 18 ou 19 anos. E carregava um fuzil Kalashnikov.

O outro era um homem de meia-idade, asqueroso, com um boné de beisebol e óculos de aviador descascados. Devia ter uns 59 anos, com aquela gordura maciça sobre a qual não se aprende na faculdade de medicina, mas que você vê o tempo todo em caras que gostam de brigar em bares. Ele estava carregando algo parecido com uma motosserra, só que com um cano de metralhadora onde deveria estar a serra. Fumaça e vapor. Fumaça e vapor pulsavam para fora daquilo. Eu nunca havia visto um troço daqueles.*

Os dois homens e o garoto chutaram os pedaços de fibra retorcida, então o de meia-idade notou o buraco na lateral da casa e gritou:

– PARECE QUE NÃO PEGAMOS ELES!

Percebi que nenhum dos três usava protetor de ouvido. Estava claro que eles estavam prestes a chegar mais perto da lateral da casa, e aí teríamos que nos inclinar na janela e atirar neles.

– Temos que atirar – disse Skinflick, ajoelhado ao meu lado.

Ele estava certo. Tomei uma decisão estratégica:

– Você pega o gordo. Eu atiro nos garotos – falei.

Abrimos fogo e a janela desabou na nossa frente.

Quando dividi os alvos, pensei que atiraria nas pernas dos dois filhos – de preferência no tornozelo. E aquele pai era tão gordo que nem Skinflick conseguiria errar.

O problema é que eu errei várias vezes. Não é tão fácil assim acertar alguém na perna. Gastei praticamente todo o pente e só consegui acertar o filho mais velho de Karcher no queixo e explodir o pé do mais novo. Enquanto isso, Skinflick gastou todo seu pente sem acertar Karcher nenhuma vez. Foi então que o gordo apontou a metralhadora em nossa direção.

Quando empurrei Skinflick para trás, o ronco soou novamente. Pedaços inteiros da quina da parede contra a qual estivéramos ajoelhados simplesmente evaporaram, como num daqueles

---

* Para os loucos por armas: aquilo era uma metralhadora automática .60 GE M134 "Predator", disparando uma espécie de bala cheia de urânio, supostamente disponível apenas na China.

filmes em que um viajante do tempo muda algo no futuro e as coisas começam a desaparecer no presente.

O ar se encheu de pó e pedaços de gesso devido às balas e tornou-se impossível enxergar. Skinflick desvencilhou-se de minhas mãos e eu o perdi de vista. Engatinhei mais para dentro, longe da quina e para trás de um pedaço de parede caído. Só quando percebi que estava tossindo é que notei que mal conseguia escutar.

Depois de um tempo que não consigo definir, uma lufada de vento frio soprou dentro da casa e o ar ficou limpo. As paredes da frente e dos lados da sala eram, em sua maior parte, ruínas que deixavam a luz entrar. Faltavam grandes pedaços do teto, mostrando um quarto acima e alguns canos espirrando água nos restos de uma parede. Dava para ver todo o vestíbulo. O quadro de Jesus e os controles atrás dele tinham virado destroços.

O próprio Karcher estava em pé perto do que sobrara do início da escada. Skinflick estava deitado a seus pés. Ele ainda portava sua arma, mas o carregador estava aberto para mostrar que estava vazio.

– AH, VOCÊ ESTÁ ENCRENCADO AGORA, GAROTO! – gritou Karcher para ele. Aparentemente, sua audição estava voltando bem mais devagar que a minha.

– VOU TE MATAR DEVAGAR E FAZER VOCÊ COMER SEUS PRÓPRIOS PEDAÇOS!

Amargo pesadelo é *O poderoso chefão* dos caipiras. Notei que Karcher não havia percebido que éramos dois. Levantei com calma e dei um tiro certeiro em sua cabeça.

O resto você já leu. Provavelmente já viu reconstituições em programas de TV. O filho mais velho de Karcher, Corey, em cujo queixo eu atirara, sangrou até a morte. No mais novo, Randy, fiz um torniquete. Ele poderia ter sobrevivido se Skinflick não tivesse lhe dado um tiro na cabeça enquanto fui buscar o carro. Bem-vindo à máfia, Adam "Skinflick" Locano.

Quando colocamos os três corpos no porta-malas, as mulheres saíram para o gramado, a mais velha uivando de joelhos e a mais nova só olhando. Mais tarde, naquela noite, os corpos foram divididos em meia dúzia de caixões infantis por um técnico do necrotério do Brooklyn, que devia à máfia por apostas no *Oscar*. Os seis caixões foram enterrados como de indigentes.

Antes de irmos embora, localizei o maior número de garotas ucranianas que consegui. Havia uma no aparelho de tortura no "escritório" de Karcher que não consegui acordar, e que eu teria levado conosco se achasse que poderíamos chegar ao hospital mais rápido do que a polícia.*

Ainda havia uma garota viva, acorrentada no quarto de um dos filhos, no segundo andar – por pura sorte, ela não estava no quarto acima da sala de TV. E havia algumas mortas, presas a correntes, no outro barracão.

A entrada para o porão, onde estavam as outras, ficava na parte de trás da casa. Foi o lugar mais fedido em que já estive até ir para a faculdade de medicina.

Skinflick e eu paramos na mesma cabine telefônica que eu usara para me encontrar com o entregador, e de lá liguei para a polícia dizendo aonde ir e o que deviam encontrar por lá. Ligamos para Locano do celular. Depois de nos livrarmos dos corpos dos Karcher, fomos para casa e tomamos banho. Skinflick encheu a cara e ficou chapado, e eu fui encontrar Magdalena.

---

* Aliás, é verdade que, de perto, ainda dava para ler o nome da loja nas tábuas do instrumento de tortura. Nas que não estavam cobertas demais com sangue e merda.

Skinflick e eu mal nos falamos desde o início do tiroteio. Nós dois estávamos profundamente transtornados, mas também sabíamos que o fato de Skinflick ter decidido matar um garoto ferido de 14 anos fora o suficiente para destruir nossa amizade. E até num dia em que nada tivesse dado errado teria sido a mesma coisa.

Duas semanas mais tarde, fui preso pelo assassinato das duas esposas de Les Karcher.

17

O instrumentador me passa um bisturi de ponta fina. Levo-o levemente ao centro da linha recém-desenhada no abdome de Squillante, fazendo com que tinta, iodo e pele se separem cerca de dois centímetros. Por um segundo, antes de a incisão encher-se de sangue, suas camadas de gordura parecem queijo cottage. Então, devolvo o bisturi. Ele não será usado novamente na operação. Bisturis fazem incisões precisas, mas elas não param de sangrar.

– Pinça – Friendly diz.
– Bovie e sugador – digo.

"Bovie" é um cauterizador elétrico, um aparelho em forma de caneta, com um fio saindo de trás e uma tira de metal na ponta. Parece um chicote de gado, então foi falta de sorte que "Bovie" seja o nome de seu inventor e não uma abreviação para "bovino".

O Bovie não só corta como queima, fechando vasos sanguíneos durante o uso. (Também deixa uma trilha horrorosa de carne carbonizada, motivo pelo qual não é utilizado para cortar pele.) A ideia é sugar o sangue para fora da incisão, depois localizar rapidamente as pontas cortadas das artérias e usar o Bovie para fechá-las, fritando-as. É preciso fazer isso rápido, porque a sucção só dá um segundinho de visibilidade. Depois é só sangue de novo.

Dou o sugador a meu aluno, que não vai parecer idiota usando-o. Toda vez que o aluno usa a sucção, espero até os pontinhos de sangue reaparecerem, escolho um e tento eletrocutá-lo antes que volte a esguichar.

Nesse ritmo, a operação durará vários dias e, além disso meus períodos de consciência e inconsciência estão começando a se alternar, durante um milésimo de segundo cada, como as cristas e vales de um sinal de rádio. Gotas de suor da minha testa caem sobre a incisão de Squillante.

Enfim, Friendly fica entediado e começa a fuçar com sua "pinça", que parece um alicate com agulhas nas pontas. Ele pega artérias que não consigo ver, então só tenho que encostar o Bovie no metal de seu instrumento e fritar as artérias por condução, espero.

Quando o sangramento é contido, Friendly atinge a membrana gordurosa no fundo da incisão e usa sua pinça para cortá-la. Então, pega mais alguns vasos para eu queimar. Enquanto faz isso, Friendly olha para o instrumentador, que é um negro na casa dos vinte anos.

– Desculpe, não posso falar "gay" na sala de operações – diz. – Há muitas pessoas frágeis aqui. Preciso pedir *permissão* antes. Esqueço que agora tudo é *colaborativo*.

O instrumentador não responde, então Friendly vira-se para meu aluno.

– Você sabe o que é "medicina colaborativa"? – pergunta.

– Não, senhor – responde o estudante.

– Significa dez horas a mais de besteira não paga por semana. Aguarde ansiosamente por isso, rapaz.

– Sim, senhor – concorda o estudante.

Friendly vira-se para o instrumentador.

– Posso dizer "negro" aqui? Ou tenho que dizer outra coisa? – Ele faz uma pausa. – Que tal "os artistas anteriormente conhecidos como negros"? Posso dizer *isso*? Ou também preciso de permissão para falar isso?

Devo dizer que salas de operação, assim como canteiros de obra, são o último porto seguro para sexistas, racistas ou qualquer um com síndromes, como a de Tourette. A ideia é a de que humilhar os outros os ensina a se manterem calmos sob pressão. A verdade é que os sociólogos poderiam estudar salas de cirurgia para aprender como eram os ambientes de trabalho nos anos 1950.

– O que você diz, dr. Scott? – Friendly provoca o instrumentador.

Ele olha para Friendly friamente.

– Está falando comigo, dr. Friendly?

– Se estou, não sei por quê. – Friendly atira sua pinça ensanguentada bem no meio da bandeja de instrumentos.

– É isso. Vamos abrir.

Ele afunda os dedos na incisão, inclina-se e abre-a como um enorme porta-níqueis de ouro. Dá para ver os músculos abdominais vermelho-beterraba, que têm uma faixa branca brilhante descendo pelo meio, onde faremos a próxima incisão, porque a faixa quase não é irrigada.

– Nódulo umbilical metastásico negativo – diz Friendly à enfermeira, que agora está no computador. – Também não há nódulo de Virchow, mas você vai ter que confiar na minha palavra.*

Passo o Bovie pela faixa branca.

– Você vai usar as diretrizes americanas ou japonesas para tratamento de linfonodos? – pergunta meu aluno.

– Depende – responde Friendly. – Estamos no Japão?

– Senhor, qual é a diferença? – indaga meu outro aluno.

– No Japão, eles passam o dia inteiro procurando nódulos para cirurgias preventivas – diz Friendly –, já que, no Japão, o sistema de saúde é gratuito. – Ele separa porções iguais de músculo. – Retrator – pede. – Estamos no abdome.

O instrumentador começa a preparar o retrator, que é um grande aro que pode ser firmado no local para manter a incisão aberta.

---

* Câncer

Enquanto espera, Friendly olha para o aluno que não está participando.

– Não se preocupe, daqui a pouco teremos o negócio gratuito por aqui também – diz ele. – Stacey, quer checar meu bipe?

– Claro, dr. Friendly – ela responde. – Onde está?

– Na minha calça.

De repente, vários olhos na sala estão olhando para baixo. Stacey caminha corajosamente e dá um tapinha na bunda de Friendly.

– No bolso da frente – diz ele.

Como acho que já mencionei em outro lugar, uniformes de cirurgia são dupla face. Então, enquanto o bolso detrás fica do lado de fora, à direita, o da frente está à esquerda, *na parte interna* das calças.

Stacey coloca a mão dentro do uniforme de Friendly e fuça seu púbis. Enquanto faz isso, ela faz careta para mim de um jeito bem convincente.

– Não tem nada aqui – diz ela, finalmente.

– *Isso* a gente já sabia – fala o enfermeiro.

Todo mundo cai na gargalhada. Friendly fica vermelho e depois pálido, sob a máscara. Ele arranca o retrator das mãos do instrumentador e enfia grosseiramente no abdome de Squillante.

– Sabem de uma coisa? – ele diz, quando o negócio já está no lugar. – Fodam-se, todos vocês. Vamos trabalhar.

É o que fazemos. Por um momento, a única coisa que se houve é o som do monitor cardíaco de Squillante. Cada sinal me dá a sensação de um despertador depois de uma noite de sono agitado. Meu braço, injetado com o material do Cara da Bunda, começa a tremer.

Mas pelo menos estamos progredindo. Primeiro, tomamos o rumo dos intestinos de Squillante, onde cada nó está ligado a um fino tecido que lhe fornece sangue e assim por diante. Então, enquanto deslizam uns sobre os outros, como tubarões em um tanque, não se pode simplesmente desatá-los como uma corda. Você tem que folheá-los, como as fichas de um arquivo ou as páginas de uma lista telefônica.

– Quero um Trendelenburg invertido* – diz Friendly.

O Trendelenburg invertido nos ajuda a terminar de enrolar os intestinos, tirando-os do caminho, para finalmente revelar o estômago de Squillante.

Como na incisão inicial, a complexidade aqui não está na retirada do estômago, já que qualquer curandeiro asteca poderia tirar cinco deles e estar no campo de golfe ao meio-dia. A dificuldade será controlar as hemorragias – encontrar e cortar dezenas de artérias que entram no estômago, como os raios de uma roda – para Squillante não morrer. Friendly pega um segundo Bovie e começa a cauterizar as artérias de seu lado, enquanto trabalho no meu.

– Divertido isso, seus babacas – recomeça Friendly, de repente. – Quantos anos de treinamento eu tenho? Onze? Quinze? Mais, se contarem o ensino médio. Para quê? Para eu passar o dia inteiro com um bando de imbecis semianalfabetos, respirando partículas de verrugas genitais do Bovie e vendo meu salário ir para minha ex-mulher e para metade dos executivos de planos de saúde dos Estados Unidos. Bem, quer dizer, vocês também respiram essas partículas. Mas mesmo assim...

Seus movimentos estão ficando meio estúpidos. Ou talvez seja só meu rápido ciclo de sono.

---

* "Trendelenburg invertido" é a posição em que os pés do paciente estão mais baixos do que a cabeça. "Trendelenburg" é a posição em que os pés estão mais altos que a cabeça. Nenhum cirurgião do mundo gostaria de ser pego dizendo "cabeça alta" ou "cabeça baixa". Só para o caso de você estar se perguntando por que a retirada de seu apêndice demorou quatro horas.

– Ah, mas *uma coisa* é certa – continua Friendly. – *Eu* consigo *salvar* pessoas. Pessoas como esse babaca de anel cor-de-rosa, que passou a vida inteira comendo carne vermelha, fumando, sentado sobre a bunda.

– Sutura – digo, enquanto começo a amarrar uma das maiores artérias. A linha se rompe na minha mão. Peço outra.

– A porra da indústria da carne e a porra da indústria dos planos de saúde – prossegue Friendly. – Saudáveis terroristas que adoram uma carnificina. Eles tornam minha vida um inferno enquanto outras pessoas relaxam. Aposto que cigarros são divertidos. Tudo o que nunca fiz provavelmente é divertido. Como quando eu estava na faculdade de medicina, e vocês todos estavam no parque, fumando maconha e ouvindo Marvin Gaye enquanto trepavam.

Dessa vez amarro a linha com mais delicadeza e ela segura. Surpreende-me ver como me habituei rápido a dar pontos novamente, ainda mais com o antebraço começando a fazer meus dedos enrijecerem. Mas qualquer coisa que alguém te ensina a fazer primeiro no pé de um porco morto, então no pé de um homem morto e finalmente no pé de um homem vivo provavelmente fica para sempre em sua memória.

– Sutura – pede Friendly. O instrumentador dá uma linha a Friendly, mas ela se enrola em seus dedos e ele, irritado, sacode a mão e a linha cai no abdome aberto de Squillante. – Sabe o que eu devia ter feito? – continua. – Devia ter me tornado domador de cobras. É o mesmo trabalho, mas paga melhor. Em vez disso, salvo a vida de gente que espera morrer na minha mesa para poder me processar. Porque é isso o que todo o mundo quer: uma chance de se transformar de peão em rainha.

– Dr. Friendly? – pergunta o enfermeiro.

– O quê?

– Quem é a rainha nesse contexto?

Outra rodada de risos por trás das máscaras.

– Vá se foder! – diz Friendly, pegando a linha enrolada e jogando na cara do enfermeiro. No entanto, como é leve demais para alcançá-lo naquela distância, a linha faz um arco, caindo no chão.

Por um instante, nenhum de nós percebeu que a outra mão de Friendly enfiou o Bovie no baço de Squillante.

Não só no baço, mas *ao longo* dele, fatiando-o. Enquanto assistimos, a incisão se enche de sangue, que começa a jorrar.

– Ai, merda! – exclama Friendly, puxando o Bovie para fora.

O baço é basicamente uma bolsa de sangue do tamanho de seu punho, à esquerda do estômago. Nas focas, baleias e cavalos de corrida, é grande e contém um suprimento extra de sangue oxigenado. Nos seres humanos, sua maior função é filtrar hemácias velhas ou defeituosas. Também tem partes onde anticorpos podem se multiplicar quando ativados por alguma infecção. Pode-se viver perfeitamente bem sem o baço, o que geralmente acontece com pessoas que sobrevivem a acidentes de carro ou têm anemia falciforme. Mas você não quer que ele se rompa de repente. Porque há quase tantas artérias ligadas ao baço quanto ao estômago. Então, perder sangue por ali pode matar rapidamente.

Friendly arranca o Bovie da tomada e o joga no chão, gritando:

– Me deem alguns grampos!

– Bovie desligado – diz o enfermeiro calmamente, jogando um punhado de grampos na bandeja. Friendly pega alguns e começa a tentar juntar as pontas da ferida no baço.

Os grampos se soltam, levando com eles a maior parte da superfície do tecido do órgão. O sangue de Squillante começa a pulsar para fora, formando poças.

– O que está acontecendo? – grita o anestesista, do outro lado da cortina. – A pressão sanguínea acabou de cair dez pontos!

– Vá à merda! – diz Friendly, enquanto nós dois entramos em ação.

Pego um punhado de grampos e começo a caçar artérias. Só as maiores, já que são as únicas que consigo ver através da fonte de sangue.

Friendly não briga comigo quando bloqueio a artéria gastroepiploica esquerda, que corre pela parte de baixo do estômago até o baço. Nem sei ao certo se ele notou. Mas quando vou à artéria esplênica em si, que sai da aorta como um rabicho, ele dá um tapa, afastando minha mão e fazendo com que eu quase mate Squillante imediatamente.

– Que diabos você está fazendo? – indaga aos gritos.

– Hemostasia – respondo.

– Mais parece que está fodendo minhas artérias!

Olho para ele.

Então, percebo que ele ainda acha realmente que dá para salvar o baço de Squillante, em vez de isolá-lo e removê-lo. Porque, se salvá-lo, não terá que relatar o fato de tê-lo fatiado, como uma complicação.

O alarme soa no monitor de pressão de Squillante.

– Controlem-no – grita o anestesista.

Usando o ombro como proteção, caso Friendly se irrite de novo, tento mais uma vez a artéria esplênica, e a fecho numa distância de mais ou menos dois centímetros da aorta. A hemorragia do baço reduz-se a uma goteira ampla e superficial, e o alarme de pressão para de soar.

– Agulha de sutura – diz Friendly, entre dentes.

Ele começa a costurar os restos do baço de Squillante formando um bloquinho feioso. No meio do processo, a agulha se quebra.

– Stacey! – grita Friendly. – Diga àqueles idiotas para aprenderem a fazer material de sutura ou mudo para a Glaxo!

– Sim, doutor – diz Stacey, de algum lugar que parece distante.

A outra agulha funciona melhor ou Friendly não a segura com tanta força, ou coisa parecida.

– Pode me devolver uma das minhas artérias agora? – ele me pergunta.

– Não vai segurar – respondo.

– ME DÊ A PORRA DA ESPLÊNICA!

Abro o grampo que mantém a esplênica fechada. O baço rapidamente infla e, então, se abre ao meio ao longo da incisão recém-costurada, espirrando sangue por todos os lados. Enquanto Friendly atira o grampo de sua mão contra a parede, fecho novamente a esplênica.

– Grampo ao chão – diz o instrumentador, sem se alterar.

– Vou tirar o baço – aviso.

– Vá à merda. Eu faço isso – diz Friendly.

– Quero uma transfusão – fala o anestesista.

– Ótimo! – grita Friendly para ele. – Constance, transfusão.

Constance abre uma sacola térmica com o nome de Friendly escrito com pilot e retira duas bolsas de sangue.

– Essa merda foi testada? – pergunta o anestesista.

– Faça seu trabalho – responde Friendly.

Juntos, Friendly e eu removemos o baço de Squillante. Demora cerca de uma hora e meia. Friendly manda então um dos meus alunos encaminhar o órgão para a patologia, para mais tarde dizer que o retirou de propósito, procurando um câncer. O que, devo admitir, é um ótimo disfarce.

Depois disso, a retirada do estômago em si é lenta, mas tranquila. Já bloqueamos metade das artérias no abdome de Squillante.

Não há mais nada para sangrar. Ele tem sorte por ainda haver sangue circulando em seu fígado e cólon.

Reconectar o esôfago ao intestino é mais irritante, é como costurar dois pedaços de peixe cozido. Mas até isso conseguimos fazer, no fim das contas.

— Vá em frente e feche — Friendly finalmente me diz. — Vou fazer o relatório da cirurgia.

Vai demorar pelo menos mais uma hora para fechar e estou cansado como nunca. Além do mais, os dedos de minha mão direita estão com tanta câimbra que são quase inúteis.

Mas prefiro fechar Squillante sozinho a fazê-lo com Friendly. Há tantas camadas num corpo humano que até um bom cirurgião vai deixar de costurar algumas se a cirurgia demora muito. Desde que as camadas mais próximas à superfície estejam fechadas, o paciente não vai notar a diferença. Elas só estarão mais propensas a se romper mais tarde. E eu, por meu lado, quero Squillante o mais fechadinho possível. Colado e à prova d'água, como um vestido de látex.

Quando finalmente cambaleio para fora da sala de cirurgia, Friendly está no corredor, bebendo uma Coca Diet e acariciando a bunda de uma enfermeira assustada.

— Lembre-se de apreciar grandes emoções, garoto — diz para mim.

Nem tenho certeza de que estou acordado. Passei a última meia hora prometendo a mim mesmo deitar no segundo em que pudesse. Então, talvez eu já esteja dormindo e tudo isso seja um sonho.

— Você está louco — replico.

– Tenho sorte de isso não ser uma democracia – ele retruca. – É uma pagapaucracia. E eu sou o rei.

Essa última parte ele diz para a enfermeira. Eu não ligo. Já estou passando por ele, descendo o corredor.

Acordo. Há um alarme tocando como o de um caminhão dando ré. Também há várias vozes. Estou numa cama de hospital. Não tenho ideia do porquê, nem de onde. Todas as paredes, menos a de trás, são cortinas.

Então, meu bipe e o alarme do relógio tocam ao mesmo tempo e eu me lembro: deitei para um cochilo de vinte minutos. Na sala de recuperação. Na cama ao lado da de Squillante. Pulo e abro a cortina entre sua cama e a minha.

Há pessoas a seu redor. Enfermeiros e médicos, mas, também, perto do pé da cama, alguns civis. Familiares agressivos, imagino, vieram ver como as coisas estavam. O nível de ruído era inacreditável. Porque estamos perdendo Squillante.

Enquanto assisto, o eletrocardiograma para de se mover e passa a uma linha reta, ativando outro alarme. A equipe médica grita, jogando injeções uns para os outros, que aplicam em várias partes do corpo de Squillante.

– Deem um choque nele! – grita um dos civis.

Ninguém dá o choque. Não tem por quê. Dão-se choques em pessoas cujo ritmo cardíaco está errado, não quando ele não existe. É por isso que chamam de "desfibrilar", não "fibrilar".

E, assim, Squillante continua morto. Finalmente, os idiotas do CTI começam a desistir e a afastar os civis para terem algo para fazer.

Tento descobrir qual dos civis é Jimmy, o cara cujo trabalho é levar a mensagem de Squillante a meu respeito até David Locano, no complexo penitenciário federal Beaumont, no Texas. Minha aposta é o cara de terno de três peças, que já está pegando um celular e saindo da sala de recuperação. Mas há outros competidores. Demais para fazer algo a respeito.

Então, vou até a cabeceira da cama e arranco a folha do eletrocardiograma de Squillante. Estava perfeitamente normal até oito minutos atrás, quando começou a ficar cheio de picos.

Os picos não são nada normais. Formam várias letras, como se tentassem formar a palavra "ASSASSINATO". Pego a lixeira vermelha para material infectante e levo para trás da cortina onde eu estivera cochilando. Jogo tudo na cama.

Mesmo com todas as seringas e gazes ensanguentadas, não demoro a encontrar dois frascos vazios com as palavras "Martin-Whiting Aldomed" escritas. E que haviam estado cheios de potássio.

18

As duas esposas de Les Karcher chamavam-se Mary, apesar de a mais nova ser carinhosamente chamada pela família de "Peitões". Os policiais e paramédicos encontraram a Mary mais velha na frente da casa, onde Skinflick e eu a deixamos. Seu crânio fora esmagado, provavelmente pela grelha de ferro do fogão, que foi encontrada perto de seu corpo, sem (de acordo com a polícia) nenhuma digital identificável, mas com uma boa quantidade de tecido de seu cérebro. Peitões, como os três Karcher homens, simplesmente se fora.* Diferentemente deles, porém, não deixara nenhum rastro de sangue.

Fazia certo sentido a polícia me acusar do assassinato das duas Marys e não dos garotos Karcher, como pai e filhos passaram a ser chamados. As Marys eram muito mais simpáticas e a polícia tinha o cadáver de uma delas. Se o caso não fosse adiante, eles sempre podiam me acusar mais tarde pelo assassinato dos garotos.†

---

* Olha, desculpe por chamá-la de "Peitões", mas todo mundo fazia isso. Inclusive a promotoria, uma vez no *tribunal*, apesar de misteriosamente isso não ter aparecido nas transcrições.

† A ideia de que não se pode ser acusado duas vezes pelo mesmo crime nos Estados Unidos é pura besteira. Você pode ser julgado duas vezes sob a mesma *acusação* – uma na esfera federal e outra na estadual – e pode ser acusado quantas vezes quiserem pelo mesmo tipo de crime. Por exemplo, meu próprio julgamento federal, baseado nas acusações de (duas vezes cada): homicídio doloso em primeiro grau, homicídio culposo em primeiro grau, homicídio com arma de fogo associado a crime violento ou tráfico de drogas, sequestro seguido de homicídio, homicídio mediante pagamento, homicídio com associação para o crime, tortura seguida de homicídio, homicídio com associação contínua para organização criminosa e tráfico de drogas

Por outro lado, me acusar dos assassinatos das duas Marys foi uma péssima jogada, porque eu realmente não os havia cometido. Qualquer prova que a promotoria apresentasse seria forjada ou mal interpretada, e seria impossível eles refutarem a "explicação alternativa": a de que Peitões, depois de Deus sabe que maus-tratos ao longo dos anos, havia tramado o assassinato da Velha Mary e fugido com 200 mil dólares que uma das garotas ucranianas ouvira falar que estavam na casa.

Deixe-me registrar, aliás:

De Peitões, se de fato *foi* isso o que aconteceu, não guardo rancor. Mesmo que você estivesse em um lugar qualquer o tempo inteiro, lendo sobre meu julgamento no New York Post todos os dias e rindo ao pensar como poderia chegar lá a qualquer hora e me salvar, mas que não ia fazer isso – o que duvido –, sua atitude é completamente compreensível. Apesar de não poder garantir que fosse me sentir assim se as coisas tivessem tido outro desfecho.

Minha "equipe de defesa" era do escritório Moraday Childe. Incluía, notavelmente, Ed Louvak, o Johnnie Cochran de Nova York, e Donovan Robinson, o "único membro da sua defesa que vai retornar suas ligações, apesar de todos os outros cobrarem 450 dólares por hora, arredondados para cima, para ouvirem suas mensagens".

---

ou homicídio de policial federal, estadual ou municipal com associação para o tráfico, homicídio associado a exploração sexual de menores e homicídio para obstrução da justiça. O grande número de acusações foi bolado para garantir que o júri me condenasse por *alguma coisa* e também para elevar minha possível sentença a quatro dígitos. Mas, mesmo assim, a polícia guardou a opção de me julgar novamente sob outras acusações e me jogar para a esfera estadual.

Donovan, que hoje é assistente especial no gabinete do prefeito de San Francisco – *Oi, Donovan!* –, é cerca de cinco anos mais velho do que eu, que, então, na época, tinha uns 28 anos. Era inteligente, mas parecia burro – *Desculpe, Donovan! Eu sei como é isso!* –, o que é exatamente o que você quer de um advogado de defesa. Ele deu seu melhor para me ajudar, acho que porque acreditava em minha inocência. Pelo menos em relação àquelas acusações específicas.

Por exemplo, Donovan foi o primeiro a apontar o quanto era estranho eu estar sendo acusado de tortura seguida de homicídio, já que não existiam provas para sustentar a acusação, mas *havia* depoimentos diretos de várias garotas ucranianas, dizendo que a Velha Mary, se não participava diretamente, pelo menos prestava serviços auxiliares em algumas das sessões de terror. E esse não era um tópico que a promotoria gostaria de abordar.

Um dia, Donovan veio me ver na cadeia – engraçado, não me lembro de Ed Louvak fazer isso – e disse:

– Eles têm algo sobre você. O que é?

– Como assim? – perguntei.

– Eles têm alguma prova sobre a qual não nos contaram.

– Isso não é ilegal?

– Tecnicamente, sim. A regra é que eles têm que nos mostrar tudo o que têm, "sem atrasos". Mas se for algo bom, o juiz autorizará de qualquer forma. Podemos tentar invalidar o julgamento por causa disso, mas não vamos conseguir. Então, se tiver alguma ideia do que possa ser, deve pensar em me contar.

– Não faço ideia – falei. O que era verdade.

Aliás, era David Locano quem estava pagando por tudo aquilo, embora não diretamente. Ele não queria uma ligação formal comigo e provavelmente também queria poder cortar minha cabeça se achasse que eu estava me tornando perigoso demais para ele ou para Skinflick.

Mas naquele momento não havia nenhum motivo para isso acontecer. Todos sabíamos que a polícia evitaria um processo contra Locano como mandante dos assassinatos até conseguirem provar que, de fato, eu matara alguém. E Skinflick sequer era suspeito.

Locano mantivera Skinflick meticulosamente limpo. Ele o proibira de levar crédito pelos assassinatos até a poeira baixar. E jamais mencionara qualquer ligação de Skinflick com os Karcher fora dos Banhos Russos da 10th Street.

Infelizmente, ele fora meio negligente quando se tratara de mim. Os policiais tinham cerca de oito horas de ligações telefônicas grampeadas nas quais ele se referia a mim como "O Polaco". Em frases, como *"Não se preocupe com os irmãos K. O Polaco vai visitá-los na semana que vem"*. Mas pelo menos isso deu a Locano um bom incentivo para tentar evitar minha condenação.

A polícia nos contou logo sobre as fitas, para me encorajar a falar sobre Locano. Eles também nos disseram que já tinham prendido um membro da máfia que gostaria de testemunhar, afirmando, em linhas gerais, que eu era um matador conhecido por trabalhar para Locano.

Mas a polícia estava guardando a "prova misteriosa" – se Donovan estivesse certo, e eles tivessem uma – como segredo até o último momento. Enquanto isso, apodreci na cadeia.

Wendy Kaminer, a genial advogada, diz que se um conservador é um liberal que foi assaltado, então um liberal é um conservador que foi preso. Você deve achar que um matador da máfia não é exatamente um bom exemplo para este argumento. Mas, na verdade, *foda-se*, porque posso apontar algumas coisas.

A primeira: se for acusado – *acusado*, lembre-se disso – de um crime capital, você não tem direito a fiança. Fiquei encarcerado no Federal Metropolitan Correctional Center for the Northeast Region (FMCCNR), em frente à prefeitura, no centro de Manhattan, por oito meses, *antes que meu julgamento começasse.*

Outra, a menos que fosse um assassino profissional assustador, como eu, o que aconteceria a você na cadeia seria muito pior do que o que aconteceu comigo. Por exemplo, nunca fui forçado a dormir perto da privada de alumínio sem tampa, que tinha o tempo todo uma perfeita tensão superficial, constituída de urina, merda e vômito, só esperando para transbordar sempre que alguém a usava. Nunca fui forçado a fazer o que eles chamavam de "levar a roupa para lavar" ou alguma das outras milhares de coisas degradantes fantasticamente criativas que pessoas encarceradas inventam para demonstrar seu poder sobre os demais e combater o tédio. Até os guardas puxavam meu saco.

E lembre-se: ainda não era a prisão para onde vão os condenados. Era o lugar para onde mandavam as pessoas presumidamente *inocentes*. Em Nova York, ser mandado para o presídio de Rikers Island (para onde eu teria ido se não estivesse sendo processado em esfera federal) só significa que você tem acusações pendentes.

E você deve pensar que nunca vai para lá, porque você é branco, então o sistema de justiça trabalha *para* você, que nunca fumou maconha, sonegou impostos ou deixou qualquer outra brecha para alguém que queira te atingir – o que não significa que isso não vá acontecer. Erros são cometidos e aí você cai nas mãos do que é basicamente igual ao departamento em que se tira carteira de motorista, mas com muito menos exigências para passar no exame.

E – até na cidade de Nova York, e não importa quem você seja – suas chances de ser preso são 150 vezes maiores do que suas chances de ser assaltado.

Novidade: a cadeia é uma merda.

Como dizem, é *barulhenta*. Presume-se que canis sejam barulhentos porque qualquer som acima de 95 decibéis causa dor nos cachorros, então, quando um começa a latir por causa da dor, todos fazem o mesmo, e a contagem de decibéis só cresce. Na cadeia, é a mesma coisa. Sempre há alguém tão louco que não para de gritar e sempre há rádios de merda. Mas isso é só uma parte.

Na prisão, as pessoas falam o tempo todo. Às vezes, fazem isso para passar a perna uns nos outros. Lá, até aqueles que são tão burros que você se surpreende ao perceber que eles sabem respirar estão fazendo negócios. Porque são boas as chances de encontrar alguém mais burro que eles: alguém mais estressado, mais afundado nas drogas ou alguém cuja mãe bebeu demais quando estava grávida...

Mas as pessoas na prisão também gostam de falar por falar. Informação, naquele caos, parece vital, não importa a qualidade. No entanto, o verdadeiro valor das conversas na cadeia parece estar em *evitar* que as pessoas pensem. Não há outra explicação. Presos preferem conversar com alguém a quatro celas de distância a passar dois minutos calados. Como se já não houvesse barulho o bastante vindo do cara esfaqueando e/ou estuprando alguém perto de você, ou afiando sua seringa caseira na parede. Pessoas que você ameaça de *morte* continuarão falando com você.

O que eles esperam é que, no meio daquela estupidez, você diga a eles algo que não deve, e que eles possam vender para o diretor penitenciário. Presos falam o tempo todo sobre como detestam X9s e como as pessoas não deviam ser X9s, e pedem licença um instante porque têm que esfaquear um X9. "X9" é um de seus termos preferidos.* Mas todos aqueles babacas, não importa quantas vezes digam que preferem morrer a ser X9, passam a maior parte do tempo cavando algo para delatar. Para diminuir a pena, puxar o saco ou simplesmente combater o tédio.

Outro dos assuntos preferidos na carceragem para os que ainda não foram condenados é para onde cada um vai. Como mafioso e assassino, era certo que eu iria para uma das duas instalações de segurança máxima nível 5, o mais alto no sistema carcerário federal. A questão era para qual: Leavenworth ou Marion.

O interessante em Leavenworth e Marion é que apesar de serem os únicos dois presídios de nível 5 e os dois piores presídios dos Estados Unidos, são completamente diferentes. Em Leavenworth, as celas ficam abertas 16 horas por dia, durante as quais os presos podem "circular". Aparentemente, a circulação fica particularmente barroca de junho a setembro, porque o diretor manda desligar as luzes dos andares de cima. Ele tem que fazer isso: é tão quente em Leavenworth que, se ficarem acesas, os presos as destruirão para diminuir a produção de calor.

Enquanto isso, em Marion, a estética é completamente diferente. Você fica em "segregação administrativa", o que significa uma minúscula solitária branca, com uma luz fluorescente que nunca se apaga e é a única coisa que você tem para olhar. Você passa 23 horas por dia ali, e a que sobra é gasta com banho, uma caminhada solitária de três metros ou colocando e tirando as

---

* E é mais bonitinho que "traíra", outro de seus termos preferidos.

correntes dos pés, sempre que precisa fazer qualquer coisa. Dentro da cela, você começa a achar que está flutuando num nada branco e fluorescente e que nada existe de verdade.

Se Leavenworth é fogo, Marion é gelo. É o inferno de Thomas Hobbes versus o de Jeremy Bentham. Todos os merdas com quem estive na cadeia disseram que prefeririam Leavenworth, porque em Marion você inevitavelmente enlouquecia. Também disseram que me daria bem em Leavenworth I, em especial, porque um mafioso como eu seria *respeitado*. Pelo menos enquanto fosse jovem o bastante para me defender.

Aliás, "respeito" é a terceira palavra mais pronunciada pelos presos. Como em: *"Tá tentando começar uma guerra, babaca? É falta de respeito chamar aquela puta de Carlos! Você tem que chamá-la de Rosalita, babaca. Tipo, é falta de respeito com os estupradores, que são os homens nessa quebrada!"* Algo que um guarda realmente me disse certa vez.

Cheguei à conclusão de que tudo indicava que eu preferiria Marion. Mas não me preocupava muito com isso, porque não dá para escolher se você quer passar o resto da vida em Marion ou Leavenworth. Bizarramente, *ninguém* escolhe. Isso é decidido aleatoriamente, com base no número de vagas.* E, de qualquer forma, eu planejava evitar ambos. Dando uma de X9 ou fazendo o que quer que fosse necessário.

Queria contar à polícia tudo o que sabia, sobre a máfia em geral e Locano em particular. É verdade que eu amara Skinflick como

---

* Um sabichão do Brooklyn me disse certa vez que dava para escolher Leavenworth se alguém "limpasse" uma cama para você, ou seja, fazendo matarem alguém. Acho que é besteira.

um irmão. Seus pais me foram mais próximos do que meus próprios pais. Também é verdade que eu amava tanto Magdalena que teria vendido os Locano e qualquer coisa que pudesse, na hora, só para passar alguns momentos com ela, em qualquer lugar.

Só não soube esperar o tempo certo. Se, de alguma forma, fosse solto, seria loucura me indispor desnecessariamente com a máfia. Mas se eu esperasse demais e fosse condenado, seria bem mais difícil barganhar.

Os homens de Locano eram espertos o suficiente para não ameaçar Magdalena – ou a mim, a propósito – diretamente, pois sabiam que se fizessem isso eu começaria a pensar em como feri-los, e nunca mais pararia. Mas eles não tiveram que dizer muita coisa. Eu estava na cadeia e eles lá fora, onde ela estava. Os que vinham me visitar a mencionavam o tempo todo: *"O caso é besteira. Você vai voltar pra sua mina. Qual é o nome dela? Magdalena? Bonito. Garota maneira. Vamos estar com ela."*

Magdalena ia me visitar quatro vezes por semana.

As regras para visitas são menos rígidas para os que ainda não foram condenados – porque *Ei, você é inocente!* – e aparentemente são menos rígidas nas prisões federais do que nas estaduais. Não se pode tocar, mas se pode sentar diante de uma mesa de metal sem divisórias, desde que o preso mantenha as mãos visíveis sobre a mesa. A visitante pode colocar as mãos onde quiser e fazer coisas nela mesma enquanto vocês conversam, e depois de algumas semanas você nem lembra que os guardas estão lá quando isso acontece. E, se forem rápidos, podem se levantar ao mesmo tempo e você pode beijá-la ou ela pode enfiar os dedos na sua boca antes que vocês sejam separados, ela seja expulsa e você seja revistado por um dentista. Porque o aviso de que não permitirão novamente a entrada dela é besteira. E os guardas, aqueles pobres traidores, estão sempre dispostos a mentir por você.

Eu amava Magdalena cada vez mais a cada visita e a cada uma de suas cartas estranhas e formais. *"No quarteto, continuam dizendo que toco fora do tempo. E toco mesmo, porque fico pensando em você. Mas isso também me faz tocar melhor, não pior, porque assim me sinto muito mais viva. Então, não acho que os esteja decepcionando. Toco melhor quando toco com o coração, e você é o meu coração. Eu te amo."*

Se você acha que parece um daqueles romances de cadeia de merda, em que uma gorda escreve para a celebridade que matou a mulher, não me importo. Isso salvou minha vida e minha sanidade. Suas visitas apagavam a sujeira daquele buraco durante dias depois de sua partida.

Magdalena falava mais com Donovan do que eu. Depois que ele sugeriu a nós dois separadamente que poderíamos querer nos casar caso ela fosse intimada,* Magdalena disse que é claro que casaria. Que ela faria qualquer coisa.

Disse a ela que não queria fazer isso, pois queria casar com ela de verdade. Ao que ela retrucou: "Não seja bobo. Estamos casados de verdade desde 3 de outubro."

Vou deixar você interpretar esta frase. Seria como tentar descrever como é a superfície do Sol. Não que alguém realmente achasse que Magdalena seria intimada. Ela derreteria o coração do júri *fácil, fácil*.

Ela me levou livros, mas era difícil ler por causa do barulho. Então, ela me levou protetores de ouvido. E, sem me dizer nada, entrou no processo para se tornar agente penitenciária federal. Assim, teria uma chance de estar perto de mim se as coisas acabassem mal.

---

* Ela ainda poderia ser obrigada a depor sobre crimes cometidos antes do casamento, mas os jurados ainda acham que é ilegal, então os promotores não gostam de fazer isso.

No começo do verão de 2000, fui retirado da cela e levado a um escritório do FMCCNR onde nunca estivera. Isso em si já era incomum, uma vez que mais ou menos a cada duas semanas havia uma "audiência preliminar" ou coisa do gênero, para verificar coisas, como se eu era quem dizia ser ou a polícia dizia que eu era e que um crime realmente havia sido cometido. Mas, dessa vez, o guarda me deixou sozinho no escritório e ficou do lado de fora. O que me pareceu extremamente estranho, apesar de ter algemas nos punhos e nos tornozelos.

Imediatamente, procurei um telefone para ligar para Magdalena. Mas não havia. A mesa de madeira, assim como as prateleiras de madeira, estava vazia. A cadeira de madeira era daquelas antigas, com encosto de ripas. Do lado de fora da janela havia um peitoril, e aquela teria sido uma boa hora para fugir, se eu quisesse. Por um ou dois minutos, considerei essa possibilidade, e ainda estava olhando lá para fora quando a porta se abriu atrás de mim e Sam Freed entrou.

Ele tinha sessenta e tantos anos e, à primeira vista, era agradável com seu terno cinza amassado. Quando comecei a dar a volta na mesa, ele ergueu a mão e disse: "Sente-se." Então, peguei a cadeira que estava perto da mesa e ele puxou uma das que estavam encostadas na parede.

– Sou Sam Freed – falou. Eu nunca ouvira falar dele.

– Pietro Brnwa. – Havia algo nele que fazia você se sentir humano, mesmo com uniforme laranja e tornozelos algemados.

– Sou do Departamento de Justiça – ele informou. – Mas estou quase aposentado agora. – Foi o que ele disse. Não falou, por exemplo: "Inventei o Programa de Proteção à Testemunha", apesar de ser verdade. Nem disse: "Caí em cima da máfia e as pessoas a quem dei imunidade têm o menor índice de reincidência já visto."

E é claro que ele também não mencionou que era uma das pessoas mais odiadas pela polícia. Porque, sim, ele dera um golpe mortal na máfia, mas ao custo de dar novas vidas a um monte de filhos da puta, o que muitos policiais acharam imperdoável.

Ele era judeu, é claro. Quem mais lutaria tanto por justiça de uma maneira que o tornaria um pária? Seu pai trabalhara no mercado de peixe de Fulton Street, pagando 40% da receita para o gângster Albert Anastasia.

Como eu disse, naquela época nunca ouvira falar dele, então só fiz:

– Ah.

– Babu Marmoset me falou de você* – ele disse.

– Não conheço – respondi.

– Indiano. Médico. Cabelo comprido. Ele fez seu exame médico alguns meses atrás.

– Ah, sim. – Lembrei, então, apesar de que só alguém da geração de Freed diria que Marmoset tinha cabelo comprido. Marmoset falara no telefone e preenchera a papelada ao mesmo tempo em que me examinava. Então, dissera: "Você está bem." Eu tinha certeza de que nossa interação acabara ali.

– Estou surpreso que ele tenha se lembrado de mim – disse a Freed. – Ele me pareceu um pouco distraído.

Freed riu.

– Ele é sempre assim. Deus sabe do que ele seria capaz se você conseguisse chamar sua atenção. Vou te contar uma história.

Freed colocou os pés sobre a mesa.

---

* "Babu", que é um apelido comum para o menino mais novo das famílias indianas, obviamente não é o nome verdadeiro do Professor Marmoset. Seu nome de verdade é Arjun.

— Eu e minha esposa gostamos de jantares teatrais. Aquela história de restaurantes chineses em que uns atores representam um crime e você tem que resolvê-lo. É ridículo, mas alimenta a nós e aos atores, então tudo bem. Às vezes, Babu vai com a gente. Parece que nunca presta atenção. Na verdade, geralmente ele está com alguma mulher. Passa a noite inteira com a cara nos peitos dela ou checando seu correio de voz. No fim da noite, entretanto, na hora de adivinhar quem cometeu o crime, ele sempre acerta.

— Não brinca — falei.

— Não — Freed continuou. — Ele é o melhor julgador de caráter que já conheci. E conheci alguns.

Ele não disse "Como Jack e Bobby Kennedy", embora pudesse. Em vez disso, falou:

— Babu disse que você era "um indivíduo interessante e provavelmente redimível". Com isso, presumi que ele queria dizer não só que você merecia uma segunda chance, mas que também teria informação suficiente para trocar por ela.

Balancei a cabeça. Já sentia que Freed era alguém que eu não queria desapontar e também não queria mentir para ele.

— Eu mal falei com aquele cara. E não quero testemunhar — disse.

— Tudo bem. Isso pode esperar. Mas não por muito tempo. A oportunidade não vai durar para sempre.

— Não estou interessado em entrar no programa de proteção, a não ser que precise. Não estou pronto para isso.

— Não sei de nada disso — disse Freed. — A proteção não é o que você está pensando. Não é para você se tornar outra pessoa. É uma questão de se tornar quem você deveria ser em essência.

— Isso é meio profundo para mim — falei.

— Não acredito nisso — ele retrucou. — Pense no que seu avô gostaria.

— Meu *avô*?
— Desculpe ser tão pessoal. Mas acho que sei o que ele pensava de você e o que ele acharia sobre você estar aqui. E acho que você também sabe.
— Faz isso com todas as testemunhas em potencial? — perguntei.
— Claro que não — ele respondeu. — Mas Babu Marmoset acha que você consegue.
— Ele nem me conhece!
Freed deu de ombros.
— O cara tem um dom. Ele provavelmente te conhece melhor do que você mesmo.
— Isso não é muito difícil — retruquei.
— Não é não, garotão — disse Freed. Tirou as pernas da mesa e se levantou. — Mas acho que você sabe o quanto vale esse negócio de máfia. Te dá um monte de caras puxando seu saco porque você os paga e eles têm medo de você, mas leva embora todo o resto. Incluindo sua adorável namorada.

De alguma forma, o que *ele* disse não me incomodou. Mas eu tinha sacado a intenção.

— Você está me enrolando — falei.
— É preciso saber enrolar para saber quem está enrolando — retrucou. Ele abriu a porta, mas virou-se antes de sair. — Sabe, se eu *estivesse* enrolando você, perguntaria o seguinte: por que a máfia queria matar os Karcher?
— Não sei nada disso — disse.

Ele me ignorou.

— Você viu o quanto eles estavam isolados. Quem eles poderiam identificar? Você acha que eles conheciam alguém do alto escalão?

Só olhei para ele.

— Não. Eles só conheciam pessoas *abaixo* deles. É por isso que a máfia os queria fora. Para o negócio em si continuar funcionando, mas com outros fazendo o serviço. Vamos manter contato. E se eu estivesse te enrolando, pediria para você pensar no caso e no que seu avô diria sobre isso.

É claro que Freed estava certo sobre os Karcher. Eu já pensara nisso milhares de vezes. Mas, naquela noite, dormi sem meus tampões de ouvido, para não ter que pensar naquilo.

Você, filho da televisão, já sabe o que aconteceu no julgamento. Mas não tem ideia do quanto aquilo foi insuportavelmente chato, mesmo para mim. A polícia estava planejando a "Operação Boneca Russa" havia meses, antes que eu me metesse e ferrasse as coisas para eles. Então, havia milhares de documentos financeiros que qualquer um capaz de arrumar um emprego no setor privado saberia fazer coisa melhor do que ler para o júri. E que não tinham quase nada a ver com a máfia italiana. Ou, como chama o FBI, "a LCN".

"LCN" é abreviação de *la cosa nostra* – "a nossa coisa" ou "a coisa nossa". Eu jamais ouvira alguém da máfia dizer *"la cosa nostra"*, quanto mais "LCN". E ainda mais "a LCN". Por que fariam isso? Seria como se um bando de criminosos franceses chamasse a si mesmos de a LJNSQ, *"a le je ne sais quoi"*.*

---

* Supostamente, agentes do FBI ainda têm que dizer "a LCN" porque J. Edgar Hoover, primeiro diretor do FBI, teve que explicar ao comitê McClellan por que negara tanto tempo a existência da máfia – apesar de, por exemplo, suas próprias fitas em que Sam Giancana pede favores ao Senado americano. Hoover tentou argumentar que tudo não passara de um mal-entendido semântico. Como se todos os demais estivessem usando o nome errado.

De qualquer forma, durante um tempo o julgamento foi só tédio. Então, depois de cerca de dez dias de argumentação inicial – logo depois de tocarem a gravação do meu telefonema para a polícia no posto de gasolina, que um especialista em voz disse "com cerca de 85% de certeza" que se tratava da minha – a promotoria apresentou a Prova Misteriosa e o negócio decolou.

A Prova Misteriosa era uma mão cortada e descascada que a promotoria disse que provaria um dia ter pertencido a Peitões. A Mão era nojenta. Você tinha que admitir que era delicada demais para não pertencer a uma mulher, mas também um pouco grande demais para ser de uma adolescente ucraniana. E era fácil o bastante acreditar na palavra da polícia, que dizia tê-la encontrado *fora* da propriedade, bem ao lado de onde o carro estivera estacionado, carro com o qual eles diziam poder provar que eu tinha fugido. E que as marcas de faca por toda a mão provavam que ela havia tido a pele retirada, e não mordida por doninhas ou coisa do tipo.* Era uma coisa horrorosa. Principalmente quando a polícia a projetou, enorme, numa tela na frente da sala do tribunal.

Naturalmente, Ed Louvak fez uma objeção, mas Donovan estava certo: apesar de que esconder provas da defesa era contra as regras, o juiz permitiu que a Mão fosse aceita, já que era muito grotesca e provavelmente chamaria atenção da imprensa. E tam-

---

* Aliás, o termo médico para alguma coisa que teve a pele retirada, intencionalmente ou não, é "desenluvada", mas qualquer parte do corpo que tenha pele pode sofrer um "desenluvamento". Na emergência, por exemplo, paus que ficaram presos em aspiradores de pó estão sempre entre os dez mais.

bém, suponho, porque era a única coisa que poderia gerar uma condenação.

Você tem que entender que julho de 2000 era relativamente um ótimo momento para se ser julgado por homicídio. Cinco anos antes, o julgamento de O. J. Simpson conseguira denegrir o conceito de evidência circunstancial, que até aquele momento fora a base de quase todas as condenações criminais na história. Evidências circunstanciais abarcam tudo, menos provas físicas e depoimentos de testemunhas oculares. Se comprar um lançador de arpões, diga a todos no bar que vai atirar em alguém com ele. Então, volte uma hora mais tarde com o lançador, mas não com o arpão, e diga que atirou; tudo isso é evidência circunstancial. O julgamento de O. J. conseguiu fazer com que até evidências *físicas* parecessem suspeitas, porque qualquer brecha nas referências sobre as provas tornava possível que os policiais a houvessem forjado.

E, naquela época, os depoimentos das testemunhas estavam sob suspeita há tempos, não sendo considerados confiáveis. E não são. Apesar de, no meu caso, não haver muito disso – só Mike, o entregador, contando o que vira ou não pelo retrovisor.

Enquanto isso, a polícia mal tinha qualquer outra prova física além da Mão. Havia lama por toda a Fazenda, mas nenhuma das pegadas era grande o suficiente para ser minha.*

Então, a Mão fora cuidadosamente protegida, e supostamente vigiada o tempo inteiro desde que fora encontrada. O que parece besteira. Afinal, de quem é *esse* trabalho? Você tem que

---

* Isso porque eu havia cortado a sola de um sapato três números menor e colado na de um par que realmente cabia em mim. Então, de acordo com a tabela de tamanho e profundidade que os policiais usam para definir a medida de um corpo a partir de pegadas, eu tinha 1,64m de altura e 136 quilos. Não fico me gabando por ter enganado os detetives, mas tente explicar isso ao júri.

ficar sentado num frigorífico para fazer isso? Mas a mensagem fora passada.

A polícia não havia sequer feito um teste de DNA – o que era impossível, pois não havia nenhuma amostra confiável de Peitões para comparar. O julgamento de O. J. fizera os testes de DNA parecerem uma conspiração de um bando de idiotas, cujo trabalho era enganar jurados que eles achavam burros. A *defesa* seria bem-vinda para realizar um teste de DNA da Mão – e ser considerada um bando de idiotas elitistas espertalhões, o que faria o júri ignorar o teste de qualquer forma –, mas a promotoria não estava a fim.

Fiquei totalmente confuso.

Tipo lá estava ela. A Mão. Eu não conseguia lembrar se Peitões tinha unhas grandes. Mas era a mão de *alguém*. Se os garotos Karcher não a haviam cortado, então outra pessoa o fizera, o que significava que eu tinha que pensar se alguém estava me enganando. Mas quem, e por quê?

A promotoria referia-se constantemente à Mão, não importava que merda chata eles estavam jogando no ventilador. Como as fitas de câmeras de vigilância, que tinham tanta estática que a promotoria precisava projetar legendas, fazendo metade do tribunal – e dois terços do júri – cair no sono. Até que a promotoria disse: "Tenham em mente que estamos falando do tipo de criminoso cruel que faria *isso* com a mão de uma mulher" e colocou novamente a imagem da Mão na tela, e todo mundo acordou.

As coisas ficaram mais interessantes quando a promotoria começou a mostrar fotos da Fazenda, inclusive do porão, e depois, quando finalmente chamou Mike, o entregador, para que dissesse que havia nos levado até a propriedade em sua picape. Mike estava impressionantemente mal-humorado e arrancou uma risada ao dizer:

– Pelo que vi, poderia ser o Pé Grande lá atrás.

A promotoria então seguiu, chamando o preso mafioso vira-casaca, o que poderia ter sido interessante. Mas, como se sabe, o julgamento terminou antes que isso fosse necessário.

Uma noite, Sam Freed foi até minha *cela*. À *meia-noite*. Ele não falaria comigo até que um guarda nos levasse até o escritório onde nos conhecemos e nos deixasse ali sozinhos.

– Olha, garoto – disse, então –, alguma coisa está prestes a acontecer. Não vou te contar o que é, porque quero que você preste atenção no que estou dizendo. E quando descobrir, não vai conseguir prestar atenção em mais nada.

– Ah, não me vem com essa merda – falei.

– Vou repetir, e você vai escutar. Fiz a você uma oferta que seria a melhor coisa que já lhe aconteceu. Você poderia ser a porra de um *médico*, como seu avô. Poderia ser qualquer coisa ou qualquer um que quisesse ser. Quer entrar para o Country Clube? Eu te tornaria um WASP. Está me ouvindo?

– Eu nunca quis ser um WASP.

– Está me ouvindo?

– Sim.

– Vou fazer tudo o que puder para te fazer a mesma proposta novamente quando todos se acalmarem – disse. – Mas durante um tempo as coisas ficarão estranhas e fora de controle. Apenas se lembre de que as pessoas voltarão ao normal no fim das contas. Um testemunho seu contra David Locano sempre vai valer algo para o Departamento de Justiça. Está me ouvindo?

– Não tenho certeza. Não faço ideia do que você está falando – disse.

– Você saberá amanhã de manhã, acredite em mim. Então, pense no que estou dizendo esta noite, pense em aceitar um acordo, se eu conseguir um para você. Com sua permissão, vou ligar para sua namorada e dar meu número para ela. Posso fazer isso?

– Bem... pode, mas...

– Você entenderá tudo amanhã de manhã – falou. – E quando isso acontecer, pelo amor de Deus, use a cabeça.

Às oito da manhã do dia seguinte, o juiz retirou todas as acusações estaduais e federais, baseando-se no fato de que, afinal, a Mão deveria ter sido apresentada de acordo com as regras. Seis horas mais tarde, me soltaram da cela. Donovan chegou, levou-me para almoçar e me contou que diabos havia acontecido.

Minha defesa havia feito o teste de DNA na Mão. Acharam que o público não era tão burro em relação a esse tipo de coisa quanto fora no caso de O. J. e que conseguiriam algo. Quando os resultados saíram, enviaram a Mão para o exame de um radiologista, então para um PhD em anatomia e depois para um zoólogo. A Mão não era uma mão. Era uma pata. De um urso. Um urso *macho*. E fácil assim, tudo acabara.

Naquela tarde, a promotoria tentou abafar o caso. Não tinha por quê. As manchetes começaram imediatamente:

"PATAS DA DISCÓRDIA. URSOS NO TRIBUNAL. NAS GARRAS DA JUSTIÇA."

Aqueles idiotas não tiveram chance. O que não era justo. Todos falavam sem parar sobre o quanto aquilo tudo era absurdo e como alguém tinha que ser muito burro para confundir uma pata de urso com uma mão humana. Mas eu estava naquele tribunal, assim como muitas outras pessoas. E nenhum de nós duvidara daquilo por um minuto que fosse. Nas fotos, pelo menos, era impossível dizer.

Mesmo depois de ter entrado para a faculdade de medicina, fiquei impressionado com as semelhanças – especialmente quando você tira as garras, que é o que as pessoas fazem quando tiram a pele dos ursos. Os ursos são os únicos não primatas que conseguem andar sobre as patas traseiras. Eles se parecem tanto com as pessoas quando retiram sua pele que os povos inuíte, Tlingit e Ojibwa achavam que ursos podiam *tornar-se* humanos se lhes tirassem a pele. E os inuíte, Tlingit e Ojibwa dissecaram muito mais ursos do que algum bêbado do FBI. Ou do *New York Post*.

Enfim. Foi assim, crianças, que surgiu o nome de Bearclaw.

19

Estou de pé perto da cama cortinada ao lado da de Squillante, na sala de recuperação, rolando os dois frascos vazios de potássio em uma das mãos. Eu devia estar checando meus pacientes para depois cair fora do hospital. Ou, então, esquecendo meus pacientes e indo direto para a parte de cair fora.

O que eu não devia estar fazendo era ficar ali tentando descobrir quem matara Squillante. Quer dizer, quem se importa, e que diferença faz? Será que ainda há algum matador no hospital prestes a receber uma ligação dizendo *"Espera aí. Você se importaria em eliminar também o Bearclaw enquanto está por aí?"*. Improvável. Possivelmente ainda tenho cerca de uma hora e meia.

Mas ninguém nunca eliminou um paciente meu e não consigo deixar isso passar. Fico puto de um jeito que nunca fiquei antes. Dou a mim mesmo cem segundos para pensar.

O suspeito óbvio é alguém da família de Squillante. Alguém que esperava que ele morresse durante a cirurgia para poder receber uma boa indenização por negligência, e depois queria resolver a parada com as próprias mãos quando Squillante escapou. Ou seja, um beneficiário do seguro.*

Mas também é alguém que sabe usar dois frascos inteiros de potássio. Menos que isso poderia ter deixado Squillante vivo ou

---

* Você vê isso o tempo todo – não pessoas que realmente matam seus parentes, mas gente muito desapontada quando eles sobrevivem. Geralmente isso toma a forma de alguém te pedindo para desligar os aparelhos que mantêm a mãe viva, apesar de a cirurgia ter sido ótima e mamãe estar acordada e andando por aí, prestes a receber alta.

até o ajudado. Mais do que isso não faria sentido e poderia ter deixado marcas na aorta que apareceriam na autópsia.

Mas se esse alguém queria esconder o fato de que era um assassinato, por que injetar potássio tão rápido que o eletrocardiograma de Squillante ficou cheio de picos? A seguradora ia adorar. O dinheiro nunca seria liberado.

Talvez a pessoa se *importasse*, mas não tivera tempo ou treinamento para fazer aquilo direito. No entanto, mais uma vez, quem se importa? Já perdi tempo o bastante. Vou ver aqueles meus pacientes que podem morrer se eu não for lá, e deixarei o resto para Akfal. E depois, caio fora.

Já sei: *Sterling. E foda-se o paquistanês, tá?* Mas ele também pode ir se acostumando com isso, já que duvido que vou voltar.

Entretanto, encontro Stacey por acaso no corredor do lado de fora da sala de recuperação. Ela ainda está de uniforme, e chorando.

– O que aconteceu? – pergunto.

– O sr. LoBrutto *morreu* – ela responde.

– Ah! – Pergunto-me como é possível estar com dr. Friendly e ainda se surpreender com a morte de um de seus pacientes. Então, lembro que Stacey é nova no trabalho. Dou-lhe um abraço.

– Espera aí, menina.

– Não sei se consigo lidar com esse trabalho – ela diz.

Algo vem à minha mente.

– É. – E conto até cinco enquanto ela funga. Pergunto: – Stacey, você tem alguma amostra de cloreto de potássio?

Ela assente devagar, confusa:

– Tenho... geralmente não, mas tenho duas na mala. Por quê?

— Por que está com elas agora, se não costuma andar com isso?
— Eu não faço os pedidos. Eles só me mandam as coisas pelo correio e eu trago para o hospital.
— Eles enviam para o seu escritório?
— Não tenho escritório, eles mandam para a minha casa.
Fico impressionado:
— Você trabalha *em casa*?
Ela assente novamente.
— Minhas colegas de apartamento também.
— Todos os representantes de vendas de medicamentos trabalham em casa?
— Acho que sim. A gente só tem que ir lá duas vezes por ano, nas festas de Natal e do Dia do Trabalho. — Ela começa a soluçar de novo.
Meu Deus, penso. *Cada dia uma nova lição.*
— Você não teria mais Moxfane, não é? — pergunto.
— Não — ela responde em lágrimas, balançando a cabeça. — Acabou.
— Vai para casa e dorme, menina — digo a ela.

Estou ajustando o respirador de um paciente que não mencionei e não mencionarei novamente, o tempo pinga como sangue, quando Akfal me chama pelo bipe. Ligo para ele.
— O Cara da Bunda está com icterícia.
Ótimo. Isso significa que o fígado dele está funcionando tão mal que parou de processar corretamente as células sanguíneas mortas. Meu braço já está melhor. Mas ele, pelo menos, está fodido.

Devo pular essa parte. Não tanto por ser algo que pode esperar, embora pareça que talvez não possa, mas porque não consigo pensar no que fazer com ele mesmo se eu tivesse tempo para isso. Sei que se ligasse para o WITSEC e dissesse: "Eu realmente preciso correr para salvar minha vida, mas tenho um paciente que passou de dor na bunda à falência hepática em menos de oito horas devido à proliferação de um agente patogênico desconhecido", e eles soubessem sobre o que estavam falando, diriam: "Corra para salvar sua vida. Pelo menos assim, você pode também salvar *alguém*."

Ou talvez não. O WITSEC não é a organização mais simpática do mundo. A expressão "universal" que usam para testemunha é "babaca" – o que está bom para criminosos de verdade, como eu, mas é meio irritante quando estamos falando de uma viúva com um bebê que acabou de depor contra três gângsteres que entraram em sua loja e mataram seu marido na sua frente.

E a maioria das testemunhas realocadas tem sorte se conseguir emprego numa papelaria de Iowa. Então, você deve imaginar como a polícia se sente em relação a mim, que, até onde eles entendem, foi colocado num Porsche dourado, com uma placa em que está escrito "FODA-SE, FBI" a caminho da aula de golfe.

O que aconteceu é que fui para a faculdade de medicina da Bryn Mawr, que eu mesmo pagava. Mas até isso foi só porque Sam Freed me dava suporte. Agora, Sam está aposentado. Se me realocarem de novo, será para pintar hidrantes em Nebraska. Nunca será para trabalhar como médico.

É claro que eu poderia fugir *sem* ser realocado. A participação no WITSEC é estritamente voluntária. Na verdade, se você fizer algo de que eles não gostem, eles te põem para fora, e metade das vezes "acidentalmente" te denunciam no processo. Mas para manter meu nome e meu título de médico, terei que arrumar um buraco tão distante que a máfia não possa localizar para me enviar uma bomba pelo *correio*. E mesmo esses lugares têm regras surpreendentemente rígidas para o exercício da profissão. Como querer saber quem você é.

O fato é: uma vez que eu deixar este hospital, deixarei a medicina, quase certamente para sempre. O conceito me deixa tonto. Corro para o quarto do Cara da Bunda.

Quando passo pelo ponto de atendimento, a enfermeira jamaicana me chama:

– Doutor.

– Sim, senhora? – atendo. A velha irlandesa está dormindo sobre o teclado de seu computador e babando as letras A, S, Z e X.

– Tem uma mulher que não para de ligar para você. Ela deixou um número – diz a jamaicana.

– Há quanto tempo ela está ligando?

– Há várias horas.

Então, possivelmente é legítimo.

– Pode me dar o número? – peço.

Ela passa o número anotado num bloco de receita.

– Obrigado. Não deixe sua amiga se eletrocutar.

Ela me olha de cara feia e levanta o cabo desconectado do teclado do computador.

– Isto é um *hospital* – diz.

Ligo.

– Alô? – Uma mulher atende. Há barulho de trânsito ao fundo.

– Aqui é o dr. Peter Brown – falo.

– Você é o médico de Paul Villanova?

– Sim, senhora.

– Ele foi mordido por um roedor voador.

– Como assim?

Ouço o som que hoje em dia só se ouve ao desligar um telefone público.

Entro no quarto do Cara da Bunda.

– Como você está? – pergunto.

– Não enche – ele responde. Toco sua testa. Ele ainda está queimando. Sinto-me um pouco culpado pelo fato de meu braço agora doer pouco e ter os movimentos dos dedos de volta.

– Você já foi mordido por um morcego? – pergunto. Não que um morcego seja um roedor; é um quiróptero. Mas às vezes você precisa se colocar no lugar de um homem comum para exercer corretamente a medicina. Além do mais, ninguém é mordido por um esquilo voador.

– Não – diz o Cara da Bunda.

Espero que ele mude de ideia, mas não. Ele mantém os olhos fechados e sua.

– Nunca?

Pelo menos, ele abre os olhos.

– Você é retardado? – indaga.

– Tem certeza?

– Sim, acho que me lembraria de uma coisa dessas.

– Por quê? Você nem lembra os últimos quatro presidentes.

Ele os nomeia rapidamente.

– Ou que dia da semana é hoje.

– É quinta – diz.

Então, pelo menos sua cabeça ainda está funcionando. A minha, enquanto isso, está ficando borrada.

– Você é casado? – pergunto.

– Não. Uso essa aliança para afastar as modelos que tentam se esfregar em mim no metrô.

– Onde está sua esposa?

– Como eu posso saber?

– Ela está no hospital?

– Como paciente?

– Quando você quiser parar de dar uma de espertinho... – falo. Ele fecha os olhos e sorri apesar da dor.

– Ela está por aqui em algum lugar – ele diz.

Puxo a cortina para examinar o sr. Mosby. Ele conseguiu se livrar das amarras dos pulsos, mas manteve as dos tornozelos por educação. Checo o pulso em seus tornozelos e vou embora.

Rascunho "Eliminar mordida de morcego por esposa"* no boletim do Cara da Bunda e termino a nota com duas linhas horizontais e uma diagonal. Sequer assinei.

Porque bem agora estou num estranho estado de pureza. De um jeito ou de outro, "dr. Peter Brown" não existirá por tempo suficiente para ser processado ou mesmo para checar exames. Não há nada mais a fazer além de praticar medicina de verdade, e mesmo assim só o que for estritamente, iminentemente, necessário.

Ou o que eu estiver com vontade. Checo a velocidade do fluxo em algumas quimioterapias e depois passo trinta segundos inteiros consertando o curativo da garota sem metade da cabeça.

A Garota do Osteossarcoma, na cama seguinte, está pálida, olhando para o teto. O saco em seu joelho está cheio de sangue

---

* Eliminar significa: é problema seu.

e coágulos. O outro joelho está erguido. Puxo sua camisola para baixo para cobrir sua boceta, que ainda tem a cordinha azul de um absorvente interno para fora, o que qualquer um que entre no quarto pode ver.

– Quem se importa? – diz ela. – Nunca mais ninguém vai me querer.

– Besteira. Milhares de homens vão te querer.

– É. Idiotas que acham que podem se redimir, trepando com uma aleijada.

Humm, essa observação me parece bem esperta.

– Onde você arrumou uma boca dessas? – pergunto a ela.

– Desculpe – ela fala, sarcástica. – Nenhum dos *meninos* vai me levar para *dançar*.

– Claro que vão – digo. – Pulando num pé só.

– Seu babaca!

Limpo as lágrimas de suas faces.

– Tenho que ir.

– Me beije, idiota – ela pede.

Eu a beijo. E ainda estou fazendo isso quando alguém limpa a garganta atrás de mim. São dois assistentes de enfermagem da cirurgia que vieram levá-la para ter a perna amputada.

– Ai, merda, estou com medo – ela diz, enquanto a colocam na maca. E segura minha mão, que está suando.

– Vai ficar tudo bem – asseguro.

– Provavelmente eles vão cortar a perna errada.

– É verdade. Mas vai ser mais difícil fazerem merda da próxima vez que operarem.

– Vá à merda!

Eles a levam.

Quando uma médica da emergência me chama pelo bipe para ir até lá, penso: *Sem problemas.*

É no caminho para a saída.

Do lado de fora da emergência, passo pelo filho da puta que tentou me assaltar hoje de manhã. Ele ainda não foi examinado, já que o longo tempo de espera é a forma que encontraram para desestimular pessoas sem seguro a procurar o pronto-socorro. Seu rosto está coberto de sangue e ele segura o braço quebrado. Quando me vê, ele pula da maca, pronto para fugir, mas apenas pisco para ele enquanto sigo em frente.

Sob circunstâncias menos dramáticas, adoro emergências. As pessoas que trabalham lá são lentas e calmas como vegetais. Elas têm que ser, ou fazem merda e se estressam. E no Manhattan Catholic sempre dá para encontrar o médico que te bipou, porque há um vácuo desde um incidente sobre o qual você não quer mesmo saber.*

A médica está limpando uma facada na lombar de um paciente que se contorce e grita, mas é mantido no lugar por alguns enfermeiros.

– O que houve? – pergunto.

– A porra do pesadelo da emergência – ela responde, serenamente.

– Desculpe, estou com pressa. O que posso fazer por você?

– Tenho um motoqueiro, status pós-acidente de moto, com testículos seriamente contundidos.

– Tudo bem.

– E ele é mudo.

– Ele é *mudo*?

– É.

---

* Tudo bem. Descobriram que um enfermeiro de lá mantinha seus pacientes amarrados e sedados enquanto fazia "experiências" com eles.

– Ele escuta?

– Sim.

Então, provavelmente ele não é mudo.

Olho para o relógio como se ele fosse dizer: "Dez minutos para o matador."

– Me mostre – digo.

Ela guarda o spray e me leva até lá.

O cara não é um motoqueiro de fim de semana com uma Harley. Ele realmente faz parte de um grupo de motoqueiros malvados, como os do documentário *Gimme Shelter*. Tem tatuagens verdes e está usando óculos na emergência. Há um monte de sacos de gelo sobre suas virilhas e seu escroto, roxo e preto, que mais parece um balão de água, aparece entre eles.

– Está me ouvindo? – pergunto.

Ele assente.

Aperto seu nariz, fechando-o. Ele parece surpreso, mas não tão surpreso como quando percebe que não é forte o suficiente para agarrar minha mão e tirá-la da sua cara.

Finalmente, ele abre a boca para respirar e tiro o saquinho de heroína lá de dentro. Jogo-o para a médica.

– Tudo bem? – pergunto a ela.

– Obrigada, Peter – ela agradece.

– Disponha – digo, desejando que fosse verdade.

Saio pela entrada das ambulâncias.

20

Quando saí da cadeia, não me importava com mais nada além de Magdalena. Nós nos mudamos para um apartamento em Fort Greene, perto o suficiente, mas não perto demais de seus pais, e passávamos todo o tempo juntos. Se ela saía para fazer um show, eu a levava de carro e ficava escondido ali por perto.

Duas vezes por semana íamos visitar sua família. Seus pais eram educados, mas sempre ficavam com os olhos cheios d'água. O irmão de Magdalena, Rovo, parecia encantado comigo, fato que me envergonhava, mas também me lisonjeava.

Já minha outra família, os Locano, eu evitava o máximo que podia. Eu devia a eles e eles me deviam, mas tudo estava acabado. Não sei como dá para suportar ouvir amigos falando sobre você numa fita chamando-o de "Polaco" e parecendo cagar para a merda em que estão te enfiando. Também não sei quantos amigos suportariam saber que você ouviu essas fitas. Começamos a nos distanciar, mas devagar, por segurança.

Enquanto isso, Skinflick só parecia confuso. O que passamos juntos na Fazenda era inútil para ele. O que ele podia fazer? Aparecer *agora* e dizer que fora ele que matara os Garotos Karcher? Ou mesmo que *ajudara* a matar os Garotos Karcher? Que atirara na cabeça de um garoto de 14 anos ferido enquanto eu buscava o carro?

Aquilo fora a troco de nada e agora eu sentia mais inveja do que vergonha dele. Mesmo depois que saí da cadeia, mal nos falamos.

O pior é que eu não podia evitar o resto da máfia. Havia conseguido o pior tipo de celebridade dentro da "comunidade LCN" e entre seus vários parasitas: aquela em que pessoas que você não conhece te reconhecem instantaneamente como um assassino de sangue-frio e passam a te adorar por isso. Aqueles vermes haviam pago a minha defesa e eram sensíveis, vaidosos, inseguros e perigosos. Eu podia recusar alguns convites, mas não todos. Não podia desprezá-los além de um certo limite.

Pelo menos eles não queriam que eu voltasse a matar pessoas. Entendiam que o mito de que eu agora era à prova de balas – porque o governo estava envergonhado demais para me processar novamente por qualquer coisa – valia muito mais para eles se não fosse testado.* Mas, *merda*, aqueles imbecis me queriam por perto. Foi nessa época que conheci Eddy "Consol" Squillante. Entre muitos, muitos outros.

Aliás, a palavra "imbecis" não lhes faz jus. Aqueles babacas eram repugnantes. Orgulhosamente ignorantes, pessoalmente repulsivos, absolutamente convencidos de que sua vontade de contratar alguém para tirar dinheiro de um trabalhador constituía uma espécie de genialidade e associação a uma maravilhosa tradição. Mas sempre que eu perguntava a algum deles sobre aquela tradição – a única coisa que me interessava ouvir daqueles monstros –, eles se calavam imediatamente. Nunca soube se era por causa do juramento que fizeram ou porque simplesmente não sabiam de nada. No entanto, nunca parei de perguntar, já que, pelo menos, fazer aqueles idiotas calarem a boca já era uma vitória.

Skinflick me convidara para algumas festas no apartamento para onde se mudara, no Upper East Side. Se eu fosse, apareceria

---

* Tempo entre o mafioso John Gotti ganhar o apelido de "Don Teflon" e ser mandado para a cadeia pelo resto da vida: 18 meses.

na que achava que seria a mais cheia, procuraria cumprimentá-lo e iria embora. Ele falaria algo como "Estou com saudades, cara", e eu diria "Eu também", de um jeito que seria verdade. Sentia falta de *alguma coisa*, e o que quer que fosse acabara definitivamente.

Na verdade, se eu tivesse acreditado mais nisso – em como as coisas haviam morrido –, poderia ter salvo a todos nós.

Dia 9 de abril de 2001. Eu estava em casa, mas Skinflick ligara para o meu celular. Era noite. Estava esperando Magdalena voltar de um show numa festa de aniversário de casamento. Recentemente, eu comprara um carro para ela.

Skinflick me ligou.

– Porra, cara, me meti numa merda *enorme*. Estou *fodido*. Preciso da tua ajuda. Posso te buscar? – perguntou.

– Não sei – respondi. – Eu posso ser preso por isso?

– Não – disse ele. – Não é nada disso. Não é ilegal. É bem pior que isso.

E como não havia rompido definitivamente com ele, eu disse:

– Tudo bem. Pode me buscar.

Em todo o caminho até Coney, Skinflick roeu as unhas e usou a cocaína que estava numa lata de balinhas. Lambia a ponta do dedo, mergulhava-a na lata e cheirava o pó, esfregando depois o resto nas gengivas, como se estivesse escovando os dentes.

– Não dá para contar. Tenho que te mostrar – dizia.

– Besteira. Conta logo.

– Por favor, cara. Por favor. Fica frio. Você vai entender.

Eu duvidava. Senti que Skinflick e eu teríamos a conversa que eu tivera com Sam Freed na noite anterior à queda das acusações. Só que eu sabia que dessa vez a surpresa não seria boa.

– Quer um pouco de pó?

– Não – recusei.

Eu havia parado de usar drogas na época. Havia usado o bastante na cadeia, para combater o tédio, mas comparado a uma corrida de nove quilômetros com Magdalena e depois foder seu corpo relaxado e suado, aquelas merdas não chegavam aos pés. No entanto, a quantidade que Skinflick tinha consigo e a quantidade que cheirava enquanto dirigia eram impressionantes e assustadoras.

Ele nos levou a Coney Island e estacionou no mesmo lugar onde estivéramos dois anos antes. Fizemos então o mesmo passeio pelo submundo sob o píer, mas dessa vez ele tinha uma lanterna maior.

Passamos pelo buraco na cerca e fomos direto para o prédio do tanque de tubarões. Parecia menor do que eu lembrava. A porta já estava destrancada.

Imaginei então que Skinflick mentira para mim quanto à parte ilegal, e que ele matara alguém e precisava da minha ajuda para esconder o corpo. Ele abriu a porta com um empurrão e subiu as escadas curvas de metal.

Desligou a lanterna quando entramos na sala do tanque, e por um instante só consegui enxergar o brilho cinzento da luz que entrava pelas claraboias e seu reflexo na água escura logo abaixo.

Então, ouvi um barulho. Um *"Hummmmmmmmm"* agudo. A melhor maneira de reproduzi-lo seria colar fita adesiva sobre a boca e tentar gritar. Já que era fita adesiva o que havia sobre a boca de Magdalena.

Reconheci o som no mesmo instante. A adrenalina dilatou minhas pupilas. De repente, eu conseguia enxergar.

Havia mais ou menos meia dúzia de imbecis da máfia em volta da passarela. É difícil contar nesse tipo de situação. Reconheci alguns deles. Todos estavam armados.

A corda da abertura na cerca de proteção fora removida e a rampa fora baixada sobre a água. Magdalena e seu irmão, Rovo, que tentava se equilibrar atrás dela, estavam de pé perto do topo da rampa. Seus braços, pernas e bocas estavam atados com fita adesiva – sem jeito, como teias de aranha retorcidas quando se testam produtos tóxicos nelas. E havia um babaca armado logo atrás deles.

Um impulso tomou conta de mim. *Matar*. Em toda a sala, joelhos, olhos e gargantas acendiam-se como alvos numa galeria de tiro. Mas não mirei em Skinflick. Eu poderia – poderia ter me afastado para trás e enterrado o calcanhar tão fundo em seu esterno que trituraria seu coração. Mas de alguma forma eu ainda não acreditava que ele fizesse parte daquilo. É claro que ele sabia. Mas talvez tivesse sido forçado a me levar até ali. Ou *algo do gênero*. Então, o poupei quando comecei a matar.

O verme à minha esquerda não teve tanta sorte. Ele apontava uma pistola Glock para mim. Desviei do alcance de sua mira e avancei, visualizando a omoplata em seu peito e então sentindo meu ombro esmagando-lhe a clavícula e o pulmão. Agarrei-lhe a garganta enquanto tomava sua arma. Com a mesma mão, arranquei a lanterna de Skinflick e usei-a para cegar mais dois filhos da puta. Então, atirei em seus peitos.

Mas Skinflick, pelo menos uma vez, foi *rápido*. Por que, dessa vez, tudo o que ele teve que fazer foi se esquivar, fugindo pela porta. E esquivar-se era o que ele fazia melhor. Da segurança do arco, ele gritou:

– *Atirem!*

Atirei em mais dois antes que começassem. Então, o babaca atrás de Magdalena e Rovo empurrou-os do topo da rampa e eles começaram a deslizar em direção à água. Dei um tiro na testa daquele babaca e saltei sobre a cerca.

Não caí rápido o suficiente. Vi que Magdalena e Rovo, além de estarem presos com fitas, também estavam presos um ao outro. Só por algumas tiras, mas o suficiente para segurá-los. Eu estava caindo na água tão devagar que queria gritar. Dei um tiro no estômago de outro filho da mãe que apareceu sob o corrimão, só para fazer algo.

Alguém começou a atirar em mim. Vi outro disparo surgir lentamente da passarela, apesar de não conseguir escutar naquele momento. Então, finalmente bati na água e as coisas começaram a acontecer.

O contato com a água sempre é meio chocante, mas eu já estava chocado e a água parecia leve como ar enquanto eu nadava para onde achava que estava o pacote Magdalena-Rovo. Meu joelho tocou algo viscoso que à primeira vista saiu do caminho, como um saco de couro cheio d'água. Mas, então, o saco ganhou vida e atacou-me de volta.

Um golpe de sorte me fez agarrar os cabelos de Magdalena. Algo me deu um tapa no pescoço. Segurei alguns pedaços de fita adesiva e lancei-me para a superfície. Respirei ar que na verdade era água, tive um espasmo e finalmente consegui colocar a cabeça para fora d'água. Continuei chutando coisas com as pernas. Num dado momento, chutei o que parecia uma gigantesca pedra viscosa com tanta força que quase torci o tornozelo.

Mas não tive tempo para pensar nisso. Não consegui encontrar a cabeça de Rovo. Finalmente, fiquei esperto e girei-o separadamente de Magdalena, e ambos inspiraram horrivelmente pelas narinas.

Afundei de novo, empurrando-os para cima. Alguma coisa bateu com força na minha barriga. Eu precisava de ajuda. Perguntei-me se havia uma borda rasa e, se havia, como achá-la.

Quando subi novamente para respirar, alguém na passarela estava atirando. Aquilo não importava muito. Há muito tempo eu largara a arma e a lanterna. O que eu precisava agora era achar um meio de nos manter na superfície.

Algo me golpeou nas costas e nos jogou todos contra uma das paredes. Chutei a parede, impulsionando-nos em direção à junção de duas paredes de vidro do tanque hexagonal, tentando usá-la para manter Magdalena e Rovo com a cabeça fora d'água. Chutei e bati as pernas para manter os tubarões distantes. No instante em que parecia estar funcionando, cheguei à superfície e arranquei a fita da boca de Magdalena e de Rovo.

Magdalena começou a engasgar na hora. Tive que massagear o peito de Rovo. Sempre que eu parava de chutar o mais forte que conseguia, alguma coisa golpeava de lado a minha perna. Rovo e Magdalena começaram a ofegar e depois a hiperventilar.

– Respirem! – gritei.

As ondas começaram a acalmar, apesar de os golpes abaixo continuarem. Eu ainda não sabia direito por que os tubarões ainda não haviam atacado, mas como eles ficavam mais agressivos quando minha atenção falhava, parecia claro que estavam me testando.

E talvez as balas tenham ajudado. Eu podia ouvir alguém gemendo na passarela acima. Depois de um longo tempo, Skinflick gritou de algum outro lugar:

– Pietro?

Perguntei-me se devia responder. Estava quase certo de que ele não conseguia nos ver. Eu não conseguia vê-lo, em todo caso, com apenas uma luz turva e irritante na passarela acima, e, se eu olhasse para trás, uma pequena claridade vinda da claraboia. Então, Skinflick podia não saber se estávamos vivos ou não e estivesse tentando nos localizar pelo som. Eu estava batendo bastante as pernas, mas o barulho poderia ser atribuído aos tubarões.

Mas eu sabia do seguinte: fora idiota em não matá-lo lá em cima. Ele, e ninguém mais, fizera aquilo.

Mas ele também era a nossa única saída. Por mais repugnante e inútil que fosse, eu não tinha nenhuma outra escolha a não ser tentar falar com ele.

– Skinflick! – Minha voz soou rouca e fraca.

– Como você se sente? – ele perguntou. Sua voz ecoou. Parecia impossível localizar qualquer coisa.

– Que diabos está fazendo?

– Matando você.

– Por quê?

– Porque meu pai descobriu que foi você quem matou Kurt Limme.

– Isso é mentira! Seu pai matou Kurt Limme. Ou pagou algum russo para fazer isso.

– Não acredito.

– Por que eu faria isso? Por que eu me importaria? Tire a gente daqui!

– Tarde demais – ele respondeu.

– Para quê? Você sabe que estou dizendo a verdade!

– Acho que você saberia o que é verdade se ela mordesse seu cu, amigo. O que eu acho que está para acontecer.

– Skinflick! – gritei.

Ele ficou em silêncio por bastante tempo.

– Sabe por que meu pai contratou os Virzi para matarem seus avós? – disse, afinal.

– O *quê*?

– Você me ouviu. Sabe por quê?

– Não! E não estou nem aí!

Mesmo. Não sabia se era verdade, não sabia o que significava se fosse e não queria ouvir Skinflick continuar falando daquilo.

– Foi um favor a alguns judeus-russos – disse. – Seus avós não eram os verdadeiros Brnwa. Eles eram polacos. E trabalharam em Auschwitz quando adolescentes.

Sua voz era cortada intermitentemente quando a água alcançava meus ouvidos. Eu pressionava as duas paredes ao mesmo tempo, tentando manter Magdalena e Rovo no canto. Mas eles continuavam escorregando pela frente de meu corpo.

– Os Brnwa morreram lá – continuou Skinflick. – E seus avós pegaram suas identidades para fugir do país depois da guerra. Mas conheceram um russo em Israel que havia conhecido os Brnwa de verdade e que os reconheceu. Um amigo deles ligou para o meu pai.

Não consegui evitar absorver parte daquilo. Parecia algo que me faria pensar e me sentir mal. Se, digamos, eu estivesse vivo dali a uma semana. Agora, eu precisava que Skinflick calasse a boca e nos ajudasse.

– E daí? – gritei.

– Então, você não sabe de nada.

– Ótimo! – falei. – Perdoo você! Perdoo seu pai! Perdoo meus avós! Tire a gente daqui!

Skinflick não respondeu.

– Sei lá, cara. Você matou todos os meus homens – ele disse, então.

– Isso é bom – continuei. – Ninguém vai saber de nada. Vamos lá! – Quando ele não respondeu, acrescentei: – Se você quiser que eu te ajude a matar alguém, eu ajudo!

– Tá. Que nem da última vez? – replicou. – Acho que vou matar quem já está na reta. E é você. Literalmente.

– A Fazenda não foi minha culpa, você sabe disso!

Comecei a entrar em pânico. Minhas pernas e braços estavam queimando. Seres vivos deslizavam por meus tornozelos. E eu também não estava tendo sorte ao tirar as fitas do corpo de Magdalena e de seu irmão. Só conseguia fitar seus olhos aterrorizados e sentir-lhe a respiração quente no meu rosto.

– Não importa, cara – disse Skinflick. – Ou devo dizer "peixe". Ou qualquer tipo de carne...

O cara morrendo sobre nós deixou a arma cair na água. A menos de um metro de distância, mas eu não podia fazer nada. Skinflick deu alguns tiros aleatórios na água quando ouviu o barulho.

– Agora tenho que tirar essas porras desses corpos daqui – falou, quando o som parou de ecoar. – Sabe, pensei em trazer um pouco de carne, caso os peixes estivessem com fome. Acho que não será necessário.

Pensei que ele planejasse jogar um dos corpos na água, e imaginei se isso poderia nos ajudar: um naco de comida que os tubarões poderiam comparar conosco e decidir que *não éramos* comida.

Então, senti algo com gosto de cobre em meu rosto. Olhei para cima e uma grande gota atingiu meu olho. Irritava. Era quente.

– Pelo menos deixe Magdalena e o irmão saírem daqui – gritei para Skinflick. – Eles não lhe fizeram nada!

– Perdas de guerra, peixe. Sinto muito.

Dois segundos depois, os tubarões começaram a atacar.

Os tubarões podiam escolher entre mim e Rovo, porque assim que percebi o que estava acontecendo, cobri a maior parte do corpo de Magdalena com o meu.

Rovo se debatia bem menos do que eu. A superfície da água se agitava e se dividia enquanto eles o atacavam. Às vezes as pessoas dizem que os tubarões só nadam e matam, mas isso é dar-lhes crédito demais. Eles usam os mesmos músculos laterais para as duas coisas. Eles agarram alguma coisa com as mandíbulas e aí só balançam de um lado para outro até que um bocado do negócio se solte. Então, se estiverem satisfeitos, afastam-se até que seu alvo sangre até a morte.

Os tubarões de Coney não estavam satisfeitos e sabiam disso. Havia muitos deles. Aquele tanque era um pedaço obscenamente concentrado de inferno orgânico, cheio de animais que em seu hábitat natural nadariam centenas de quilômetros por dia e ficariam longe uns dos outros. Aqui, se eles mordessem e se afastassem, não sobraria nada. Então aqueles que atacaram Rovo puxaram-no da parede para o centro do tanque, arrastando eu e Magdalena junto.

Parecia que tinham dado a descarga e estávamos sendo sugados para baixo. Dentro d'água, com as pernas ao redor de Magdalena, encontrei a fita que prendia seus braços e cortei-a com os dentes. Isso arrancou meu canino inferior esquerdo e o dente logo atrás dele, mas libertou-a.

Na superfície, entretanto, ela afastou-se de mim em direção a Rovo, que estava sendo retorcido e puxado por todos os lados e ainda estava gritava ensanguentado sob a luz que vinha de cima. Agarrei a fita que prendia as pernas de Magdalena e puxei-a de volta para a escuridão assim que Skinflick voltou a atirar. Acho que foi isso que realmente matou Rovo. Pelo menos espero.

Coloquei Magdalena de volta num dos cantos e pressionei sua boca com uma das mãos. Acho que ela conseguia enxergar sobre meu ombro. Ela não tinha que fazer isso. A água estava *viva*. Dava para sentir os tubarões lutando, rasgando e golpeando o corpo de seu irmão.

Não sei quanto tempo ficamos daquele jeito. Eu firmava nós dois contra a parede, batendo as pernas para nos manter na superfície e surtando sempre que sentia, ou imaginava sentir, alguma coisa roçar meus pés ou pernas. O que era constante.

Pareceu que várias horas haviam passado. Com o tempo, a luta foi ficando menos violenta e menos constante, até que os animais pararam de romper a superfície d'água. Deus sabe por quais partes do corpo de Rovo ainda valia a pena lutar. As coisas ficaram relativamente tranquilas.

Então, ouvi uma voz lá em cima:

– Sr. Locano. Meu Deus.

– Puta merda! – Alguém mais falou.

– É – disse Skinflick. – Só limpem isso, por favor.

Alguém começou a arrastar os corpos, o que levou bastante tempo. As solas dos sapatos dos babacas da máfia faziam sons metálicos de xilofone no gradeado de metal da passarela.

Finalmente, eles terminaram. Skinflick acendeu uma lanterna iluminando ao redor, mas mantive-nos dentro d'água.

– Pietro? – ele chamou.

Não respondi.

– Foi bom te conhecer, cara – disse Skinflick, retirando a rampa antes de ir embora.

Quando lembro daquilo, parece que metade do tempo que passei com Magdalena foi naquela noite. Nós nos movemos com lentidão infinita pelo perímetro do tanque. Eu a mantinha o mais alto que conseguia, contra o vidro, e ela tateava na escuridão, procurando um suporte baixo ou cano ou qualquer coisa que pudéssemos usar para subir. Eu também procurava com os pés a pedra que chutara mais cedo. Nenhum de nós teve sorte. O gradeado, um metro e meio acima d'água, também podia estar a um quilômetro e meio de distância.

Nos cantos, era possível nos empurrar um pouco para cima, apoiando-nos contra os dois painéis de vidro, e segurar, apesar de o ângulo ser aberto. Se empurrasse com muita força, você se empurrava para trás, distanciando-se da parede. Se não empurrasse forte o suficiente, afundava. Meus braços e pescoço estavam agonizantes.

E é claro que havia outros problemas, mais triviais. O sal, que fazia com que flutuássemos o suficiente para manter a cabeça na superfície, feria nossos olhos e boca. A água estava a cerca de 26°C, o que à primeira vista parece quentinho, mas é frio o bastante para matar se você ficar tempo demais.

Mas quando se tratava de salvar Magdalena, eu me sentia indestrutível e imune à fadiga. Desenvolvi uma técnica. Coloquei as pernas de Magdalena sobre meus ombros, com ela de frente para mim. Assim, eu conseguia manter a maior parte possível de seu corpo fora d'água. Fiz isso durante horas, acho. Finalmente, tirei suas roupas, já que ela ficava mais aquecida sem elas. E, finalmente, depois daquilo, ela me deixou lambê-la, apesar de nunca ter parado de chorar, mesmo quando gozou.

Julgue-me como quiser. Julgue-a e eu quebro a porra da sua cabeça. Você vai aprender sobre o essencial quando ele entrar na sua casa. A perfeição e riqueza da boceta de Magdalena, os nervos na parte de baixo da minha coluna que não eram receptivos a qualquer outro estímulo faziam o oceano parecer fraco. Eram vida.*

---

* As pessoas pensam que o oceano é vida e liberdade. Mas as praias são as barreiras mais intransponíveis da natureza. As pessoas as reverenciam como reverenciam o espaço sideral ou a morte, ou qualquer coisa ou alguém que lhes diga "não" com convicção.

Durante a noite, ouvimos um ronco, talvez a cada 15 minutos. Enquanto o dia clareava, lenta e então ridiculamente rápido, comecei a ver uma pequena e redonda cabeça emergir, olhos negros brilhantes, com água jorrando de narinas reptilianas.

Quando consegui ver o relógio, eram pouco mais de seis da manhã. Estávamos tremendo e enjoados. Assim que ficou claro o suficiente para vermos os tubarões, eles ficaram bem mais agressivos. Aparentemente, eles gostam do nascer e do pôr do sol. Eles vinham como sombras, flechando e quicando.

Mas haviam perdido a oportunidade. Tudo o que eu tinha para eles eram solas de sapato na cara. O tanque ficou mais claro. Conseguimos ver que o animal que roncava era uma grande tartaruga marinha, que provavelmente era a coisa que eu pensara ser uma pedra. Então, vimos que havia duas delas. O tanque estava cheio de animais.

Havia pelo menos uma dúzia de tubarões do tamanho de seres humanos (vinte minutos depois, consegui contar 14 com certeza), de dois tipos diferentes, nenhum dos quais consegui identificar. Ambos eram marrons, pareciam feitos de camurça e tinham uma quantidade surpreendente e revoltante de barbatanas nas laterais. Uma das espécies tinha manchas.*

Uma arraia molenga e vagarosa, cujo rabo parecia ter sido mordido, movia-se ao longo da areia e concreto do fundo do tanque. Acima, vários peixes-papagaio, com mais de trinta centímetros, juntavam-se e atacavam os restos do corpo de Rovo, levando-os para as extremidades do tanque enquanto comiam. Era como se Rovo estivesse dançando.

---

* Eram tubarões-tigre ou tubarões-lixa ou coisa do gênero. Quem se importa? Qualquer tubarão daquele tamanho atacará seres humanos se achar que vai conseguir se dar bem. E todos os tubarões de águas rasas são marrons em cima e brancos embaixo, então os peixes acima pensam que são areia, e os abaixo, que são o céu.

Não sobrara muito dele: a cabeça, destruída, a coluna, os ossos dos braços. Suas mãos haviam sido esfaceladas, os tendões, esgarçados como algodão. Às vezes, um tubarão atacava o corpo em busca dos restos fibrosos de sua carne, revirando-o até que os peixes o alcançavam novamente. Em certo momento, mergulhei e peguei a carcaça que passava próximo, achando que, se conseguisse manter os peixes longe, Magdalena pararia de hiperventilar tanto. Mas isso fez os tubarões ficarem ainda mais agressivos e a sensação de tocar naquele corpo me dava vontade de vomitar. A única parte em que realmente dava para segurar era a base da espinha, pontuda e escorregadia, perto dos buracos de onde os dois rins haviam sido levados. Então, simplesmente deixei-o ser levado pela correnteza e disse para Magdalena não olhar. Mas nós dois ficamos olhando.

Por volta das 7:30, os tubarões se afastaram de nós como se tivessem ouvido um sinal, e o tratador apareceu. Ele estava na faixa dos vinte anos, tinha a cabeça raspada, costeletas e usava calças de borracha amarelas. Ele parou e olhou para os mamilos durinhos de Magdalena. Ela estava completamente nua. Pelo menos isso evitou que o idiota notasse Rovo.

– Tire-nos daqui – pedi, rouco.

Ele desceu a rampa e lancei-me da parede com Magdalena nos braços, pronto para arrancar os olhos de qualquer tubarão que ousasse nos sacanear agora. Subir depois de tê-la empurrado para cima fez minha cabeça rodar tão forte que minha visão falhou por um instante.

– Vou chamar a polícia – disse ele.

– Como? Você não tem um celular?

– Tenho sim. – Ele o pegou.

Babaca. Esmaguei o telefone contra a cerca e joguei as peças na água depois de dar um soco no cara que o deixou inconsciente.

As 24 horas que se seguiram àquele momento foram as piores e mais importantes da minha vida. Durante esse tempo – embora isso seja o menos importante –, viajei quase três mil quilômetros, só para terminar de volta a Nova York, um dia inteiro depois de eu e Magdalena nos arrastarmos para fora d'água.

Acabei mais especificamente em Manhattan, onde o porteiro de Skinflick me reconheceu e me deixou entrar no prédio. Matei os dois guarda-costas no apartamento com a mesinha de vidro.

Já Skinflick, ainda acordado e cheirado, eu peguei pelos quadris, como costumava pegar Magdalena. Então, arremessei-o, contorcendo-se e gritando, de cabeça, pela janela da sala de estar. Logo depois, desejei tê-lo de volta só para fazer tudo de novo.

E da rua, onde uma multidão já estava se juntando, liguei para Sam Freed e, pela segunda vez naquele dia, disse a ele onde me buscar.

21

Alcancei a rua como um cidadão comum. Livre. Desisti de tudo. Não vou mais cuidar de pacientes. E o que quer que um uniforme e um título antes do nome tenham feito por mim, não farão mais agora. Deixei o sacerdócio, sem molestar nenhum coroinha no processo.

Devo me sentir horrível. Sei disso. Levei sete anos para me tornar médico. Basicamente, não tenho mais nada. Nenhum emprego. Sequer um lugar seguro para viver.

Mas de alguma forma o ar gelado subindo da calçada parece o ar de uma noite de primavera, com vaga-lumes e mulheres bêbadas em churrascos. Porque não me sinto nada mal.

Estou na cidade de Nova York. Posso ir a um hotel e ligar para o WITSEC do quarto. Aí posso ir a um *museu* ou ao cinema. Posso pegar o ferryboat para Staten Island. Provavelmente não devo, já que todos os homens de Staten são mafiosos ou policiais, mas posso. Posso comprar a merda de um *livro* e ler num *café*.

E, porra, como eu *odiei* ser médico. Detesto desde a época da faculdade. O sofrimento infinito e as mortes de pacientes cujas vidas eu deveria salvar, mas não podia porque ninguém podia ou porque simplesmente eu não era bom o bastante. A sujeira e a corrupção. As horas desgastantes. E odiei particularmente esse hospital, essa Estrela da Morte de Nova York, essa Moira fluorescente conhecida como ManCat.

Continuei sendo médico o máximo que pude. Sei que tenho uma dívida e agradeço o fato de que ser médico tenha me forçado a pagá-la, proporcionando-me minha boa ação diária, todos os dias. Assim, nunca tive que procurar para poder pagá-la.

Mas só posso pagar o que posso pagar. Ser morto em vez de desistir de sete anos não ajudará ninguém. Na verdade, só consumiria recursos. Não tenho mais nada a fazer nessa profissão.

O que não é o fim do mundo. Talvez, depois de ser realocado, eu trabalhe na cozinha de um bandejão. O seguro contra negligência para *isso* não pode ser muito alto.

A expressão do dr. Friendly – "processo pós-negligência" – me vem à mente e me faz rir. E me faz pensar numa outra coisa. Paro como se alguém tivesse prendido meu pé no chão. Quase caio. Penso nisso para saber onde está o erro. Continuo pensando. Mas não faz sentido. Sei como salvar a perna da Garota do Osteossarcoma.

De pé no vento e na poeira, pego o celular e tento ligar para o centro cirúrgico. Ninguém atende. Ortopedia. Ocupado. Akfal. Toca a *Sinfonia do Novo Mundo,* de Dvorak, o que significa que ele levou um paciente para fazer ressonância magnética.

Enquanto isso, no fim do quarteirão à minha frente, duas limusines param e seis homens saem sem falar uns com os outros. Todos os seis usam casacos que batem abaixo da cintura para esconder as armas. Tem um cara moreno e um hispânico, mas os outros quatro parecem vindos do Meio-Oeste. Jeans e tênis. Rostos marcados por tempo demais sob o sol em ranchos no Wyoming e em Idaho, que eles acham que ninguém conhece. Eu visitei alguns desses ranchos. A negócios, se você me entende.

Os matadores dividem-se pelos dois lados da esquina, para bloquear todas as saídas. Olho para trás. Mais dois carros.

Tenho cerca de meio segundo para decidir se atravesso a rua e morro ou se volto para o hospital. Sou um idiota. Escolho o hospital.

Corro pelas escadas rolantes para os andares da cirurgia. Se os caras lá fora forem os primeiros, ganho um tempo com isso, já que eles provavelmente vão me procurar a partir do térreo.
Se.
Pego um atalho pela sala de recuperação, onde os caras da UTI ainda estão dando uma olhada no box onde Squillante morreu, tentando descobrir onde a folha de seu eletrocardiograma foi parar. No fim das contas, eles vão pedir ao setor de informática para imprimir uma nova. Daqui a um mês.

No vestiário da cirurgia, há uma TV de tela plana que mostra a agenda de operações. Diz que a Garota do Osteossarcoma teve a perna removida três horas atrás. O que é impossível, porque acabei de vê-la. Pelo menos há o número de um quarto, um andar acima.

Quando chego lá, no entanto, algum idiota de macacão e máscara está limpando o chão, e não há mais ninguém ali. O que *provavelmente* significa que a agenda aponta o quarto errado, mas nunca se sabe.

– Quando é o próximo procedimento? – pergunto ao cara com o esfregão.

Ele dá de ombros. Então, quando viro para ir embora, ele larga o esfregão e laça minha cabeça com um arame.

Bonitinho. Provavelmente o cara estava esperando ali desde que me ouviu falando com a Garota do Osteossarcoma do lado de fora do quarto dela. Apostando na sorte para ficar com toda a recompensa de Locano para si. E ele é um psicopata.

Um arame é fácil de fazer, simples de se livrar e de esconder, mesmo num macacão. Mas só psicopatas usam arames. Quem mais quer chegar tão perto da vítima? Mas tenho tempo de colocar minhas mãos na frente da garganta antes que ele me estrangule.

Percebo que isso não vai me matar. Pelo menos, não rapidamente. Com minha mão espalmada na frente da laringe e meu estetoscópio sob os dois lados do arame, o psicopata não consegue força suficiente para cortar as artérias, mesmo com o fio cruzado atrás de meu pescoço. Ele pode cortar as veias, que ficam mais próximas da superfície que as artérias, mas isso só vai impedir que o sangue *saia* da minha cabeça. Já sinto o calor e a pressão subindo. Mas ainda vai demorar um pouco para eu ficar inconsciente.

O cara faz um movimento de serra, para a frente e para trás, rápido o suficiente para eu não conseguir tirar vantagem disso, e o arame faz cortes profundos na palma da minha mão e nas laterais do meu pescoço. O psicopata trançou alguma coisa naquilo – vidro, metal ou o que seja. A cabeça do meu estetoscópio cai no chão fazendo barulho. Aparentemente, isso *vai* me matar rápido.

Piso com força no pé dele, mas o cara está usando sapatos com ponteiras de metal. Claro que está – ele é um maníaco por arames. Ele espera por isso. A ponteira entra um pouco em seu pé, fazendo-o gemer quando seus dedos são espremidos, mas isso não muda muito seus planos. Dá para passar com um carro sobre sapatos com ponteira de metal.

Então, forço nós dois para trás, com força. Ele também esperava por isso e facilmente nos engancha à mesa de operação com as pernas. Mas essa é a *minha* casa. Levo o calcanhar até o pedal que destrava os freios da mesa e, dessa vez, ele é pego de surpresa quando saímos voando.

Aterrisso em cima dele, no chão. Há um gemido gratificante quando ele perde o ar. Mas continua com as mãos firmes no arame. Então, lanço a mão livre para trás e agarro um tufo de cabelo – que ele estupidamente tem – do lado esquerdo de sua cabeça. Então, me sento, puxando-o para cima e por sobre meu ombro, e torcendo-o ao mesmo tempo.

Isso só funciona se o maníaco do arame for destro, ou se pelo menos seu pulso direito estiver cruzado sobre o esquerdo. Mas minhas opções estão acabando. Funciona: o arame não está mais em volta do meu pescoço quando ele cai para a frente.

O psicopata bate no chão com bastante força e sem um pouco do cabelo, de rosto para cima e a cabeça virada para mim. Não é muito difícil para mim lançar rapidamente, em sua cara, golpes de cotovelo e de mão – para a frente e para trás, para a frente e para trás – até ele desmaiar e sangrar pela parte de trás da cabeça. Levanto, tonto. Dia ruim para esfregar, babaca.

No corredor de suprimentos, entre as salas de operação, uso um grampeador para fechar a ferida na palma. A dor é alucinante, mas quero manter minha mão funcionando. No pescoço, uso uma atadura. Não há muito mais que eu possa fazer sem conseguir ver, e o objeto mais parecido com espelho que encontro é uma bandeja de instrumentos.

Enquanto visto um novo uniforme cirúrgico, vejo na prateleira as caixas de metal com instrumentos para várias cirurgias. Elas têm etiquetas, como "PEITO, ABERTURA" e "TRANSPLANTE DE RIM".

Puxo a que se chama "TRANSECÇÃO DE OSSO GRANDE". Escolho uma faca que parece uma machadinha sem cabo e a utilizo para abrir a lateral das minhas calças novas. Então, colo-a na parte externa da coxa com fita cirúrgica.

    Quando vou até a pia tentar lavar o sangue, há um enfermeiro coçando o sovaco com a câmera de laparoscopia, que mais parece uma agulha, e que mais tarde será inserida no abdome de alguém por médicos usando roupas de astronauta para evitar contaminação. Ele olha para mim e foge.

No centro cirúrgico, procuro de sala em sala, até encontrar a Garota do Osteossarcoma. É o jeito mais rápido. Quando a encontro, ela está inconsciente, com a anestesista segurando sua máscara.

    Ela está deitada nua na mesa. Os residentes estão discutindo quem vai raspar sua virilha, o que, para começar, é desnecessário.

    Os olhos do enfermeiro se arregalam quando me vê.

– Você não está de máscara! Nem touca! – ele grita.

– Não tem problema – digo. – Onde está o médico?

– Saia da minha sala de operação!

– Me diz quem vai fazer a cirurgia.

– Não me faça chamar a segurança!

    Dou um tapinha na frente de seu avental de papel, contaminando-o, e ele berra, estridente. Se a operação realmente acontecer, só fiz com que ela dure mais meia hora.

– Me diz onde está a porra do médico.

– Estou aqui – fala o médico, atrás de mim. Viro-me. Acima da máscara, ele tem um ar aristocrático. – Que diabos você está fazendo na minha sala de operações?

– Esta mulher não tem osteossarcoma – digo a ele.

    Sua voz continua calma:

– Não? O que ela tem?

– Endometriose. Só sangra quando ela está menstruando.

– O tumor é no fêmur. No fêmur distal. – Ele olha para a atadura em meu pescoço, que imagino estar sangrando novamente. Dói pra cacete. – Você é médico?

– Sim, é tecido uterino que migrou. Isso pode acontecer. Já houve casos.

– Aponte um.

– Não dá. Ouvi um professor falar disso.

Realmente havia ouvido o Professor Marmoset, certa vez, quando estávamos juntos num avião. Ele falava sobre as merdas que você tem que aprender na faculdade de medicina e que nunca mais vai ver na vida.

– Essa é a coisa mais imbecil que já ouvi.

– Posso procurar um caso no Medline – digo. – Ela tem tecido uterino na parte anterior do quadríceps, preso ao periósteo. Você pode retirá-lo. Mas se, em vez disso, tirar a perna dela, a patologia vai perceber que estou certo e ferrar você. Ferrar todos nesta sala. Vou me *assegurar* disso.

Olho em cada par de olhos que encontro ali.

– Hummm – resmunga o médico.

Penso se também terei que tocar a frente de seu avental.

– Tudo bem, calma – diz finalmente, tirando ele mesmo seu avental. – Vou dar uma pesquisada no Medline.

– Obrigado.

– E com quem tive o prazer de falar? Só para poder te demitir se estiver errado.

Boa sorte, imbecil.

– Bearclaw Brnwa – respondo ao sair.

A escada rolante, no entanto, está vigiada: um matador em cada extremidade e dois subindo.

Merda, penso. *Quantos desses caras estão por aqui?*

Tenho um momento Rambo em que penso em arrancar um recipiente de álcool gel da parede e usar como napalm, mas aí decido que incendiar um hospital cheio de pacientes meio que passa dos limites. Em vez disso, fujo para as escadas de incêndio, que ecoam com os passos cuidadosos de pessoas me procurando, e corro os três lances até a ala clínica o mais silenciosamente possível.

Voltando ao centro da minha toca. O que tem suas vantagens. Como o fato de eu ter escondido a arma do assaltante por lá. Só tenho que encontrá-la.

Não tenho qualquer lembrança de onde coloquei a arma. Quando tento olhar para trás, sinto apenas uma neblina de exaustão misturada com drogas. Resolvo usar um truque do Professor Marmoset.

De acordo com ele, você nunca deve se preocupar em lembrar onde colocou alguma coisa. Deve apenas pensar onde você a colocaria *agora*, e então ir ao lugar que escolheu. Afinal, por que você escolheria agora um lugar diferente do anterior? Sua personalidade é mais estável do que *isso*. Não acordamos pessoas diferentes a cada dia. É que simplesmente não confiamos em nós mesmos.

Então, faço uma tentativa. Uso a Força. Penso em mim às 5:30 da manhã, com uma arma para esconder e praticamente nada na cabeça. Isso me leva à sala dos enfermeiros, atrás do posto de medicamentos. Aos livros antigos na prateleira mais alta que circunda a sala, que não foram usados desde o advento da internet. Ao grande livro em alemão sobre o sistema nervoso central. A arma está atrás dele. Mais um ponto para Marmoset.

Em frente ao posto de enfermagem, vejo que há dois matadores em cada ponta do corredor, fazendo a busca nos quartos. Vindo em minha direção. Se eu quiser atirar direto, posso cruzar o corredor paralelo do outro lado do posto e mandar bala nos caras a partir dali. O que, além de matar um número desconhecido de espectadores, trará correndo todos os homens armados do hospital. Penso nisso por um instante e então descarto a ideia. Já conheci aqueles seguranças.

Entro num quarto atrás de mim. Sei que está vazio porque, logo antes da cirurgia de Squillante, dei alta a um dos pacientes que estava ali e o outro era a mulher que encontrei morta na cama hoje de manhã. Nada neste hospital acontece rápido o suficiente para alguém sequer ter fingido trocar os lençóis entre aquela hora e agora.

Dou uma olhada nos armários. O maior avental que encontro é tamanho médio. Chuto meus tamancos e roupas para o banheiro, visto aquele negócio pequeno e fino e me enfio na cama em que a mulher morreu. Alguns minutos depois, os dois matadores entram no quarto.

Estou deitado de barriga para cima. Eles olham para mim. Olho para eles. A arma de merda que aponto para os dois sob o lençol parece pronta para dissolver na minha mão. A maior parte de seu peso está nas balas.

Tento não olhar nos olhos deles. Mesmo assim, sei qual deve ser a impressão que passo agora que já viram todos os outros quartos. Saudável demais, mesmo com aquela atadura idiota no pescoço. Um perfeito impostor.

Eles tateiam seus casacos simultaneamente. Miro a arma no idiota mais próximo e puxo o gatilho.

Ela faz um clique, mas nada acontece. Puxo o gatilho novamente. Outro clique. Em dois segundos, já tentei todos os seis cilindros e o gatilho está começando a entortar. Não são as balas, é o sistema de disparo ou coisa do gênero.

Porra de arma barata de merda. Jogo-a sobre eles e tento pegar a faca presa em minha coxa. Aparentemente, eles me dão um eletrochoque.

Acordo. Estou num corredor com piso de linóleo xadrez, com o rosto virado para baixo. Os dois caras que seguram meus braços agora sabem o que estão fazendo. Pelo menos um deles está com o pé nas minhas costas, então não posso rolar para escapar. A faca sumiu. A maior parte do que vejo são sapatos. A maior parte do que escuto são risadas.

– Faz logo isso, porra – diz alguém. – Estou ficando enjoado.

– É um trabalho de precisão – fala outro cara, e há mais risadas.

Olho em volta desordenadamente. Há uma porta de aço escovado à minha esquerda. É uma câmara frigorífica. Ainda estou no hospital.

Por sobre meu ombro, só consigo ver um cara agachado atrás de mim com uma enorme seringa de plástico, cheia de um fluido marrom.

– Soubemos que injetaram algo nojento em você mais cedo, que não te matou – disse. – Então pensamos em injetar algo mais nojento.

– Por favor, não diga o que é – consigo falar.

Mas ele fala:

– Se você não ficou cheio de merda antes, vai ficar agora.

Hilário. Enquanto isso, ainda estou com a porra do avental do hospital, que está desamarrado e aberto atrás. O cara enfia a seringa na minha nádega esquerda e injeta toda a porcaria, que arde. Pelo menos ele tirou as bolhas de ar antes.

– Você estará bonzinho e preparado quando Skingraft chegar aqui – diz ele.

Aparentemente, me dão outro eletrochoque.

22

Eu e Magdalena deixamos o Aquário no Subaru verde do tratador de tubarões. Tive que me inclinar com o peito no volante para dirigir. Não conseguia esticar os braços.

Magdalena estava com uma das capas de chuva amarelas do armário de metal. Tinha as pernas encolhidas sob si no banco do carona. Ela chorava tanto, com o rosto vermelho e molhado de lágrimas, que quando falou da primeira vez, não percebi que falara nem entendi o que dissera.

Que foi, repetidamente:

– Pare.

– Não podemos – falei. Minha gengiva estava inchada e queimando onde eu perdera dois dentes e afundara suas raízes.

– Tenho que contar a meus pais.

Eu pensara nisso. Seus pais tinham que ir embora. Quando Skinflick soubesse que ainda estávamos vivos, iria atrás deles. Eles precisavam ser alertados.

Mas também tinham que ficar calmos. Se chamassem a polícia antes de ser colocados sob proteção, Skinflick apenas descobriria antes.

– Você não pode contar a eles sobre Rovo – disse.

– Como assim? – quis saber Magdalena. Nossas vozes estavam roucas. Paródias de vozes.

– Você tem que dizer a eles para irem embora. Para saírem de Nova York. Saírem da Costa Leste. Irem para a Europa. Mas se contar que Rovo morreu, eles vão surtar ou ficar, ou as duas coisas.

– Eles merecem saber – disse Magdalena.

– Querida, você não pode contar.

– Não me chame de querida – falou. – Nunca me chame de querida. Olha um telefone ali. Pare.

Eu parei. Se ela me odiasse, o que estaria certo, não havia mais nada com que valesse a pena me preocupar.

No entanto, acho que Magdalena realmente mentiu para os pais sobre Rovo. Ela chorava enquanto falava com eles, mas silenciosamente, com o peito arfando. O que quer que tenha dito, ela disse em romeno. E lhe serei eternamente grato por isso.

Já era noite quando chegamos a Illinois. Havia um restaurante bem acima na estrada, numa longa linha de motéis bem distantes. Chamava-se Tortas de Alguém ou coisa parecida. Era de uma cadeia.

Magdalena foi comigo fazer o pedido, tremendo o tempo todo. Era burrice sermos vistos juntos, mas eu não podia deixá-la fora de minha vista. Sentia-me sem chão, como se não existisse.

Sabia que o que Skinflick falara sobre meus avós era verdade. Explicava muita coisa: todos aqueles anos evitando outros judeus, o silêncio sobre suas famílias antes da guerra, as tatuagens erradas no antebraço. Eu não sabia o que pensar daquilo, ou de sua tentativa de levar a vida como outras pessoas, mas sabia que agora tinha apenas uma conexão com a humanidade, que era Magdalena.

Não me lembro muito do restaurante onde paramos. Tenho certeza de que era laranja e marrom, como todos os restaurantes de beira de estrada. Comemos no carro. Então, Magdalena dormiu sobre os bancos abaixados e eu saí, liguei para Sam Freed e disse que estávamos prontos.

– Isso pode levar um certo tempo – falou ele. – Não sei em quem posso confiar. – Ele pensou um instante. – Não quero ligar para ninguém que não seja necessário, mas talvez não tenhamos escolha. Vou contactar algumas pessoas e voar até aí pessoalmente. Não deve levar mais de seis horas.

Acordei no banco detrás do Subaru, com Magdalena encolhida longe de mim. Ainda era noite, mas a sombra da cabeça de alguém havia surgido na janela traseira embaçada, porque quem quer que fosse recebia a contraluz dos postes atrás do estacionamento do restaurante.

A cabeça não usava quepe de policial. Não ouvi rádios nem vi lanternas. O dono da cabeça estava dando tudo de si para se mover o mais silenciosamente possível em volta do carro. Quando a sombra estava atrás do porta-malas, abri-o, atingindo a barriga do cara e me lançando sobre ele.

O cara ficou de pé por cerca de cinco passos para o lado, então caiu, e eu caí sobre ele. Seu casaco de nylon esfregava-se no asfalto enquanto eu o arrastava para trás da caçamba de lixo, fora da luz.

Não o reconheci. Tinha seus vinte e poucos anos. Branco, magro, de óculos. Imprensei-o de cara contra a lateral da caçamba.

– Você está com a polícia? – perguntei. Ele era nerd demais para ser um matador.

– Não, cara! Achei que fosse o meu carro!

– Mentira. – Bati nele novamente.

Ele começou a chorar.

– Pensei que vocês estivessem trepando.

– O quê?

– Eu queria olhar!

Ele soluçava. Revistei seus bolsos, mas não havia nada além de uma carteira de velcro. Sua carteira de motorista era de Indiana.

E sua braguilha estava aberta.
– Meu Deus! – exclamei.
Inclinei-me para dizer a Magdalena que estava tudo bem. Ela estava sentada no banco detrás do carro. Então, de repente, ela foi iluminada por faróis e eu ouvi o chiado agudo de pneus.

As janelas da caminhonete já deviam estar abaixadas. A rajada de tiros de submetralhadoras e rifles que vomitaram, iluminando novamente o Subaru, veio rápido demais para janelas que estivessem fechadas.

Então, a caminhonete saltou para a frente, fora do meu caminho, como se eu a tivesse jogado de lado com as mãos. Ouvi-a bater na lateral dos carros atrás de mim enquanto voava para fora do estacionamento.

Cheguei ao Subaru. Parecia que havia sido pisoteado, com a lateral inteira amassada pelos tiros. O ar estava cheio de pó de vidro e cheirava a pólvora e sangue.

A porta saiu nas minhas mãos. A cabeça de Magdalena tombou quando a puxei para fora e caí com ela no chão.

Sua face direita estava afundada, ensanguentada e esmagada, como a lateral do carro. Os dois olhos estavam completamente vermelhos; o esquerdo tinha um corte que derramava uma gosma perfeitamente translúcida por toda a lateral de sua cabeça.

Quando peguei sua cabeça e aproximei da minha, senti ossos que não podia ver moverem-se sob a pele.

Quando Deus estiver realmente zangado, Ele não mandará anjos vingadores. Ele mandará Magdalena. E então a levará embora.

23

Acordo. É difícil. Faço várias tentativas. Estou com tanto frio que dormir parece melhor do que tentar descobrir o porquê.

Finalmente, tento me virar e o fato de meu pau estar grudado no chão me acorda imediatamante. Num primeiro momento, acho que ele foi pregado ali, já que está tão dormente que parece um pedaço de couro que me prende no lugar. Então, o toco e penso que foi colado. Só então percebo que está congelado no chão de metal.

Cuspo na mão esquerda – estou sobre o braço direito e não quero deitar de barriga para baixo novamente, nem por um instante, para soltá-lo – e uso o cuspe para descongelar meu pinto. Leva algumas aplicações. É meio como se masturbar.

Enquanto faço isso, todavia, o pânico da escuridão se instala. Porque não consigo ver *nada*. Entre aplicações de cuspe, esfrego os olhos com os dedos da mão livre. Aquelas estranhas manchas malucas e multicoloridas aparecem, e resolvo que isso significa que os nervos da minha retina ainda estão funcionando. E como meus olhos não incomodam ao toque, percebo que só está totalmente escuro aqui dentro.

Onde exatamente? Assim que meu pinto se solta, levanto. Meu avental hospitalar, erguido até o peito, cai novamente, cobrindo a quarta parte do corpo que deveria cobrir. As ataduras da minha mão e do pescoço, no entanto, sumiram.

Levo a mão à frente. Toco uma parede de aço pouco adiante. Dou alguns passos em sua direção e bato com os dentes da frente em algo duro e metálico. A dor e a surpresa me fazem dar um salto para trás, e atinjo outro monte de coisas de metal. Prateleiras. Passo as mãos sobre elas, como se fossem uma enorme versão de um texto em Braille. Encontro dezenas de sacos de gelo no formato de bolsas de sangue para transfusão.

Tento o outro lado e, então, atrás. A mesma coisa. Na frente, há uma porta de metal, cuja maçaneta não se move.

Estou num freezer do tamanho de uma cela de prisão. Um freezer de sangue. Por quê? Obviamente eu poderia morrer aqui. Também poderia sofrer danos cerebrais, como um chef assistente de quem tratei certa vez, que passou a noite inteira trancado no freezer do restaurante em que trabalhava. Mas alguém tentar usar um freezer para fazer qualquer dessas coisas intencionalmente parece absurdo. É como o Coringa deixar o Batman numa máquina de sorvete e não ficar por perto para olhar.

Embora injetar fezes nas nádegas de alguém também pareça estranho, se você parar para pensar. Realmente penso nisso por um instante, porque é nojento demais. Então, sigo em frente. Se fosse para morrer de choque tóxico, eu já teria morrido.* E em termos de consequências de longo prazo, se eu sobreviver para descobrir, já tomei todo tipo de antibiótico existente. Obrigado, Cara da Bunda: não faço ideia do que você tem, mas defendo seus métodos de tratamento.

Então, me dou conta do motivo de estar ali. Eles não estão tentando me matar. Estão tentando me enfraquecer, como os seis

---

* O choque tóxico é uma reação imunológica, impulsionada por contaminadores no sangue, como bactérias – que constituem 20% do peso das fezes humanas, todas surgidas do seu intestino. (Vacas sobrevivem dessa bactéria, "comendo" grama só para a bactéria, seu verdadeiro alimento, crescer.) Durante o choque, suas veias dilatam para deixar os leucócitos penetrarem nos tecidos para combater a infecção e o fluido que sai com eles faz sua pressão despencar.

tipos diferentes de idiotas da história de *Ferdinando*, o touro, que apunhalam o bicho quase até a morte antes mesmo que o toureiro entre na arena. Aí Skinflick pode vir e me matar.

Com sua técnica de luta com facas. Onde foi que Squillante disse que ele estava treinando? No Brasil? Na Argentina? Tento lembrar se ouvi qualquer coisa sobre os tipos de luta com facas desses países. Não consigo.

Sei que existem apenas duas filosofias de luta com facas: a escola realista, que diz que sempre que lutar com alguém que sabe o que está fazendo, você *sofrerá* cortes, então você deve estar preparado para isso (são os caras que você vê embrulhando o antebraço com a jaqueta de couro antes de uma luta); e há a escola idealista, que prega que você deve empregar toda a energia necessária para evitar sofrer cortes. Por exemplo, nunca deixando uma parte do corpo que não esteja sendo usada no ataque ficar à frente da sua lâmina.

As duas escolas têm algumas regras básicas. Você tem que lembrar de chutar e dar socos se tiver a oportunidade, porque facas são tão assustadoras que as pessoas esquecem do resto de você. E se tiver uma faca com ponta, nunca tente apunhalar alguém. Apunhalar é um movimento idiota. Expõe demais seu corpo para uma possibilidade mínima de danos. Enquanto isso, deve-se retalhar qualquer alvo que surja (como as dobras dos dedos da mão com que seu oponente segura a faca), mas o ideal são as partes internas de braços e coxas, onde correm os grandes vasos sanguíneos. Então, seu adversário sangrará até a morte, como animais atacados por tubarões na natureza.

A princípio – e porque tenho um aventalzinho de hospital, em vez de uma jaqueta de couro –, inclino-me a seguir a escola idealista. É claro que também estou inclinado a ter uma faca, o que, no momento, não possuo. Então, foco em tentar mudar isso.

Primeiro, exploro o freezer. No teto, há um bocal vazio, sem lâmpada. Várias prateleiras com sangue e derivados. Talvez eu consiga me vestir de boneco de neve com derivados de sangue e enjoar Skinflick até a morte.

As prateleiras são inúteis. Estão soldadas à estrutura, que é feita de grossas barras de ferro em L, que por sua vez são soldadas a placas quadradas de ferro, mais ou menos do tamanho de porta-copos, aferrolhadas ao chão e ao teto. Os parafusos estão todos apertados demais para tentar soltar, especialmente porque estou perdendo rapidamente a sensibilidade dos dedos, mesmo daqueles em que não cuspi, e minha mão cortada está começando a ficar com a palma enrijecida. Martelar as prateleiras com as mãos, o que é difícil porque mal há espaço para eu levantar o punho acima delas, faz mais barulho do que provavelmente é inteligente e sequer as racha. A maçaneta na porta não quebra nem quando coloco os dois pés na porta e puxo.

Penso em como seria lutar apenas com mãos e pés, que estão começando a parecer bifes presos às pontas dos meus membros. Penso em estratégias: se devo ficar ou não perto da porta e assim por diante.

Mas pensar sem me mexer começa a me deixar com sono novamente. Faço mais uma busca no freezer. É difícil ter certeza se chequei tudo em todas as prateleiras quando não consigo ver e meu tato está tão prejudicado. Então, começo a usar o antebraço para sentir as coisas. A densidade de nervos é menor, mas a melhor circulação compensa.

Finalmente, descubro que a placa na base de uma das barras tem a ponta afiada. A placa tem cerca de 15 centímetros quadrados e meio centímetro de espessura. Se conseguisse arrancá-la com a barra ainda presa a ela, eu teria uma arma bem impressionante. Tento novamente o truque com o pé contra a porta. Nada. Só para lembrar que estou mais fraco do que meia hora atrás.

Apoio-me nas prateleiras para retomar o fôlego. Foda-se o fato de que o metal está arrancando calor de mim. Preciso pensar no que fazer. Ou se devo fazer qualquer coisa.

Que diferença faz? Se eu sair dessa, David Locano vai simplesmente me encontrar de novo e me matar. E será quando eu estiver trabalhando em um posto de gasolina em Nevada. De bobeira o dia inteiro porque ninguém mais usa os frentistas, que só passam os cartões de crédito.

Mas se eu morrer aqui, sempre há a chance de que Magdalena estivesse certa sobre a existência de uma vida após a morte. E uma chance de alguém ferrar tudo e me deixar entrar lá, onde eu a verei de novo.

Estou começando a ficar confuso e rabugento. As coisas estão começando a parecer abstratas e a não importar. Estou perdendo a cabeça.

Tenho que parar com isso. Tenho que pensar em um plano. Bato a cabeça na beirada de uma prateleira. A dor me acorda. Permite que, pelo menos, eu pense em *alguma coisa*.

Algo tão louco e idiota, tão improvável de funcionar que eu jamais tentaria, a não ser pela pequena perspectiva que proporciona. De que a tentativa me fará sofrer barbaramente. Tanto que, se funcionar e eu sobreviver, é porque devo merecer.

Se mantiver os calcanhares no chão, apontar os pés para o teto e espalhar os dedos (não é tão fácil, eu sei – faz você ter que admitir que é um primata), cria um canal diferente ao longo do lado externo da parte de baixo da perna, entre os músculos da frente e da panturrilha. Este é o canal que espero cavar.

Caio de joelhos perto da placa de metal no chão e pressiono a região da tíbia direita contra ela, para que sua ponta afiada penetre na pele logo abaixo do joelho. Preferia fazer isso com a tíbia esquerda, mas seria muito mais difícil tentar com a mão direita. Então, é a tíbia direita que empurro para baixo e para a frente contra a junta.

Não funciona. Mas me arranhei. Deve ter sido a pressão da última hora, subconscientemente impedindo que eu rasgue minha pele.

Adormeço a perna com uma bolsa de sangue congelado e, dessa vez, quando esfrego a área da tíbia na junta pontuda, empurro a panturrilha com a mão direita para evitar que a perna se esquive. Sim, a perna tenta se esquivar. Mas desta vez está fraca demais e a pele se rasga.

A dor me faz rolar sobre as costas e agarrar o joelho, levando-o para perto do peito, enquanto faço de tudo para evitar berrar e chorar de dor. Mas com o pé naquela posição, sinto que suas pontas ficaram instantaneamente, completamente dormentes, a não ser pela junção entre o dedão e o dedo que está do lado. O que é uma ótima notícia: cortei tão fundo que parti o nervo que corre logo acima do músculo.

Espero mais ou menos um minuto para ver se também cortei a artéria que corre ao lado do nervo – ou seja, se acabei de me matar e posso relaxar em meus últimos poucos momentos de vida –; então, cuidadosamente, toco o corte para me certificar de que é longo o bastante. É. Equivale a três quartos do caminho entre o joelho e o pé. Então, rolo e o pressiono contra o chão gelado para aliviar um pouco a dor e diminuir o sangramento. Não posso dizer se realmente funcionou.

De qualquer forma, não há tempo como agora. Sento de bunda. Meu saco, que já estava apertado, lateja tão rápido, comprime-se ainda mais, parecendo que vai arremessar meus testículos para a cabeça. Afundo os dedos das duas mãos na ferida da perna.

Um tipo completamente novo de dor toma conta de mim, chegando até os quadris, e percebo que não conseguirei fazer isso novamente. Então, forço os dedos para baixo, entre os músculos quentes, que se parecem com cordas pegajosas.

Instáveis como são, eles se contraem como cabos de aço, quase quebrando meus dedos.

– Vão à merda! – grito, e separo-os à força, enfiando ainda mais os dedos da mão direita. Sinto a pulsação da artéria nos nós dos dedos.

E então acontece: toco minha fíbula direita. A fíbula e a tíbia, como acho que já mencionei, são equivalentes aos dois ossos paralelos do antebraço. Mas, diferente do antebraço, a menor das duas – a fíbula – não tem a mesma importância da maior. A extremidade superior forma um pedaço pequeno do joelho, e a inferior é o ossinho de fora do seu tornozelo. O resto é completamente inútil. Sequer suporta peso.

Então meto os dedos na membrana entre a fíbula e a tíbia e agarro o osso. Tem mais ou menos três vezes a largura de um lápis, mas não é cilíndrico. Tem extremidades pontudas.

Agora preciso quebrá-lo. O ideal é fazer isso sem arruinar o tornozelo nem o joelho. O simples pensamento me faz virar a cabeça e vomitar no lado esquerdo do peito. Não sai muita coisa, mas, ei, é quente! E não largo minha fíbula de jeito nenhum.

Mas como devo quebrá-la? É basicamente feito de pedra. Qualquer pancada forte o suficiente para quebrá-la pode também destruí-la. Penso chutar a ponta afiada da prateleira de baixo, mas é mais provável que eu machuque a tíbia, que forma a maior parte da região.

Então, vem a ideia. Pulo para a frente e coloco a parte inferior da perna o mais delicadamente possível contra a ponta da prateleira, e também o mais perto possível do tornozelo. Faço a pegada mais para cima, próxima ao joelho. Então puxo o osso para a frente, quebrando a parte de baixo logo acima do tornozelo e desenganchando a de cima do emaranhado de ligamentos que formam o joelho.

A Dor.

A Dor.

Quando se está completamente molhado de suor, mesmo estando num freezer, você sabe que pode ter levado as coisas longe demais. Ou quando está segurando a faca que acabou de fazer com sua fíbula.

Finalmente, a porta é destrancada e depois aberta. Alguém diz:
– Saia.

Não me mexo. Estou de pé, apoiado na prateleira de trás, tentando manter os olhos molhados abertos, para adaptá-los o mais rápido possível à luz, que neste exato momento é uma parede brilhante e totalmente branca. Seguro a faca, escondendo-a entre as primas do braço direito.

Aparece a silhueta de um cara armado.

– Saia... *Jesus*! – ele diz. – Ele está lá atrás. Mas está coberto de sangue, sr. Locano.

Uma multidão de homens armados aparece atrás dele para olhar.

– Cacete! – exclama um deles.

Então, Skinflick fala. Reconheço a voz, apesar de estar mais rouca do que de costume. Ao mesmo tempo está também mais profunda e com um novo e estranho sibilar.

– Tirem-no daí – ordena Skinflick.

Ninguém se move.

– É só hepatite – digo. – Vocês provavelmente não vão pegar só de me tocarem.

Todos se afastam da porta.

– Fodam-se vocês todos! – diz Skinflick.

Ele avança para meu campo de visão. Não consigo enxergá-lo muito bem por causa de sua sombra e de meus olhos, que ainda estão surtando. Mas ele não tem uma aparência boa. Na verdade, parece que alguém deu um "kit Adam Locano" para uma criança de quatro anos, quando ele é indicado apenas a crianças acima de nove anos. Sua cabeça inteira é um amálgama.

Eu devo falar. Estou nu, tirando o sangue. O meu sangue e a bolsa extra que espalhei sem necessidade por todo o corpo para desviar a atenção de minha perna direita, e do torniquete que fiz com o avental do hospital. Todo o freezer está sujo de sangue.

Não dá para dizer se isso incomoda Skinflick. Ele entra agitando a faca, que segura na transversal. A lâmina é sinuosa, com um desenho na lateral, então provavelmente é da Indonésia.

Skinflick não está mal. Ele mantém a faca em movimento o tempo todo, numa espécie de nuvem de elétrons de defesa. Totalmente escola idealista. Mas quando vê a *minha* faca – orgulhoso produto de minha própria carne e sangue –, ele para e se esquiva, com medo e surpresa, expondo-me todo o seu lado direito.

– Meu Deus, Skinflick – digo.

Apunhalo-o logo abaixo do lado direito de sua caixa torácica, fazendo um ângulo para cima através do espaço natural de seu diafragma, e assim a extremidade irregular da minha fíbula perfura sua aorta antes de descansar em seu coração, que bate.

Quer dizer, que batia até aquele momento.

24

A próxima coisa de que me lembro é de acordar. O que me lembro depois disso é pensar: *Para um cara que reclama o tempo todo de nunca dormir, certamente tenho acordado bastante.*

Estou numa cama de hospital. O Professor Marmoset está sentado numa poltrona à cabeceira, lendo e marcando o que parece um artigo de jornal. Como sempre, fico impressionado com sua aparência jovem. O professor tem uma espécie de eternidade, que vem do fato de ser mais inteligente e bem informado do que, digamos, eu jamais serei, e de ter cabelos realmente grossos. Mas ele não pode ser muito mais velho do que eu.

– Professor Marmoset! – falo.

– Ishmael! Você acordou – diz ele. – Ótimo. Preciso sair daqui.

Sento-me. Fico tonto, mas me apoio num braço de qualquer jeito.

– Quanto tempo fiquei inconsciente?

– Não tanto quanto pensa. Algumas horas. Peguei um voo logo depois que conversamos. Você deve deitar.

Deito. Tiro o cobertor de cima. A perna direita está bem enfaixada. Ainda tenho manchas de sangue seco por todo o corpo.

– O que aconteceu? – perguntei.

– Você é melhor em cirurgia do que eu lembrava – comenta o Professor Marmoset. – Aquele lance com a garota que afinal não tinha osteossarcoma foi impressionante. Discutimos um caso desses certa vez, eu acho. Mas a autofibulectomia foi *ainda mais impressionante.* Você pode ter que escrever para o *New England Journal*. Para a edição das testemunhas federais, pelo menos.

– O que aconteceu com aqueles caras?

– Os mafiosos?

Balanço a cabeça assentindo.

– Você apunhalou o filho de David Locano no coração. Nos outros, você atirou com a arma dele. Exceto um, cuja cabeça você bateu várias vezes na porta do freezer. Ele também não vai sobreviver.

– Meu Deus! Não lembro de nada disso.

– Você vai querer lembrar dessa história.

– Por quê? Estou preso?

– Ainda não. Fique de dedos cruzados. – Ele junta seus papéis. – É ótimo ver que você está bem. Eu realmente gostaria de ficar mais.

– Eles vão me expulsar? – forcei-me a perguntar.

– Do Manhattan Catholic? É claro.

– Da medicina.

O Professor Marmoset lança um olhar direto, pelo que percebo pela primeira vez na minha vida. Seus olhos são de um castanho mais claro do que eu pensava.

– Depende – ele diz. – Você acha que seu trabalho como médico acabou?

Penso nisso.

– Não está nem perto disso – tenho que admitir. – Quisera eu.

– Então, vamos pensar em alguma coisa – diz ele. – Enquanto isso, pode ser que você precise de permissão para fazer pesquisa durante um tempo. Em algum lugar longe. Recomendo a UC Davis. Me ligue para discutirmos isso – fala.

– Espere – peço. – E Squillante?

– Ainda está morto.

– Quem o matou?

– Seus alunos de medicina.

— O quê? Por quê?

— Ele teve uma fibrilação ventricular. Eles tentaram interrompê-la com potássio. Acharam que estavam lhe fazendo um favor.

— É culpa minha. Dei-lhes responsabilidade demais.

— É o que eles estão alegando.

— Eu estava dormindo quando aconteceu.

Ele olha para o relógio.

— *Eles* não estavam. E sabiam que não deviam tentar lidar com uma situação daquelas sozinhos. De qualquer forma, não é problema nosso: eles podem ser expulsos ou não.

— Como você descobriu que foram eles?

O Professor Marmoset pareceu desconfortável.

— Parecia meio óbvio... Mais alguma coisa?

— Só mais uma coisa — digo a ele. — Eu tinha um paciente com abscessos múltiplos. Recebi uma ligação anônima dizendo que ele havia sido mordido por um morcego...

— O cara da sua injeção.

— Isso. Como ele está?

O Professor Marmoset dá de ombros.

— O seguro dele não pagaria por mais uma noite, então foi para um hospital estadual.

— Mas o que ele tinha?

— Quem sabe? Você pode tentar ligar para eles. Provavelmente nunca vão saber de nada a respeito. Seu trabalho já acabou. É só mais uma coisa que não é problema nosso.

Ele dá um tapinha em meu joelho saudável.

— É como dizem os alcoólatras. Quando puder dizer a diferença entre algo sobre o qual você pode fazer alguma coisa e algo que não pode, deve agradecer a Deus. Principalmente se estiver em jogo algo sobre o que você não pode fazer nada.

Eu me viro, minha perna começa a doer, mas estranhamente logo para. Tanto minha cabeça quanto minha barriga estão leves por causa dos analgésicos.

– Obrigado por vir – digo.
– Eu não deixaria de aparecer. Me ligue.
– Vou ligar.
Ele vai embora. Eu tiro uma soneca.
Tudo bem: ele tem o que fazer.
Eu não.

ATENÇÃO

Todas as partes deste livro, com exceção deste parágrafo, dos agradecimentos e da dedicatória, são ficção. Até a epígrafe é fictícia. Não acreditar nisso, especialmente no que diz respeito às informações médicas, seria uma péssima ideia.

AGRADECIMENTOS

MESTRES Stanley e Doris Tanz, Marvin Terban, Gilbert e Barbara Millstein, Martin Martel, Wendi Dragonfire, Arnold Weinstein, Michael Wilkes

INCENTIVADORES Susan Dominus, Markus Hoffmann, Reagan Arthur, Michael Pietsch

FONTES QUE MERECEM MENÇÃO ESPECIAL POR INFORMAÇÕES NÃO ENCONTRADAS EM OUTRO LUGAR *Cause of Death: A Leading Forensic Expert Sets the Record Straight*, de Cyril H. Wecht, Mark Curriden e Benjamin Wechtn; Gina Marie; Jonathan Hayes; Guy Shochat; Gabinete do chefe do Instituto Médico Legal da cidade de Nova York; Aquário de Nova York; *WITSEC: Inside the Federal Witness Protection Program*, de Pete Earley e Gerald Shur

APOIO EM NOVA YORK Família Bazell, Benjamin Dattner, Joanna Fried, família Fried, Eric Grode, Marc Leonardo, Linda Lewis, C-Lo e a Turma, Marcia Lux, Elizabeth O'Neill, Joseph Rhinewine, Scott Small, David Sugar, Susan Turner, Jason White, Jesse Zanger, Sam Zanger

APOIO EM SAN FRANCISCO Joseph Caston, Robert Daroff, Ellen Haller, Cassis Henry, Tamar Hurwitz, Marc Jacobs, Yunnie Lee, Peri Soyugenc, meus corresidentes na UCSF

APOIO EM OUTROS LUGARES Michael Bennett, Edward Goljan, família Gordon, Mary Victoria Robbins, Lawrence Stern

APOIO CANINO Lottie

APOIO EM TODOS OS LUGARES, DESDE O NASCIMENTO Minha irmã, Rebecca Bazell

Este livro foi impresso na Editora JPA Ltda.
Av. Brasil, 10.600 – Rio de Janeiro – RJ,
para a Editora Rocco Ltda.